ŒUVRES POÉTIQUES

DE

ANDRÉ DE CHÉNIER

Avec une notice et des notes
par
M. GABRIEL DE CHÉNIER

TOME III

PARIS

Alphonse Lemerre, éditeur

27-29, PASSAGE CHOISEUL, 27-29

M D CCC LXXIV

ŒUVRES POÉTIQUES

DE

ANDRÉ DE CHÉNIER

III

ÉLÉGIES

AVANT-PROPOS

NDRÉ a fait un grand nombre d'élé-
gies. On semble être convenu de
ne voir dans les pièces de ce genre.
que l'expression des sentiments
intimes, que le langage des passions particu-
lières du poëte. C'est une erreur, en cela
comme en presque toutes les choses qui con-
cernent André de Chénier. Son caractère éner-
gique mais sérieux, son esprit ardent mais
méditatif, puis, ce qui ne peut pas être sans
influence sur les idées, la grave incommodité
qui l'affligeait depuis son adolescence, le por-

taient souvent à la mélancolie. Aussi ses
études favorites, les auteurs anciens, et particulièrement les poëtes grecs et latins qui
se sont fait connaître par des compositions
pastorales et élégiaques, lui fournirent-ils
presque tous les sujets sur lesquels il s'exerça.
Il faut se hâter de dire, toutefois, qu'à l'exemple
de Molière et de La Fontaine, il ne fut le servile copiste d'aucun écrivain. Il imita comme
le génie imite, en s'emparant d'une idée qu'il
féconde, qu'il produit sous une forme et avec
des couleurs qui lui sont propres.

On se tromperait étrangement, si, jugeant
André comme on est habitué à le faire pour
beaucoup d'autres, on le supposait le disciple
des licencieux courtisans de la Régence. Son
imagination était d'autant plus fraîche, qu'elle
ne fut jamais souillée par le spectacle des
orgies comme on les entend actuellement. Il
a décrit l'entraînement de la jeunesse, les passions, les tourments de l'amour, assurément
après les avoir ressentis, mais en arrangeant
le tableau qu'il voyait au travers du prisme de
l'antiquité, et en l'animant des feux que son

imagination allumait dans son cœur. C'est
alors que, se transportant à Athènes, à Lesbos
ou à Rome, il se faisait le personnage qu'il
créait à plaisir, et s'identifiait avec ce rôle au
point de penser et de parler comme celui qu'il
imitait l'aurait probablement fait lui-même.
Il devenait original, en mêlant les souvenirs
de l'antiquité aux choses de son temps ; et cet
assemblage, qu'ont vainement essayé quelques
écrivains, plaît à l'esprit et satisfait la raison,
parce que les pensées y sont vraies, justes,
exprimées avec clarté, les situations en rapport avec le bon sens et la nature, et le langage toujours soumis aux règles d'un bon juge-
ment.

Les hommes qui réfléchissent n'ont pas
besoin pour bien connaître les passions d'avoir
éprouvé toutes celles qu'ils expriment ; il leur
suffit de les avoir observées chez les autres
ou dans les livres. André était de ce nombre.
Assurément il avait plutôt analysé qu'éprouvé
lui-même toutes les passions qu'il a si bien
peintes dans ses Élégies. Avec un cœur de
poëte, sans doute, il a aimé avec ardeur, et il

a chanté l'amour avec transport; .mais il n'a jamais été ce jeune débauché courant de Camille à Caroline, à Lycoris, de Lycoris à Glycère, à Julie, à Amélie, à Rose et à d'autres, passant ses nuits dans des banquets anacréontiques où l'ivresse des plaisirs semblait rappeler les fêtes de Bacchus. Sa santé ne lui eût pas permis un tel genre de vie. Ceux qui se le sont fait ainsi ont crayonné dans leur imagination un portrait qui n'a aucune ressemblance avec l'original.

Ce peu de mots démontre assez combien il serait inutile de rechercher quelles furent les jeunes beautés qu'il désigne sous les noms de Camille, de Caroline, d'Amélie, de Glycère, de Rose. Si l'on veut bien y faire attention, on retrouvera le type des beautés faciles de la Grèce et de Rome; André, pour les peindre, n'avait eu besoin, comme les artistes, que d'avoir un modèle sous les yeux, et c'est plutôt en Angleterre qu'ailleurs qu'il les a rencontrées (voyez la Notice). Pour rendre complet ce que j'ai à dire des Élégies, je vais d'abord parler de celles qui ont été publiées, puis des fragments insérés dans l'édition donnée en 1841.

Les éditeurs ont peut-être encore moins tenu compte pour les Élégies que pour les poésies bucoliques de l'ordre des idées de l'auteur. Comme ils ne s'étaient point occupés d'étudier sa pensée, ils ne virent pas les signes qui pouvaient la leur révéler. Il est vrai de dire que cette étude eût été longue et difficile ; mais, au lieu de consulter, ils ont préféré agir d'eux-mêmes et il en résulte précisément le désordre dont le premier éditeur s'est plaint dans sa notice, sans l'attribuer à sa véritable cause.

D'abord, on n'a point fait attention qu'André avait divisé lui-même plusieurs de ses Élégies en élégies italiennes et élégies orientales : il désigne chacune de ces pièces par ces signes : Ἐλεγ. ἰταλ., Ἐλεγ. ἠῶ. Ensuite, pour former des morceaux d'une plus longue étendue, on a réuni plusieurs fragments qui n'étaient pas tous destinés à se trouver ensemble. Pour rendre ce travail sur les Élégies aussi exact que je le désirais, presque tous les manuscrits imprimés sous le titre d'*Élégies* n'étant pas revenus de chez le premier éditeur auquel ils avaient été confiés pour un instant, j'ai dû collationner sur les premières ébauches heureusement soustraites à la *sollicitude* de ce premier éditeur. — Voyez la Notice.

ÉLÉGIES.

I *.

"Ἐλεγ.

Abel, doux confident de mes jeunes mystères *,
Vois, mai nous a rendu nos courses solitaires.
Viens à l'ombre écouter mes nouvelles amours ;
Viens. Tout aime au printemps, et moi j'aime toujours.
Tant que du sombre hiver dura le froid empire,
Tu sais si l'aquilon s'unit avec ma lyre :
Ma Muse aux durs glaçons ne livre point ses pas ;
Délicate, elle tremble à l'aspect des frimas,
Et près d'un pur foyer, cachée en sa retraite,
Entend les vents mugir, et sa voix est muette.
Mais sitôt que Procné ramène les oiseaux,
Dès qu'au riant murmure et des bois et des eaux
Les champs ont revêtu leur robe d'hyménée,
A ses caprices vains sans crainte abandonnée,
Elle renaît ; sa voix a retrouvé des sons ;

III.

2

Et comme la cigale, amante des buissons,
De rameaux en rameaux, tour à tour reposée,
D'un peu de fleur nourrie et d'un peu de rosée,
S'égaye, et, des beaux jours prophète harmonieux,
Aux chants du laboureur mêle son chant joyeux ;
Ainsi, courant partout sous les nombreux ombrages,
Je vais chantant Zéphyr, les nymphes, les bocages,
Et les fleurs du printemps et leurs riches couleurs,
Et mes belles amours, plus belles· que les fleurs.

II.

Ἔλεγ.

Loin des bords trop fleuris de Gnide et de Paphos,
Effrayé d'un bonheur ennemi du repos,
J'allais, nouveau pasteur, aux champs de Syracuse
Invoquer dans mes vers la nymphe d'Aréthuse,
Lorsque Vénus, du haut des célestes lambris,
Sans armes, sans carquois, vint m'amener son fils.
Tous deux ils souriaient : « Tiens, berger, me dit-elle,
Je te laisse mon fils, sois son guide fidèle;
Des champêtres douceurs instruis ses jeunes ans;
Montre-lui la sagesse, elle habite les champs. »
Elle fuit. Moi, crédule à cette voix perfide,
J'appelle près de moi l'enfant doux et timide.
Je lui dis nos plaisirs et la paix des hameaux ;
Un dieu même au Pénée abreuvant des troupeaux ;

Bacchus et les moissons; quel dieu, sur le Ménale,
Forma de neuf roseaux une flûte inégale.
Mais lui, sans écouter mes rustiques leçons,
M'apprenait, à son tour, d'amoureuses chansons;
La douceur d'un baiser et l'empire des belles;
Tout l'Olympe soumis à des beautés mortelles;
Des flammes de Vénus Pluton même animé,
Et le plaisir divin d'aimer et d'être aimé.
Que ces chants étaient doux! je m'y laissai surprendre.
Mon âme ne pouvait se lasser de l'entendre.
Tous mes préceptes vains, bannis de mon esprit,
Pour jamais firent place à tout ce qu'il m'apprit.
Il connaît sa victoire, et sa bouche embaumée
Verse un miel amoureux sur ma bouche pâmée.
Il coula dans mon cœur, et, de cet heureux jour,
Et ma bouche et mon cœur n'ont respiré qu'amour.

III*.

'Ελεγ.

O lignes que sa main, que son cœur a tracées!
O nom baisé cent fois! craintes bientôt chassées!
Oui : cette longue route et ces nouveaux séjours,
Je craignais... Mais enfin mes lettres, nos amours,
Ma mémoire, partout sont tes chères compagnes.
Dis vrai! Suis-je avec toi dans ces riches campagnes

Où du Rhône indompté l'Arve trouble et fangeux
Vient grossir et souiller le cristal orageux?

Ta lettre se promet qu'en ces nobles rivages
Où Sénart épaissit ses immenses feuillages,
Des vers pleins de ton nom attendent ton retour,
Tout trempés de douceurs, de caresses, d'amour.
Heureux qui, tourmenté de flammes inquiètes,
Peut du Permesse encor visiter les retraites,
Et, loin de son amante égayant sa langueur,
Calmer par des chansons les troubles de son cœur!
Camille, où tu n'es point, moi je n'ai pas de Muse.
Sans toi, dans ses bosquets Hélicon me refuse;
Les cordes de la lyre ont oublié mes doigts,
Et les chœurs d'Apollon méconnaissent ma voix*.
Ces regards purs et doux, que sur ce coin du monde
Verse d'un ciel ami l'indulgence féconde,
N'éveillent plus mes sens ni mon âme. Ces bords
Ont beau de leur Cybèle étaler les trésors;
Ces ombrages n'ont plus d'aimables rêveries,
Et l'ennui taciturne habite ces prairies.
Tu fis tous leurs attraits : ils fuyaient avec toi
Sur le rapide char qui t'éloignait de moi.
Errant et fugitif, je demande Camille
A ces antres, souvent notre commun asile;
Ou je vais te cherchant dans ces murs attristés,
Sous tes lambris, jamais par moi seul habités,
Où ta harpe se tait, où la voûte sonore
Fut pleine de ta voix et la répète encore,
Où tous ces souvenirs cruels et précieux

D'un humide nuage obscurcissent mes yeux.
Mais pleurer est amer pour une belle absente *;
Il n'est doux de pleurer qu'aux pieds de son amante,
Pour la voir s'attendrir, caresser vos douleurs;
Et de sa belle main vous essuyer vos pleurs,
Vous baiser, vous gronder, jurer qu'elle vous aime,
Vous défendre une larme et pleurer elle-même.

Eh bien, sont-ils bien tous empressés à te voir?
As-tu sur bien des cœurs promené ton pouvoir?
Vois-tu tes jours suivis de plaisir et de gloire,
Et chacun de tes pas compter une victoire?
Oh! quel est mon bonheur si, dans un bal bruyant,
Quelque belle tout bas te reproche en riant
D'un silence distrait ton âme enveloppée,
Et que sans doute ailleurs elle est mieux occupée!
Mais dieux! puisses-tu voir, sous un ennui rongeur,
De ta chère beauté flétrir toute la fleur *,
Plutôt que d'être heureuse à grossir tes conquêtes,
D'aller chercher toi-même et désirer des fêtes,
Ou sourire le soir, assise au coin d'un bois,
Aux éloges rusés d'une flatteuse voix,
Comme font trop souvent de jeunes infidèles,
Sans songer que le ciel n'épargne point les belles.
Invisible, inconnu, dieux! pourquoi n'ai-je pas
Sous un voile étranger accompagné tes pas?
J'ai pu de ton esclave, ardent, épris de zèle,
Porter, comme le cœur, le vêtement fidèle.
Quoi! d'autres loin de moi te prodiguent leurs soins,
Devinent tes pensers, tes ordres, tes besoins!

Et quand d'âpres cailloux la pénible rudesse
De tes pieds délicats offense la faiblesse,
Mes bras ne sont point là pour presser lentement
Ce fardeau cher et doux et fait pour un amant!
Ah! ce n'est pas aimer que prendre sur soi-même
De pouvoir vivre ainsi loin de l'objet qu'on aime.
Il fut un temps, Camille, où, plutôt qu'à me fuir,
Tout le pouvoir des dieux t'eût contrainte à mourir!

Et puis d'un ton charmant ta lettre me demande
Ce que je veux de toi, ce que je te commande!
Ce que je veux? dis-tu. Je veux que ton retour
Te paraisse bien lent; je veux que nuit et jour
Tu m'aimes. Nuit et jour, hélas! je me tourmente.
Présente au milieu d'eux, sois seule, sois absente;
Dors en pensant à moi; rêve-moi près de toi;
Ne vois que moi sans cesse, et sois toute avec moi.

IV*.

'Ελεγ.

Ah! je les reconnais, et mon cœur se réveill
O sons! ô douces voix chères à mon oreille!
O mes Muses, c'est vous; vous mon premier amour,
Vous qui m'avez aimé dès que j'ai vu le jour!
Leurs bras, à mon berceau dérobant mon enfance,
Me portaient sous la grotte où Virgile eut naissance,

Où j'entendais le bois murmurer et frémir,
Où leurs yeux dans les fleurs me regardaient dormir.
Ingrat! ô de l'amour trop coupable folie!
Souvent je les outrage et fuis et les oublie;
Et sitôt que mon cœur est en proie au chagrin,
Je les vois revenir le front doux et serein.
J'étais seul, je mourais. Seul, Lycoris absente
De soupçons inquiets m'agite et me tourmente.
Je vois tous ses appas et je vois mes dangers;
Ah! je la vois livrée à des bras étrangers.
Elles viennent! leur voix, leur aspect me rassure :
Leur chant mélodieux assoupit ma blessure;
Je me fuis, je m'oublie, et mes esprits distraits
Se plaisent à les suivre et retrouvent la paix.
Par vous, Muses, par vous, franchissant les collines,
Soit que j'aime l'aspect des campagnes sabines,
Soit Catile ou Falerne et leurs riches coteaux,
Ou l'air de Blandusie et l'azur de ses eaux,
Par vous de l'Anio j'admire le rivage,
Par vous de Tivoli le poétique ombrage,
Et de Bacchus, assis sous des antres profonds,
La nymphe et le satyre écoutant les chansons;
Par vous la rêverie errante, vagabonde,
Livre à vos favoris la nature et le monde;
Par vous mon âme, au gré de ses illusions,
Vole et franchit les temps, les mers, les nations,
Va vivre en d'autres corps, s'égare, se promène,
Est tout ce qui lui plaît, car tout est son domaine.

Ainsi, bruyante abeille, au retour du matin,

Je vais changer en miel les délices du thym.
Rose, un sein palpitant est ma tombe divine...
Frêle atome d'oiseau, de leur molle étamine
Je vais sous d'autres cieux dépouiller d'autres fleurs.
Le papillon plus grand offre moins de couleurs;
Et l'Orénoque impur, la Floride fertile
Admirent qu'un oiseau si tendre, si débile,
Mêle tant d'or, de pourpre, en ses riches habits,
Et pensent dans les airs voir nager des rubis.
Sur un fleuve souvent l'éclat de mon plumage
Fait à quelque Léda souhaiter mon hommage.·
Souvent, fleuve moi-même, en mes humides bras
Je presse mollement des membres délicats,
Mille fraîches beautés que partout j'environne;
Je les tiens, les soulève, et murmure et bouillonne.
Mais surtout, Lycoris, Protée insidieux,
Partout autour de toi je veille, j'ai des yeux.
Partout, sylphe ou zéphyr, invisible et rapide,
Je te vois. Si ton cœur complaisant et perfide
Livre à d'autres baisers une infidèle main,
Je suis là. C'est moi seul dont le transport soudain*,
Agitant tes rideaux ou ta porte secrète,
Par un bruit imprévu t'épouvante et t'arrête.
C'est moi, remords jaloux, qui rappelle en ton cœur
Mon nom et tes serments et ma juste fureur.

Mais périsse l'amant que satisfait la crainte!
Périsse la beauté qui m'aime par contrainte,
Qui voit dans ses serments une pénible loi,
Et n'a point de plaisir à me garder sa foi!

V.

'Ελ.

Jeune fille, ton cœur avec nous veut se taire.
Tu fuis, tu ne ris plus ; rien ne saurait te plaire.
La soie à tes travaux offre en vain des couleurs ;
L'aiguille sous tes doigts n'anime plus des fleurs.
Tu n'aimes qu'à rêver, muette, seule, errante,
Et la rose pâlit sur ta bouche mourante.
Ah ! mon œil est savant et depuis plus d'un jour,
Et ce n'est pas à moi qu'on peut cacher l'amour.
Les belles font aimer ; elles aiment. Les belles
Nous charment tous. Heureux qui peut être aimé d'elles !
Sois tendre, même faible ; on doit l'être un moment ;
Fidèle, si tu peux. Mais conte-moi comment,
Quel jeune homme aux yeux bleus, empressé, sans audace,
Aux cheveux noirs, au front plein de charme et de grâce...
Tu rougis ? On dirait que je t'ai dit son nom.
Je le connais pourtant. Autour de ta maison
C'est lui qui va, qui vient ; et, laissant ton ouvrage,
Tu cours, sans te montrer, épier son passage.
Il fuit vite ; et ton œil, sur sa trace accouru,
Le suit encor longtemps quand il a disparu.
Nul, en ce bois voisin où trois fêtes brillantes
Font voler au printemps nos nymphes triomphantes,
Nul n'a sa noble aisance et son habile main
A soumettre un coursier aux volontés du frein.

VI'.

'Ελεγ.

Aujourd'hui qu'au tombeau je suis près de descendre,
Mes amis, dans vos mains je dépose ma cendre.
Je ne veux point, couvert d'un funèbre linceul,
Que les pontifes saints autour de mon cercueil,
Appelés aux accents de l'airain lent et sombre,
De leur chant lamentable accompagnent mon ombre,
Et sous des murs sacrés aillent ensevelir
Ma vie et ma dépouille, et tout mon souvenir.
Eh! qui peut sans horreur, à ses heures dernières,
Se voir au loin périr dans des mémoires chères?
L'espoir que des amis pleureront notre sort
Charme l'instant suprême et console la mort.
Vous-mêmes choisirez à mes jeunes reliques
Quelque bord fréquenté des pénates rustiques,
Des regards d'un beau ciel doucement animé,
Des fleurs et de l'ombrage, et tout ce que j'aimai.
C'est là, près d'une eau pure, au coin d'un bois tranquille,
Qu'à mes mânes éteints je demande un asile;
Afin que votre ami soit présent à vos yeux,
Afin qu'au voyageur amené dans ces lieux
La pierre, par vos mains de ma fortune instruite,
Raconte en ce tombeau quel malheureux habite;
Quels maux ont abrégé ses rapides instants;
Qu'il fut bon, qu'il aima, qu'il dut vivre longtemps

Ah! le meurtre jamais n'a souillé mon courage.
Ma bouche du mensonge ignora le langage,
Et jamais, prodiguant un serment faux et vain,
Ne trahit le secret recélé dans mon sein.
Nul forfait odieux, nul remords implacable
Ne déchire mon âme inquiète et coupable;
Vos regrets la verront pure et digne de pleurs.
Oui, vous plaindrez sans doute, en mes longues douleurs,
Et ce brillant midi qu'annonçait mon aurore,
Et ces fruits dans leur germe éteints avant d'éclore,
Que mes naissantes fleurs auront en vain promis.
Oui, je vais vivre encore au sein de mes amis.
Souvent à vos festins qu'égaya ma jeunesse,
Au milieu des éclats d'une vive allégresse,
Frappés d'un souvenir, hélas! amer et doux,
Sans doute vous direz : « Que n'est-il avec nous! »

Je meurs. Avant le soir j'ai fini ma journée.
A peine ouverte au jour, ma rose s'est fanée.
La vie eut bien pour moi de volages douceurs;
Je les goûtais à peine, et voilà que je meurs.
Mais, oh! que mollement reposera ma cendre,
Si parfois, un penchant impérieux et tendre
Vous guidant vers la tombe où je suis endormi,
Vos yeux en approchant pensent voir leur ami!
Si vos chants de mes feux vont redisant l'histoire;
Si vos discours flatteurs, tout pleins de ma mémoire,
Inspirent à vos fils, qui ne m'ont point connu,
L'ennui de naître à peine et de m'avoir perdu.
Qu'à votre belle vie ainsi ma mort obtienne

Tout l'âge, tous les biens dérobés à la mienne;
Que jamais les douleurs, par de cruels combats,
N'allument dans vos flancs un pénible trépas;
Que la joie en vos cœurs ignore les alarmes;
Que les peines d'autrui causent seules vos larmes;
Que vos heureux destins, les délices du ciel,
Coulent toujours trempés d'ambroisie et de miel,
Et non sans quelque amour paisible et mutuelle.
Et quand la mort viendra, qu'une amante fidèle,
Près de vous désolée, en accusant les dieux,
Pleure, et veuille vous suivre, et vous ferme les yeux.

VII*.

Ἐλ.

Vous restez, mes amis, dans ces murs où la Seine
Voit sans cesse embellir les bords dont elle est reine,
Et près d'elle partout voit changer tous les jours
Les fêtes, les travaux, les belles, les amours.
Moi, l'espoir du repos et du bonheur peut-être,
Cette fureur d'errer, de voir et de connaître,
La santé que j'appelle et qui fuit mes douleurs,
Bien sans qui tous les biens n'ont aucunes douceurs *,
A mes pas inquiets tout me livre et m'engage.
C'est au milieu des soins compagnons du voyage
Que m'attend une sainte et studieuse paix
Que les flèches d'amour ne troubleront jamais..

Je suivrai des amis*; mais mon âme d'avance,
Vous, mes autres amis, pleure de votre absence,
Et voudrait, partagée en des penchants si doux,
Et partir avec eux et rester près de vous.
Ce couple fraternel, ces âmes que j'embrasse
D'un lien qui, du temps craignant peu la menace,
Se perd dans notre enfance, unit nos premiers jours,
Sont mes guides encore; ils le furent toujours.
Toujours leur amitié, généreuse, empressée,
A porté mes ennuis et ne s'est point lassée.
Quand Phébus, que l'hiver chasse de vos remparts,
Va de loin vous jeter quelques faibles regards,
Nous allons, sur ses pas, visiter d'autres rives,
Et poursuivre au Midi ses chaleurs fugitives.
Nous verrons tous ces lieux dont les brillants destins
Occupent la mémoire ou les yeux des humains :
Marseille où l'Orient amène la fortune;
Et Venise élevée à l'hymen de Neptune;
Le Tibre, fleuve-roi; Rome, fille de Mars,
Qui régna par le glaive et règne par les arts;
Athènes qui n'est plus, et Byzance, ma mère*;
Smyrne qu'habite encor le souvenir d'Homère.
Croyez, car en tous lieux mon cœur m'aura suivi,
Que partout où je suis vous avez un ami.
Mais le sort est secret! Quel mortel peut connaître
Ce que lui porte l'heure et l'instant qui va naître*?
Souvent ce souffle pur dont l'homme est animé,
Esclave d'un climat, d'un ciel accoutumé,
Redoute un autre ciel, et ne veut plus nous suivre
Loin des lieux où le temps l'habitua de vivre.

Peut-être errant au loin, sous de nouveaux climats,
Je vais chercher la mort qui ne me cherchait pas.
Alors, ayant sur moi versé des pleurs fidèles,
Mes amis reviendront, non sans larmes nouvelles,
Vous conter mon destin, nos projets, nos plaisirs,
Et mes derniers discours et mes derniers soupirs.

Vivez heureux! gardez ma mémoire aussi chère,
Soit que je vive encor, soit qu'en vain je l'espère.
Si je vis, le soleil aura passé deux fois *
Dans les douze palais où résident les mois,
D'une double moisson la grange sera pleine,
Avant que dans vos bras la voile nous ramène.
Si longtemps autrefois nous n'étions point perdus!
Aux plaisirs citadins tout l'hiver assidus,
Quand les jours repoussaient leurs bornes circonscrites,
Et des nuits à leur tour usurpaient les limites,
Comme oiseaux du printemps, loin du nid paresseux,
Nous visitions les bois et les coteaux vineux,
Les peuples, les cités, les brillantes naïades;
Et l'humide départ des sinistres Pléiades
Nous renvoyait chercher la ville et ses plaisirs *,
Ou, souvent rassemblés, livrés à nos loisirs,
Honteux d'avoir trouvé nos amours infidèles,
Disputer des beaux-arts, de la gloire et des belles *.
Ah! nous ressemblions, arrêtés ou flottants,
Aux fleuves, comme nous, voyageurs inconstants.
Ils courent à grand bruit; ils volent, ils bondissent;
Dans les vallons riants leurs flots se ralentissent.
Quand l'hiver, accourant du blanc sommet des monts,

Vient mettre un frein de glace à leurs pas vagabonds,
Ils luttent vainement, leurs ondes sont esclaves;
Mais le printemps revient amollir leurs entraves,
Leur frein s'use et se brise au souffle du zéphyr,
Et l'onde en liberté recommence à courir.

VIII*.

LA SEINE.

Ἔλεγ.

Ainsi, vainqueur de Troie, et des vents et des flots,
D'un navire emprunté pressant les matelots,
Le fils du vieux Laërte arrive en sa patrie,
Baise en pleurant le sol de son île chérie;
Il reconnaît le port couronné de rochers
Où le vieillard des mers accueille les nochers,
Et que l'olive épaisse entoure de son ombre;
Il retrouve la source et l'antre humide et sombre
Où l'abeille murmure; où, pour charmer les yeux,
Teints de pourpre et d'azur, des tissus précieux
Se forment sous les mains des naïades sacrées;
Et dans ses premiers vœux ces nymphes adorées
(Que ses yeux n'osaient plus espérer de revoir)
De vivre, de régner lui permettent l'espoir.

Oh! des fleuves français brillante souveraine,

Salut ! ma longue course à tes bords me ramène,
Moi que ta nymphe pure en son lit de roseaux
Fit errer tant de fois au doux bruit de ses eaux ;
Moi qui la vis couler plus lente et plus facile,
Quand ma bouche animait la flûte de Sicile ;
Moi, quand l'amour trahi me fit verser des pleurs,
Qui l'entendis gémir et pleurer mes douleurs.
Tout mon cortége antique, aux chansons langoureuses,
Revole comme moi vers tes rives heureuses.
Promptes dans tous mes pas à me suivre en tous lieux,
Le rire sur la bouche et les pleurs dans les yeux,
Partout autour de moi mes jeunes Élégies
Promenaient les éclats de leurs folles orgies,
Et, les cheveux épars, se tenant par la main,
De leur danse élégante égayaient mon chemin.
Il est bien doux d'avoir dans sa vie innocente
Une Muse naïve et de haines exempte,
Dont l'honnête candeur ne garde aucun secret ;
Où l'on puisse au hasard, sans crainte, sans apprêt *,
Sûr de ne point rougir en voyant la lumière,
Répandre, dévoiler son âme tout entière *.

C'est ainsi, promené sur tout cet univers,
Que mon cœur vagabond laisse tomber des vers.
De ses pensers errants vive et rapide image,
Chaque chanson nouvelle a son nouveau langage,
Et des rêves nouveaux un nouveau sentiment :
Tous sont divers et tous furent vrais un moment.

Mais que les premiers pas ont d'alarmes craintives !

Nymphe de Seine, on dit que Paris sur tes rives
Fait asseoir vingt conseils de critiques nombreux,
Du Pinde partagé despotes soupçonneux.
Affaiblis de leurs yeux la vigilance amère;
Dis-leur que, sans s'armer d'un front dur et sévère,
Ils peuvent négliger les pas et les douceurs
D'une Muse timide, et qui, parmi ses sœurs,
Rivale de personne et sans demander grâce,
Vient, le regard baissé, solliciter sa place;
Dont la main est sans tache, et n'a connu jamais
Le fiel dont la satire envenime ses traits.

IX *.

'Ελεγ.

Pourquoi de mes loisirs accuser la langueur?
Pourquoi vers des lauriers aiguillonner mon cœur?
Abel, que me veux-tu? Je suis heureux, tranquille.
Tu veux m'ôter mon bien, mon amour, ma Camille,
Mes rêves nonchalants, l'oisiveté, la paix,
A l'ombre, au bord des eaux, le sommeil pur et frais.
Ai-je connu jamais ces noms brillants de gloire
Sur qui tu viens sans cesse arrêter ma mémoire?
Pourquoi me rappeler, dans tes cris assidus,
Je ne sais quels projets que je ne connais plus?
Que d'Achille outragé l'inexorable absence
Livre à des feux troyens les vaisseaux sans défense;

III.   4

Qu'à Colomb pour le nord révélant son amour,
L'aimant nous ait conduits où va finir le jour ;
Jadis, il m'en souvient, quand les bois du Permesse
Recevaient ma première et bouillante jeunesse,
Plein de ces grands objets, ivre de chants guerriers,
Respirant la mêlée et les cruels lauriers,
Je me couvrais de fer, et d'une main sanglante
J'animais aux combats ma lyre turbulente ;
Des arrêts du destin prophète audacieux,
J'abandonnais la terre et volais chez les dieux.
Au flambeau de l'Amour j'ai vu fondre mes ailes.
Les forêts d'Idalie ont des routes si belles !
Là, Vénus, me dictant de faciles chansons,
M'a nommé son poëte entre ses nourrissons.
Si quelquefois encore, à tes conseils docile,
Ou jouet d'un esprit vagabond et mobile,
Je veux, de nos héros admirant les exploits,
A des sons généreux solliciter ma voix,
Aux sons voluptueux ma voix accoutumée
Fuit, se refuse et lutte, incertaine, alarmée ;
Et ma main, dans mes vers de travail tourmentés,
Poursuit avec effort de pénibles beautés.
Mais si, bientôt lassé de ces poursuites folles,
Je retourne à mes riens que tu nommes frivoles,
Si je chante Camille, alors écoute, voi :
Les vers pour la chanter naissent autour de moi.
Tout pour elle a des vers ! Ils renaissent en foule ;
Ils brillent dans les flots du ruisseau qui s'écoule ;
Ils prennent des oiseaux la voix et les couleurs ;
Je les trouve cachés dans les replis des fleurs.

Son sein a le duvet de ce fruit que je touche;
Cette rose au matin sourit comme sa bouche;
Le miel qu'ici l'abeille eut soin de déposer
Ne vaut pas à mon cœur le miel de son baiser.
Tout pour elle a des vers! Ils me viennent sans peine,
Doux comme son parler, doux comme son haleine.
Quoi qu'elle fasse ou dise, un mot, un geste heureux
Demande un gros volume à mes vers amoureux.
D'un souris caressant si son regard m'attire,
Mon vers plus caressant va bientôt lui sourire.
Si la gaze la couvre, et le lin pur et fin,
Mollement, sans apprêt; et la gaze et le lin *
D'une molle chanson attend une couronne.
D'un luxe étudié si l'éclat l'environne,
Dans mes vers éclatants sa superbe beauté
Vient ravir à Junon toute sa majesté.
Tantôt c'est sa blancheur, sa chevelure noire;
De ses bras, de ses mains le transparent ivoire.
Mais si jamais, sans voile et les cheveux épars,
Elle a rassasié ma flamme et mes regards,
Elle me fait chanter, amoureuse Ménade,
Des combats de Paphos une longue Iliade;
Et si de mes projets le vol s'est abaissé,
A la lyre d'Homère ils n'ont point renoncé.
Mais, en la dépouillant de ses cordes guerrières *,
Ma main n'a su garder que les cordes moins fières
Qui chantèrent Hélène et les joyeux larcins,
Et l'heureuse Corcyre, amante des festins.
Mes chansons à Camille ont été séduisantes.
Heureux qui peut trouver des Muses complaisantes,

Dont la voix sollicite et mène à ses désirs
Une jeune beauté qu'appelaient ses soupirs!
Hier, entre ses bras, sur sa lèvre fidèle,
J'ai surpris quelques vers que j'avais faits pour elle.
Et sa bouche, au moment que je l'allais quitter,
M'a dit : « Tes vers sont doux, j'aime à les répéter. »
Si cette voix eût dit même chose à Virgile,
Abel, dans ses hameaux, il eût chanté Camille,
N'eût point cherché la palme au sommet d'Hélicon,
Et le glaive d'Énée eût épargné Didon.

X*.

'Ελεγ.

Quand la feuille en festons a couronné les bois,
L'amoureux rossignol n'étouffe point sa voix.
Il serait criminel aux yeux de la nature
Si, de ses dons heureux négligeant la culture,
Sur son triste rameau, muet dans ses amours,
Il laissait sans chanter expirer les beaux jours.
Et toi, rebelle aux dons d'une si tendre mère,
Dégoûté de poursuivre une muse étrangère
Dont tu choisis la cour, trop bruyante pour toi,
Tu t'es fait du silence une coupable loi!
Tu naquis rossignol. Pourquoi, loin du bocage
Où des jeunes rosiers le balsamique ombrage *
Eût redit tes doux sons sans murmure écoutés,

T'en allais-tu chercher la muse des cités;
Cette muse, d'éclat, de pourpre environnée,
Qui, le glaive à la main, du diadème ornée,
Vient au peuple assemblé, d'une dolente voix,
Pleurer les grands malheurs, les empires, les rois?
Que n'étais-tu fidèle à ces muses tranquilles
Qui cherchent la fraîcheur des rustiques asiles,
Le front ceint de lilas et de jasmins nouveaux,
Et vont sur leurs attraits consulter les ruisseaux?
Viens dire à leurs concerts la beauté qui te brûle;
Amoureux, avec l'âme et la voix de Tibulle,
Fuirais-tu les hameaux, ce séjour enchanté
Qui rend plus séduisant l'éclat de la beauté?
L'amour aime les champs, et les champs l'ont vu naître.
La fille d'un pasteur, une vierge champêtre,
Dans le fond d'une rose, un matin du printemps *,
Le trouva nouveau-né. . . . .
Le sommeil entr'ouvrait ses lèvres colorées.
Elle saisit le bout de ses ailes dorées,
L'ôta de son berceau d'une timide main,
Tout trempé de rosée, et le mit dans son sein.
Tout, mais surtout les champs sont restés son empire.
Là tout aime, tout plaît, tout jouit, tout soupire;
Là de plus beaux soleils dorent l'azur des cieux;
Là les prés, les gazons, les bois harmonieux,
De mobiles ruisseaux la colline animée,
L'âme de mille fleurs dans les zéphyrs semée;
Là parmi les oiseaux l'amour vient se poser;
Là sous les antres frais habite le baiser.
Les muses et l'amour ont les mêmes retraites.

L'astre qui fait aimer est l'astre des poëtes.
Bois, échos, frais zéphyrs, dieux champêtres et doux,
Le génie et les vers se plaisent parmi vous.
J'ai choisi parmi vous ma Muse jeune et chère ;
Et, bien qu'entre ses sœurs elle soit la dernière,
Elle plaît. Mes amis, vos yeux en sont témoins. .
Et puis une plus belle eût voulu plus de soins ;
Délicate et craintive, un rien là décourage, .
Un rien sait l'animer. Curieuse et volage, .
Elle va parcourant tous les objets flatteurs
Sans se fixer jamais, non plus que sur les fleurs ·
Les zéphyrs vagabonds, doux rivaux des abeilles,
Ou le baiser ravi sur des lèvres vermeilles. .
Une source brillante, un buisson qui fleurit, .
Tout amuse ses yeux ; elle pleure, elle rit. . .
Tantôt à pas rêveurs, mélancolique et lente,
Elle erre avec une onde et pure et languissante ; ·
Tantôt elle va, vient, d'un pas léger et sûr,
Poursuit le papillon brillant d'or et d'azur,
Ou l'agile écureuil, ou dans un nid timide
Sur un oiseau surpris pose une main rapide. ·.
Quelquefois, gravissant la mousse du rocher, .
Dans une touffe épaisse elle va se cacher, . .
Et sans bruit épier, sur la grotte pendante,
Ce que dira le faune à la nymphe imprudente
Qui, dans cet antre sourd et des faunes ami, .
Refusait de le suivre, et pourtant l'a suivi.
Souvent même, écoutant de plus hardis caprices,
Elle ose regarder au fond des précipices, . .
Où sur le roc mugit le torrent effréné . .

Du droit sommet d'un mont tout à coup déchaîné.
Elle aime aussi chanter à la moisson nouvelle,
Suivre les moissonneurs et lier la javelle.
L'Automne au front vermeil, ceint de pampres nouveaux,
Parmi les vendangeurs l'égare en des coteaux ;
Elle cueille la grappe, ou blanche, ou purpurine ;
Le doux jus des raisins teint sa bouche enfantine ;
Ou, s'ils pressent leurs vins, elle accourt pour les voir,
Et son bras avec eux fait crier le pressoir.

Viens, viens, mon jeune ami ; viens, nos muses t'attendent ;
Nos fêtes, nos banquets, nos courses te demandent ;
Viens voir ensemble et l'antre et l'onde et les forêts.
Chaque soir une table aux suaves apprêts
Assoira près de nous nos belles adorées ;
Ou, cherchant dans le bois des nymphes égarées,
Nous entendrons les ris, les chansons, les festins ;
Et les verres emplis sous les bosquets lointains
Viendront animer l'air, et, du sein d'une treille,
De leur voix argentine égayer notre oreille.
Mais si, toujours ingrat, à ses charmantes sœurs
Ton front rejette encor leurs couronnes de fleurs,
Si de leurs soins pressants la douce impatience
N'obtient que d'un refus la dédaigneuse offense ;
Qu'à ton tour la beauté dont les yeux t'ont soumis
Refuse à tes soupirs ce qu'elle t'a promis ;
Qu'un rival loin de toi de ses charmes dispose ;
Et, quand tu lui viendras présenter une rose,
Que l'ingrate étonnée, en recevant ce don,
Ne t'ait vu de sa vie et demande ton nom.

XI*.

'Ελεγ.

Ah! portons dans les bois ma triste inquiétude.
O Camille! l'amour aime la solitude.
Ce qui n'est point Camille est un ennui pour moi.
Là, seul, celui qui t'aime est encore avec toi.
Que dis-je? Ah! seul et loin d'une ingrate chérie,
Mon cœur sait se tromper. L'espoir, la rêverie,
La belle illusion la rendent à mes feux,
Mais sensible, mais tendre, et comme je la veux;
De ses refus d'apprêt oubliant l'artifice,
Indulgente à l'amour, sans fierté, sans caprice,
De son sexe cruel n'ayant que les appas.
Je la feins quelquefois attachée à mes pas;
Je l'égare et l'entraîne en des routes secrètes.
Absente, je la tiens en des grottes muettes...
Mais présente, à ses pieds m'attendent les rigueurs *,
Et, pour les songes vains, de réelles douleurs *.
Camille est un besoin dont rien ne me soulage;
Rien à mes yeux n'est beau que de sa seule image.
Près d'elle, tout, comme elle, est touchant, gracieux;
Tout est aimable et doux, et moins doux que ses yeux.
Sur l'herbe, sur la soie, au village, à la ville,
Partout, reine ou bergère, elle est toujours Camille,
Et moi toujours l'amant trop prompt à s'enflammer,
Qu'elle outrage, qui l'aime, et veut toujours l'aimer.

XII*.

᾿Ελεγ.

J'ai suivi les conseils d'une triste sagesse.
Je suis donc sage enfin ; je n'ai plus de maîtresse.
Sois satisfait, mon cœur. Sur un si noble appui
Tu vas dormir en paix dans ton sublime ennui.
Quel dégoût vient saisir mon âme consternée,
Seule dans elle-même, hélas! emprisonnée?
Viens, ô ma lyre! ô toi mes dernières amours
(Innocentes du moins); viens, ô ma lyre, accours.
Chante-moi de ces airs qu'à ta voix jeune et tendre
Les lyres de la Grèce ont su jadis apprendre.
Quoi! je suis seul? O dieux! où sont donc mes amis?
Ah! ce cœur qui, toujours à l'amitié soumis,
D'étendre ses liens fit son besoin suprême,
Faut-il l'abandonner, le laisser à lui-même?
Où sont donc mes amis? Objets chéris et doux!
Je souffre, ô mes amis! Ciel! où donc êtes-vous?
A tout ce qu'elle entend, de vous seuls occupée,
De chaque bruit lointain mon oreille frappée
Écoute, et croit souvent reconnaître vos pas;
Je m'élance, je cours, et vous ne venez pas.

Ah! vous accuserez votre absence infidèle,
Quand vous saurez qu'ainsi je souffre et vous appelle.
Que je plains un méchant! Sans doute avec effroi
Il porte à tout moment les yeux autour de soi;

Il n'y voit qu'un désert; tout fuit, tout se retire.
Son œil ne vit jamais de bouche lui sourire;
Jamais, dans les revers qu'il ose déclarer,
De doux regards sur lui s'attendrir et pleurer.
Oh! de se confier noble et douce habitude!·
Non, mon cœur n'est point né pour vivre en solitude:
Il me faut qui m'estime, il me faut des amis
A qui dans mes secrets tout accès soit permis;
Dont les yeux, dont la main dans la mienne pressée
Réponde à mon silence, et sente ma pensée.
Ah! si pour moi jamais tout cœur était fermé,
Si nul ne songe à moi, si je ne suis aimé,
Vivre importun, proscrit, flatte peu mon envie.
Et quels sont ses plaisirs, que fait-il de la vie,
Le malheureux qui, seul, exclu de tout lien,
Ne connaît pas un cœur où reposer le sien,
Une âme où dans ses maux, comme en un saint asile,
Il puisse fuir la sienne et se rasseoir tranquille;
Pour qui nul n'a de vœux; qui jamais dans ses pleurs
Ne peut se dire : « Allons, je sais que mes douleurs
Tourmentent mes amis, et quoiqu'en mon absence
Ils accusent mon sort et prennent ma défense? »

XIII*.

IMITÉ DE LA XIe IDYLLE DE BION.

'Ελεγ.

Bel astre de Vénus, de son front délicat
Puisque Diane encor voile le doux éclat,
Jusques à ce tilleul, au pied de la colline,
Prête à mes pas secrets ta lumière divine.
Je ne vais point tenter de nocturnes larcins,
Ni tendre aux voyageurs des piéges assassins
J'aime : je vais trouver des ardeurs mutuelles,
Une nymphe adorée, et belle entre les belles,
Comme parmi les feux que Diane conduit
Brillent tes feux si purs, ornement de la nuit

XIV*.

'Ελεγ.

O Muses, accourez; solitaires divines,
Amantes des ruisseaux, des grottes, des collines!
Soit qu'en ses beaux vallons Nîme égare vos pas;
Soit que de doux pensers, en de riants climats,
Vous retiennent aux bords de Loire ou de Garonne;

Soit que parmi les chœurs de ces nymphes du Rhône
Phébé dans la prairie, où son flambeau vous luit,
Dansantes vous admire au retour de la nuit;
Venez. J'ai fui la ville aux Muses si contraire,
Et l'écho fatigué des clameurs du vulgaire *.
Sur les pavés poudreux d'un bruyant carrefour
Les poétiques fleurs n'ont jamais vu le jour.
Le tumulte et les cris font fuir avec la lyre
L'oisive rêverie au suave délire;
Et les rapides chars et leurs cercles d'airain
Effarouchent les vers qui se taisent soudain.
Venez. Que vos bontés ne me soient point avares.
Mais, oh! faisant de vous mes pénates, mes lares,
Quand pourrai-je habiter un champ qui soit à moi!
Et, villageois tranquille, ayant pour tout emploi
Dormir et ne rien faire, inutile poëte,
Goûter le doux oubli d'une vie inquiète?
Vous savez si toujours, dès mes plus jeunes ans,
Mes rustiques souhaits m'ont porté vers les champs;
Si mon cœur dévorait vos champêtres histoires,
Cet âge d'or si cher à vos doctes mémoires,
Ces fleuves, ces vergers, Éden aimé des cieux
Et du premier humain berceau délicieux;
L'épouse de Booz, chaste et belle indigente,
Qui suit d'un pas tremblant la moisson opulente;
Joseph, qui dans Sichem cherche et retrouve, hélas!
Ses dix frères pasteurs qui ne l'attendaient pas;
Rachel, objet sans prix qu'un amoureux courage
N'a pas trop acheté de quinze ans d'esclavage.
Oh! oui, je veux un jour en des bords retirés,

Sur un riche coteau ceint de bois et de prés,
Avoir un humble toit, une source d'eau vive
Qui parle, et dans sa fuite et féconde et plaintive
Nourrisse mon verger, abreuve mes troupeaux.
Là, je veux, ignorant le monde et ses travaux,
Loin du superbe ennui que l'éclat environne,
Vivre comme jadis, aux champs de Babylone,
Ont vécu, nous dit-on, ces pères des humains
Dont le nom aux autels remplit nos fastes saints ;
Avoir amis, enfants, épouse belle et sage ;
Errer, un livre en main, de bocage en bocage ;
Savourer sans remords, sans crainte, sans désirs,
Une paix dont nul bien n'égale les plaisirs.
Douce mélancolie ! aimable mensongère,
Des antres, des forêts déesse tutélaire,
Qui vient d'une insensible et charmante langueur
Saisir l'ami des champs et pénétrer son cœur,
Quand, sorti vers le soir des grottes reculées,
Il s'égare à pas lents au penchant des vallées,
Et voit des derniers feux le ciel se colorer,
Et sur les monts lointains un beau jour expirer.
Dans sa volupté sage, et pensive et muette,
Il s'assied, sur son sein laisse tomber sa tête.
Il regarde à ses pieds, dans le liquide azur
Du fleuve, qui s'étend comme lui calme et pur,
Se peindre les coteaux, les toits et les feuillages,
Et la pourpre en festons couronnant les nuages.
Il revoit près de lui, tout à coup animés,
Ces fantômes si beaux à nos pleurs tant aimés,
Dont la troupe immortelle habite sa mémoire.

Julie, amante faible et tombée avec gloire;
Clarisse, beauté simple où respire, le ciel,
Dont la douleur ignore et la haine et le fiel,
Qui souffre sans gémir, qui périt sans murmure;
Clémentine adorée *; âme céleste et pure,
Qui, parmi les rigueurs d'une injuste maison,
Ne perd point l'innocence en perdant la raison;
Mânes aux yeux charmants, vos images chéries
Accourent occuper ses belles rêveries;
Ses yeux laissent tomber une larme. Avec vous
Il est dans vos foyers, il voit vos traits si doux...
A vos persécuteurs il reproche leur crime.
Il aime qui vous aime, il hait qui vous opprime.
Mais tout à coup il pense, ô mortels déplaisirs!
Que ces touchants objets de pleurs et de soupirs
Ne sont peut-être, hélas! que d'aimables chimères,
De l'âme et du génie enfants imaginaires.
Il se lève, il s'agite à pas tumultueux;
En projets enchanteurs il égare ses vœux.
Il ira, le cœur plein d'une image divine,
Chercher si quelques lieux ont une Clémentine,
Et dans quelque désert, loin des regards jaloux,
La servir, l'adorer et vivre à ses genoux.

XV*.

'Ελεγ.

Souvent le malheureux songe à quitter la vie,
L'espérance crédule à vivre le convie.
Le soldat sous la tente espère, avec la paix,
Le repos, les chansons, les danses, les banquets.
Gémissant sur le soc, le laboureur d'avance
Voit ses guérets chargés d'une heureuse abondance.
Moi, l'espérance amie est bien loin de mon cœur.
Tout se couvre à mes yeux d'un voile de langueur;
Des jours amers, des nuits plus amères encore.
Chaque instant est trempé du fiel qui me dévore;
Et je trouve partout mon âme et mes douleurs,
Le nom de Lycoris, et la honte et les pleurs.
Ingrate Lycoris! à feindre accoutumée,
Avez-vous pu trahir qui vous a tant aimée?
Avez-vous pu trouver un passe-temps si doux
A déchirer un cœur qui n'adorait que vous?
Amis, pardonnez-lui; que jamais vos injures
N'osent lui reprocher ma mort et ses parjures :
Je ne veux point pour moi que son cœur soit blessé,
Ni que pour l'outrager mon nom soit prononcé.
Ces amis m'étaient chers; ils aimaient ma présence.
Je ne veux qu'être seul, je les fuis, les offense,
Ou bien, en me voyant, chacun avec effroi
Balance à me connaître et doute si c'est moi.

Est-ce là cet ami, compagnon de leur joie,
A de jeunes désirs comme eux toujours en proie,
Jeune amant des festins, des vers, de la beauté?
Ce front pâle et mourant, d'ennuis inquiété,
Est celui d'un vieillard appesanti par l'âge,
Et qui déjà d'un pied touche au fatal rivage.
Sans doute, Lycoris, oui, j'ai fini mon sort
Quand tu ne m'aimes plus et souhaites ma mort.
Amis, oui, j'ai vécu; ma course est terminée.
Chaque heure m'est un jour, chaque jour une année;
Les amants malheureux vieillissent en un jour.
Ah! n'éprouvez jamais les douleurs de l'amour:
Elles hâtent encor nos fuseaux si rapides,
Et, non moins que le temps, la tristesse a des rides.
Quoi, Gallus! quoi! le sort, si près de ton berceau,
Ouvre à tes jeunes pas ce rapide tombeau?
Hélas! mais quand j'aurai subi ma destinée,
Du Léthé bienfaisant la rive fortunée
Me prépare un asile et des ombrages verts:
Là, les danses, les jeux, les suaves concerts,
Et la fraîche naïade, en ses grottes de mousse,
S'écoulant sur des fleurs, mélancolique et douce;
Là, jamais la beauté ne pleure ses attraits,
Elle aime, elle est constante, elle ne ment jamais;
Là tout choix est heureux, toute ardeur mutuelle,
Et tout plaisir durable, et tout serment fidèle.
Que dis-je? on aime alors sans trouble; et les amants,
Ignorant le parjure, ignorent les serments.

Venez me consoler, aimables héroïnes.

O Léthé! fais-moi voir leurs retraites divines;
Viens me verser la paix et l'oubli de mes maux.
Ensevelis au fond de tes dormantes eaux
Le nom de Lycoris, ma douleur, mes outrages.
Un jour peut-être aussi, sous les riants bocages,
Lycoris, quand ses yeux ne verront plus le jour,
Reviendra tout en pleurs demander mon amour;
Me dire que le Styx me la rend plus sincère,
Qu'à moi seul désormais elle aura soin de plaire,
Que cent fois, rappelant notre antique lien,
Elle a vu que son cœur avait besoin du mien.
Lycoris à mes yeux ne sera plus charmante :
Pourtant... O Lycoris! ô trop funeste amante!
Si tu l'avais voulu, Gallus, plein de sa foi,
Avec toi voulait vivre et mourir avec toi.

XVI.

SOUVENIRS.

ʼΕλεγ.

O jours de mon printemps, jours couronnés de rose,
A votre fuite en vain un long regret s'oppose.
Beaux jours, quoique souvent obscurcis de mes pleurs,
Vous dont j'ai su jouir même au sein des douleurs,
Sur ma tête bientôt vos fleurs seront fanées,
Hélas! bientôt le flux des rapides années *

Vous aura loin de moi fait voler sans retour.
Oh! si du moins alors je pouvais à mon tour,
Champêtre possesseur, dans mon humble chaumière
Offrir à mes amis une ombre hospitalière;.
Voir mes lares charmés, pour les bien recevoir,
A de joyeux banquets la nuit les faire asseoir;
Et là nous souvenir, au milieu de nos fêtes,
Combien chez eux longtemps, dans leurs belles retraites,
Soit sur ces bords heureux, opulents avec choix,
Où Montigny s'enfonce en ses antiques bois *,
Soit où la Marne lente, en un long cercle d'îles *,
Ombrage de bosquets l'herbe et les prés fertiles,
J'ai su, pauvre et content, savourer à longs traits
Les muses, les plaisirs, et l'étude et la paix!
Qui ne sait être pauvre est né pour l'esclavage *.
Qu'il serve donc les grands, les flatte, les ménage;
Qu'il plie, en approchant de ces superbes fronts,
Sa tête à la prière, et son âme aux affronts,
Pour qu'il puisse, enrichi de ces affronts utiles,
Enrichir à son tour quelques têtes serviles.
De ces honteux trésors je ne suis point jaloux.
Une pauvreté libre est un trésor si doux!
Il est si doux, si beau de s'être fait soi-même;
De devoir tout à soi, tout aux beaux-arts qu'on aime;
Vraie abeille en ses dons, en ses soins, en ses mœurs,
D'avoir su se bâtir, des dépouilles des fleurs,
Sa cellule de cire, industrieux asile
Où l'on coule une vie innocente et tranquille *;
De ne point vendre aux grands ses hymnes avilis;
De n'offrir qu'aux talents de vertus ennoblis, .

Et qu'à l'amitié douce et qu'aux douces faiblesses *,
D'un encens libre et pur les honnêtes caresses!
Ainsi l'on dort tranquille, et, dans son saint loisir,
Devant son propre cœur on n'a point à rougir.
Si le sort ennemi m'assiége et me désole,
Je pleure; mais bientôt la tristesse s'envole,
Et les arts, dans un cœur de leur amour rempli,
Versent de tous les maux l'indifférent oubli.
Les délices des arts ont nourri mon enfance.
Tantôt, quand d'un ruisseau, suivi dès sa naissance,
La nymphe aux pieds d'argent a sous de longs berceaux
Fait serpenter ensemble et mes pas et ses eaux,
Ma main donne au papier, sans travail, sans étude,
Des vers fils de l'amour et de la solitude.
Tantôt de mon pinceau les timides essais
Avec d'autres couleurs cherchent d'autres succès:
Ma toile avec Sapho s'attendrit et soupire;
Elle rit et s'égaye aux danses du satyre;
Ou l'aveugle Ossian y vient pleurer ses yeux,
Et pense voir et voit ses antiques aïeux
Qui, dans l'air appelés à ses hymnes sauvages,
Arrêtent près de lui leurs palais de nuages.
Beaux-arts, ô de la vie aimables enchanteurs,
Des plus sombres ennuis riants consolateurs,
Amis sûrs dans la peine et constantes maîtresses,
Dont l'or n'achète point l'amour ni les caresses *,
Beaux-arts, dieux bienfaisants, vous que vos favoris
Par un indigne usage ont tant de fois flétris,
Je n'ai point partagé leur honte trop commune.
Sur le front des époux de l'aveugle Fortune

Je n'ai point fait ramper vos lauriers trop jaloux,
J'ai respecté les dons que j'ai reçus de vous.
Je ne vais point, au prix de mensonges serviles,
Vous marchander au loin des récompenses viles,
Et partout, de mes vers ambitieux lecteur,
Faire trouver charmant mon luth adulateur.
Abel, mon jeune Abel *, et Trudaine et son frère,
Ces vieilles amitiés de l'enfance première,
Quand tous quatre, muets, sous un maître inhumain,
Jadis au châtiment nous présentions la main ;
Et mon frère et Lebrun, les Muses elles-mêmes ;
De Pange, fugitif de ces neuf sœurs qu'il aime :
Voilà le cercle entier qui, le soir, quelquefois,
A des vers non sans peine obtenus de ma voix,
Prête une oreille amie et cependant sévère.
Puissé-je ainsi toujours dans cette troupe chère
Me revoir, chaque fois que mes avides yeux
Auront porté longtemps mes pas de lieux en lieux,
Amant des nouveautés compagnes de voyage,
Courant partout, partout cherchant à mon passage
Quelque ange aux yeux divins qui veuille me charmer,
Qui m'écoute ou qui m'aime, ou qui se laisse aimer *.

XVII *.

Ἐλεγ.

Ah ! des pleurs ! des regrets ! lisez, amis. C'est elle.
On m'outrage, on me chasse, et puis on me rappelle.

Non; il fallait d'abord m'accueillir sans détours.
Non, non; je n'irai point. La nuit tombe; j'accours.
On s'excuse, on gémit; enfin on me renvoie;
Je sors. Chez mes amis je viens trouver la joie;
Et parmi nos festins un billet repentant
Bientôt me suit et vient me dire qu'on m'attend.

« Écoute, jeune ami de ma première enfance,
Je te connais. Malgré ton aimable silence,
Je connais la beauté qui t'a contraint d'aimer,
Qui t'agite tout bas, que tu n'oses nommer.
Certe un beau jour n'est pas plus beau que son visage.
Mais, si tu ne veux point gémir dans l'esclavage,
Sache que trop d'amour excite leur dédain.
Laisse-la quelquefois te désirer en vain.
Il est bon, quelque orgueil dont s'enivrent ces belles,
De leur montrer pourtant qu'on peut se passer d'elles.
Viens, et loin d'être faible, allons, si tu m'en crois,
Respirer la fraîcheur de la nuit et des bois;
Car, dans cette saison de chaleurs étouffée *,
Tu sais, le jour n'est bon qu'à donner à Morphée.
Allons. Et pour Camille, elle n'a qu'à dormir. »
Passons devant ses murs. Je veux, pour la punir,
Je veux qu'à son réveil demain on lui rapporte
Qu'on m'a vu. Je passais sans regarder sa porte.
Qu'elle s'écrie alors, les larmes dans les yeux,
Que tout homme est parjure, et qu'il n'est point de dieux!
Tiens. C'est ici. Voilà ses jardins solitaires
Tant de fois attentifs à nos tendres mystères;
Et là, tiens, sur ma tête est son lit amoureux,

Lit chéri, tant de fois fatigué de nos jeux. . .
Ah! le verre et le lin, délicate barrière,
Laissent voir à nos yeux la tremblante lumière
Qui, jusqu'à l'aube au teint moins que le sien vermeil,
Veille près de sa couche et garde son sommeil.
C'est là qu'elle m'attend. Oh! si tu l'avais vue,
Quand, fermant ses beaux yeux, mollement étendue,
Laissant tomber sa tête, un calme pur et frais
Comme aux anges du ciel fait reluire ses traits!
Ah! je me venge aussi plus qu'elle ne mérite.
Un vain caprice, un rien. Ami, fuyons bien vite;
Fuyons vite, courons. Mes projets seront sûrs
Quand je ne verrai plus sa porte ni ses murs.

XVIII*.

'Ελεγ.

Mais ne m'a-t-elle pas juré d'être infidèle?
Mais n'est-ce donc pas moi qu'elle a banni loin d'elle?
Mais sa voix intrépide, et ses yeux, et son front,
Ne se vantaient-ils pas de m'avoir fait affront?
C'est donc pour essuyer quelque nouvel outrage,
Pour l'accabler moi-même et d'insulte et de rage,
La prier, la maudire, invoquer le cercueil,
Que je retourne encor vers son funeste seuil,
Errant dans cette nuit turbulente, orageuse,
Moins que ce triste cœur noire et tumultueuse?

Ce n'était pas ainsi que, sans crainte et sans bruit,
Jadis à la faveur d'une plus belle nuit,
Invisible, attendu par des baisers de flamme...
O toi, jeune imprudent que séduit une femme,
Si ton cœur veut en croire un cœur trop agité,
Ne courbe point ta tête au joug de la beauté.
Ris plutôt de ses feux et méprise ses charmes.
Vois d'un œil sec et froid ses soupirs et ses larmes.
Règne en tyran cruel; aime à la voir souffrir;
Laisse-la toute seule et transir et mourir.
Tous ses soupirs sont faux, ses larmes infidèles,
Son souris venimeux, ses caresses mortelles.
Ah! si tu connaissais de quel art inouï
La perfide enivra ce cœur qu'elle a trahi!
De quel art ses discours (faut-il qu'il m'en souvienne!)
Me faisaient voir sa vie attachée à la mienne!
Avait-elle bien pu vivre et ne m'aimer pas?
Combien de fois, de joie expirante en mes bras,
Faible, exhalant à peine une voix amoureuse,
« Ah! dieux! s'écriait-elle, ah! que je suis heureuse! »
Combien de fois encor, d'une brûlante main
Pressant avec fureur ma tête sur son sein,
Ses cris me reprochaient des caresses paisibles!
Mes baisers, à l'entendre, étaient froids, insensibles;
Le feu qui la brûlait ne pouvait m'enflammer;
Et mon sexe cruel ne savait point aimer!
Et moi, fier et confus de son inquiétude,
Je faisais le procès à mon ingratitude;
Je plaignais son amour, et j'accusais le mien;
Je haïssais mon cœur, si peu digne du sien.

Je frissonne. Ah! je sens que je m'approche d'elle.
Oui, je la vois, grands dieux! cette maison cruelle
Que sans trouble jamais n'abordèrent mes pas.
Mais ce trouble était doux, et je ne mourais pas.
Mais elle n'avait point, sans pitié même feinte,
Rassasié mon cœur et de fiel et d'absinthe.
Ah! d'affronts aujourd'hui je la veux accabler.
De véritables pleurs de ses yeux vont couler.
Tout ce qu'ont de plus dur l'insulte, la colère,
Je veux... Mais essayons plutôt ce que peut faire
Ce silence indulgent qui semble caresser,
Qui pardonne et rassure, et plaint sans offenser.
Oui, laissons le dépit et l'injure farouche :
Allons, je veux entrer le rire sur la bouche,
Le front calme et serein. Camille, je veux voir
S'il est vrai que la paix soit toute en mon pouvoir.
Prends courage, mon cœur : de douces espérances
Me disent qu'aujourd'hui finiront tes souffrances.

XIX*.

'Eλεγ.

Qui? moi? moi de Phébus te dicter les leçons?
Moi, dans l'ombre ignoré, moi que ses nourrissons
Pour émule aujourd'hui désavoûraient peut-être ?
Dans ce bel art des vers je n'ai point eu de maître;
Il n'en est point, ami. Les poëtes vantés,

Sans cesse avec transport lus, relus, médités;
Les dieux, l'homme, le ciel, la nature sacrée
Sans cesse étudiée, admirée, adorée :
Voilà nos maîtres saints, nos guides éclatants.
A peine avais-je vu luire seize printemps,
Aimant déjà la paix d'un studieux asile,
Ne connaissant personne, inconnu, seul, tranquille,
Ma voix humble à l'écart essayait des concerts;
Ma jeune lyre osait balbutier des vers.
Déjà même Sapho, des champs de Mitylène *,
Avait daigné me suivre aux rives de la Seine.
Déjà dans les hameaux, silencieux, rêveur,
Une source inquiète, un ombrage, une fleur,
Des filets d'Arachné l'ingénieuse trame,
De doux ravissements venaient saisir mon âme.
Des voyageurs lointains auditeur empressé,
Sur nos tableaux savants où le monde est tracé,
Je courais avec eux du couchant à l'aurore.
Fertile en songes vains que je chéris encore,
J'allais partout, partout bientôt accoutumé;
Aimant tous les humains, de tout le monde aimé.
Les pilotes bretons me portaient à Surate,
Que dis-je? dès ce temps mon cœur, mon jeune cœur
Commençait dans l'amour à sentir un vainqueur;
Il se troublait dès lors au souris d'une belle.
Qu'à sa pente première il est resté fidèle!
C'est là, c'est en aimant que, pour louer ton choix,
Les Muses d'elles-mêmes adouciront ta voix.
Du sein de notre amie, oh! combien notre lyre
Abonde à publier sa beauté, son empire,

III. 7

Ses grâces, son amour de tant d'amour payé!
Mais quoi! pour être heureux faut-il être envié?
Quand même auprès de toi les yeux de ta maîtresse
N'attireraient jamais les ondes du Permesse,
Qu'importe? Penses-tu qu'il ait perdu ses jours
Celui qui, se livrant à ses chères amours,
Recueilli dans sa joie, eut pour toute science
De jouir en secret? fut heureux en silence?

Qu'il est doux, au retour de la froide saison *,
Jusqu'au printemps nouveau regagnant la maison,
De la voir devant vous accourir au passage,
Ses cheveux en désordre épars sur son visage!
Son oreille de loin a reconnu vos pas;
Elle vole et s'écrie et tombe dans vos bras,
Et, sur vous appuyée et respirant à peine,
A son foyer secret loin des yeux vous entraîne.
Là, mille questions qui vous coupent la voix,
Doux reproches, baisers, se pressent à la fois.
La table entre vous deux à la hâte est servie;
L'œil humide de joie, au banquet elle oublie
Et les mets et la table, et se nourrit en paix
Du plaisir de vous voir, de contempler vos traits.
Sa bouche ne dit rien; mais ses yeux, mais son âme,
Vous parlent, et bientôt des caresses de flamme
Vous mènent à ce lit qui se plaignait de vous.
C'est là qu'elle s'informe avec un soin jaloux
Si beaucoup de plaisirs, surtout si quelque belle
Habitait la contrée où vous étiez loin d'elle.

XX*.

'Ελεγ.

L'art des transports de l'âme est un faible interprète ;
L'art ne fait que des vers ; le cœur seul est poëte.
Sous sa fécondité le génie opprimé
Ne peut garder l'ouvrage en sa tête formé.
Malgré lui, dans lui-même, un vers sûr et fidèle
Se teint de sa pensée et s'échappe avec elle.
Son cœur dicte ; il écrit. A ce maître divin
Il ne fait qu'obéir et que prêter sa main.
S'il est aimé, content, si rien ne le tourmente,
Si la folâtre joie et la jeunesse ardente
Étalent sur son teint l'éclat de leurs couleurs,
Ses vers, frais et vermeils, pétris d'ambre et de fleurs,
Brillants de la santé qui luit sur son visage,
Trouvent doux d'être au monde et que vieillir est sage.
Si, pauvre et généreux, son cœur vient de souffrir
Aux cris d'un indigent qu'il n'a pu secourir ;
Si la beauté qu'il aime, inconstante et légère,
L'oublie en écoutant une amour étrangère ;
De sables douloureux si ses flancs sont brûlés*,
Ses tristes vers en deuil, d'un long crêpe voilés,
Ne voyant que des maux sur la terre où nous sommes,
Jugent qu'un prompt trépas est le seul bien des hommes.
Toujours vrai, son discours souvent se contredit.
Comme il veut, il s'exprime ; il blâme, il applaudit.

Vainement la pensée est rapide et volage :
Quand elle est prête à fuir, il l'arrête au passage.
Ainsi, dans ses écrits partout se traduisant,
Il fixe le passé pour lui toujours présent,
Et sait, de se connaître ayant la sage envie,
Refeuilleter sans cesse et son âme et sa vie.

XXI*.

Ἔλεγ.

Reste, reste avec nous, ô père des bons vins !
Dieu propice, ô Bacchus ! toi dont les flots divins
Versent le doux oubli de ces maux qu'on adore ;
Toi, devant qui l'amour s'enfuit et s'évapore,
Comme de ce cristal aux mobiles éclairs
Tes esprits odorants s'exhalent dans les airs.

Eh bien ! mes pas ont-ils refusé de vous suivre ?
« Nous venons, disiez-vous, te conseiller de vivre.
Au lieu d'aller gémir, mendier des dédains,
Suis-nous, si tu le peux. La joie à nos festins
T'appelle. Viens, les fleurs ont couronné la table ;
Viens, viens y consoler ton âme inconsolable. »

Vous voyez, mes amis, si de ce noble soin
Mon cœur tranquille et libre avait aucun besoin.
Camille dans mon cœur ne trouve plus des armes,

Et je l'entends nommer sans trouble, sans alarmes;
Ma pensée est loin d'elle, et je n'en parle plus;
Je crois la voir muette et le regard confus,
Pleurante. Sa beauté présomptueuse et vaine
Lui disait qu'un captif, une fois dans sa chaîne,
Ne pouvait songer... Mais, que nous font ses ennuis?
Jeune homme, apporte-nous d'autres fleurs et des fruits.
Qu'est-ce, amis? nos éclats, nos jeux se ralentissent !
Que des verres plus grands dans nos mains se remplissent.
Pourquoi vois-je languir ces vins abandonnés,
Sous le liége tenace encore emprisonnés?
Voyons si ce premier, fils de l'Andalousie,
Vaudra ceux dont Madère a formé l'ambroisie,
Ou ceux dont la Garonne enrichit ses coteaux,
Ou la vigne foulée aux pressoirs de Cîteaux.
Non, rien n'est plus heureux que le mortel tranquille
Qui, cher à ses amis, à l'amour indocile,
Parmi les entretiens, les jeux et les banquets,
Laisse couler la vie et n'y pense jamais *.
Ah! qu'un front et qu'une âme à la tristesse en proie
Feignent malaisément et le rire et la joie!
Je ne sais, mais partout je l'entends, je la vois;
Son fantôme attrayant est partout devant moi;
Son nom, sa voix absente errent dans mon oreille.
Peut-être aux feux du vin que l'amour se réveille?
Sous les bosquets de Chypre, à Vénus consacrés,
Bacchus mûrit l'azur de ses pampres dorés.
J'ai peur que, pour tromper ma haine et ma vengeance,
Tous ces dieux malfaisants ne soient d'intelligence.
Du moins il m'en souvient, quand, autrefois, auprès

De cette ingrate aimée, en nos festins secrets
Je portais à la hâte à ma bouche ravie
La coupe demi-pleine à ses lèvres saisie,
Ce nectar, de l'amour ministre insidieux,
Bien loin de les éteindre, aiguillonnait mes feux.
Ma main courait saisir, de transport chatouillée,
Sa tête noblement folâtre, échevelée.
Elle riait ; et moi, malgré ses bras jaloux,
J'arrivais à sa bouche, à ses baisers si doux ;
J'avais soin de reprendre, utile stratagème !
Les fleurs que sur son sein j'avais mises moi-même ;
Et sur ce sein, mes doigts égarés, palpitants,
Les cherchaient, les suivaient, et les ôtaient longtemps.

Ah ! je l'aimais alors ! Je l'aimerais encore,
Si de tout conquérir la soif qui la dévore
Eût flatté mon orgueil au lieu de l'outrager,
Si mon amour n'avait qu'un outrage à venger,
Si vingt crimes nouveaux n'avaient trop su l'éteindre,
Si je ne l'abhorrais ! Ah ! qu'un cœur est à plaindre
De s'être à son amour longtemps accoutumé,
Quand il faut n'aimer plus ce qu'on a tant aimé !
Pourquoi, grands dieux ! pourquoi la fîtes-vous si belle ?
Mais ne me parlez plus, amis, de l'infidèle :
Que m'importe qu'un autre adore ses attraits,
Qu'un autre soit le roi de ses festins secrets ;
Que tous deux en riant ils me nomment peut-être ;
De ses cheveux épars qu'un autre soit le maître ;
Qu'un autre ait ses baisers, son cœur ; qu'une autre main
Poursuive lentement des bouquets sur son sein ?

Un autre! Ah! je ne puis en souffrir la pensée!
Riez, amis; nommez ma fureur insensée.
Vous n'aimez pas, et j'aime, et je brûle, et je pars
Me coucher sur sa porte, implorer ses regards;
Elle entendra mes pleurs, elle verra mes larmes *;
Et dans ses yeux divins, pleins de grâces, de charmes,
Le sourire ou la haine, arbitres de mon sort,
Vont ou me pardonner, ou prononcer ma mort.

XXII.

Ἔλεγ.

O nuit, nuit douloureuse! ô toi, tardive aurore,
Viens-tu? vas-tu venir? es-tu bien loin encore?
Ah! tantôt sur un flanc, puis sur l'autre, au hasard
Je me tourne et m'agite, et ne peux nulle part
Trouver que l'insomnie amère, impatiente,
Qu'un malaise inquiet et qu'une fièvre ardente.
Tu dors, belle D'..z...; c'est toi, c'est mon amour *
Qui retient ma paupière ouverte jusqu'au jour.
Si tu l'avais voulu, dieux! cette nuit cruelle [1]
Aurait pu s'écouler plus rapide et plus belle!

1. L'auteur avait d'abord fait ces deux vers de cette manière:

O dieux! si tu voulais! ô cette nuit maudite
Pouvait mieux s'employer et s'écouler plus vite!

Mon âme, comme un songe, autour de ton sommeil
Voltige. En me lisant demain à ton réveil,
Tu verras comme toi si mon cœur est paisible *.
J'ai soulevé pour toi, sur ma couche pénible,
Ma tête appesantie. Assis et plein de toi,
Le nocturne flambeau qui luit auprès de moi
Me voit, en sons plaintifs et mêlés de caresses,
Verser sur le papier mon cœur et mes tendresses.
Tu dors, belle D'..z..., tes beaux yeux sont fermés *.
Ton haleine de rose aux soupirs embaumés
Entr'ouvre mollement tes deux lèvres vermeilles.
Mais si je me trompais ! dieux ! ô dieux ! si tu veilles !
Et, lorsque loin de toi j'endure le tourment [1]
D'une insomnie amère, aux bras d'un autre amant,
Pour toi, de cette nuit qui s'échappe trop vite
Une douce insomnie embellissait la fuite !

Dieu d'oubli, viens fermer mes yeux. O dieu de paix !
Sommeil, viens, fallût-il les fermer pour jamais.
Un autre dans ses bras ! ô douloureux outrage !
Un autre ! ô honte ! ô mort ! ô désespoir ! ô rage !
Malheureux insensé ! pourquoi, pourquoi les dieux
A juger la beauté formèrent-ils mes yeux ?
Pourquoi cette âme faible et si molle aux blessures *
De ces regards féconds en douces impostures ?
Une amante moins belle aime mieux, et du moins,

1. L'auteur donne cette variante :

   Et si, quand *loin de toi j'endure le tourment* ..

Humble et timide à plaire, elle est pleine de soins [1] ;
Elle est tendre ; elle a peur de pleurer votre absence.
Fidèle, peu d'amants attaquent sa constance ;
Et son égale humeur, sa facile gaîté [2],
L'habitude, à son front, tiennent lieu de beauté.
Mais celle qui partout fait conquête nouvelle [3],
Celle qu'on ne voit point sans dire : O ! qu'elle est belle [*] !
Insulte, en son triomphe, aux soupirs de l'amour [4],
Souveraine au milieu d'une tremblante cour,
Dans son léger caprice, inégale et soudaine [5],
Tendre et douce aujourd'hui, demain froide et hautaine.
Si quelqu'un se dérobe à ses enchantements,

1. Le manuscrit donne cette variante, qui était la première pensée de l'auteur :

Complaisante, attentive et prodigue *de soins ;*

puis celle-ci qui est la première correction :

Défiante, à vous plaire elle met tous ses *soins.*

La seconde et dernière correction de l'auteur donne le vers tel qu'il est maintenant.

2. Le manuscrit porte cette première version :

Et son humeur égale et sa douce *gaîté.*

3. Variante :

Mais celle qui n'a point trouvé de cœur rebelle.

4. Le manuscrit porte cette première version, que l'auteur a rayée :

Marche et traîne après soi tous les vœux *de l'amour,*
Reine superbe au sein *d'une tremblante cour.*

5. Variante :

En caprices légers *inégale et soudaine.*

III. 8

Qu'est-ce enfin qu'un de moins dans ce peuple d'amants!
On brigue ses regards, elle s'aime et s'admire *,
Et ne connaît d'amour que celui qu'elle inspire.
Et puis pour qui l'adore, inquiétudes, pleurs *,
Soupçons et jalousies et nocturnes terreurs [1],
Quand il tremble, de loin, qu'un séducteur habile
Vienne et la sollicite et la trouve docile.
Mais que pouvais-je, hélas! Et dois-je me blâmer?
O D'..z..., je t'ai vue, il fallait bien t'aimer.
Il fallait bien, D'..z..., que ma muse enflammée
Chantât pour caresser ma belle bien-aimée;
Elle pleure à tes pieds, les yeux pleins de langueur:
Puisse-t-elle à mes feux intéresser ton cœur!

Au retour d'un festin, seule, ô dieux! sur ta couche *,
Si cet heureux papier s'approchait de ta bouche!
Enfermé dans la soie, ô si ta belle main
Daignait le retrouver, le presser sur ton sein!
Je le saurai; l'amour volera me le dire.
Dans l'âme d'un poëte un Dieu même respire.
Et ton cœur ne pourra me faire un si grand bien
Sans qu'un transport subit avertisse le mien.
Fais-le naître, ô D'..z..., alors toutes mes peines
S'adoucissent. Alors dans mes paisibles veines,
Mon sang coule en flots purs et de lait et de miel,
Et mon âme se croit habitante du ciel.

1. Variante :
Chagrins *et jalousies et nocturnes terreurs.*

XXIII*.

Ἐλεγ.

Et c'est Glycère, amis, chez qui la table est prête?
Et la belle Amélie est aussi de la fête;
Et Rose, qui jamais ne lasse les désirs,
Et dont la danse molle aiguillonne aux plaisirs?
Et sa sœur aux accents de la voix la plus rare
Unira, dites-vous, les sons de la guitare?
Et nous aurons Julie, au rire étincelant,
Au sein plus que l'albâtre et solide et brillant?
Certe, en pareille fête autrefois je l'ai vue,
Ses longs cheveux épars, courante, demi-nue :
En ses bruyantes nuits Cithéron n'a jamais *
Vu ménade plus belle errer dans ses forêts.
J'y consens. Avec vous je suis prêt à m'y rendre,
Allons. Mais si Camille, ô dieux! vient à l'apprendre?
Quel orage suivra ce banquet tant vanté,
S'il faut qu'à son oreille un mot en soit porté!
Oh! vous ne savez pas jusqu'où va son empire.
Si j'ai loué des yeux, une bouche, un sourire,
Ou si, près d'une belle assis en un repas,
Nos lèvres en riant ont murmuré tout bas,
Elle a tout vu. Bientôt cris, reproches, injure :
Un mot, un geste, un rien, tout était un parjure.
« Chacun pour cette belle avait vu mes égards.
Je lui parlais des yeux, je cherchais ses regards. »
Et puis des pleurs! des pleurs... que Memnon sur sa cendre
A sa mère immortelle en a moins fait répandre.

Que dis-je? sa vengeance ose en venir aux coups;
Elle me frappe. Et moi, je feins, dans mon courroux,
De la frapper aussi, mais d'une main légère,
Et je baise sa main impuissante et colère;
Car ses bras ne sont forts qu'aux amoureux exploits.
La fureur ne peut même aigrir sa douce voix.
Ah! je l'aime bien mieux injuste qu'indolente.
Sa colère me plaît et décèle une amante.
Si j'ai peur de la perdre, elle tremble à son tour;
Et la crainte inquiète est fille de l'amour.
L'assurance tranquille est d'un cœur insensible.
Loin! à mes ennemis une amante paisible;
Moi, je hais le repos. Quel que soit mon effroi
De voir de si beaux yeux irrités contre moi,
Je me plais à nourrir de communes alarmes.
Je veux pleurer moi-même, ou voir couler ses larmes,
Accuser un outrage ou calmer un soupçon,
Et toujours pardonner ou demander pardon *.

Mais quels éclats, amis! C'est la voix de Julie:
Entrons. O quelle nuit! joie, ivresse, folie!
Que de seins envahis et mollement pressés!
Malgré de vains efforts que d'appas caressés!
Que de charmes divins forcés dans leur retraite!
Il faut que de la Seine, au cri de notre fête,
Le flot résonne au loin, de nos jeux égayé,
Et qu'en son lit voisin le marchand éveillé,
Écoutant nos plaisirs d'une oreille jalouse,
Redouble ses baisers à sa trop jeune épouse.

XXIV*.

'Ελεγ.

Animé par l'amour, le vrai dieu des poëtes,
Du Pinde, en mon printemps, j'ai connu les retraites,
Aux danses des neufs sœurs entremêlé mes pas,
Et de leurs jeux charmants su goûter les appas.
Je veux, tant que mon sang bouillonne dans mes veines,
Ne chanter que l'amour, ses douceurs et ses peines.
De convives chéris toujours environné,
A la joie avec eux sans cesse abandonné,

. . . .

. . . .

Fumant dans le cristal, que Bacchus à longs flots
Partout aille à la ronde éveiller les bons mots.
Reine de mes banquets, que ma déesse y vienne*;
Que des fleurs de sa tête elle pare la mienne;
Pour enivrer mes sens, que le feu de ses yeux
S'unisse à la vapeur des vins délicieux.
Hâtons-nous, l'heure fuit, un jour inexorable,
Vénus, qui pour les dieux fit le bonheur durable,
A nos cheveux blanchis refusera des fleurs,
Et le printemps pour nous n'aura plus de couleurs.
Qu'un sein voluptueux, des lèvres demi-closes
Respirent près de nous leur haleine de roses;
Que Laïs sans réserve abandonne à nos yeux *
De ses charmes secrets les contours gracieux.

Quand l'âge aura sur nous mis sa main flétrissante,
Que pourra la beauté, quoique toute-puissante ?
Nos cœurs en la voyant ne palpiteront plus.

C'est alors qu'exilé dans mon champêtre asile,
De l'antique sagesse admirateur tranquille,
De tout cet univers interrogeant la voix *,
J'irai de la nature étudier les lois :
Par quelle main sur soi la terre suspendue
Voit mugir autour d'elle Amphitrite étendue ;
Quel Titan foudroyé respire avec effort
Des cavernes d'Etna la ruine et la mort ;
Si d'un axe brûlant le soleil nous éclaire[1] ;
Ou si roi, dans le centre, entouré de lumière,
A des mondes sans nombre, en leurs cercles roulants,
Il verse autour de lui ses regards opulents ;
Comment à son flambeau Diane assujettie
Brille, de ses bienfaits chaque mois agrandie ;
Si l'ourse au sein des flots craint d'aller se plonger ;
Quel signe sur la mer conduit le passager,
Quand sa patrie absente et longtemps appelée
Lui fait tenter l'Euripe et les flots de Malée ;

1. Les quatre vers suivants, imprimés en 1819, étaient
une variante qui ne se trouve point sur la partie du manuscrit qui a échappé à la *sollicitude* du premier éditeur :

Quel bras guide les cieux ; à quel ordre enchaînée
Le soleil bienfaisant nous ramène l'année ;
Quel signe aux ports lointains arrête l'étranger ;
Quel autre sur la mer conduit le passager.

Et quel, de l'abondance heureux avant-coureur,
Arme d'un aiguillon la main du laboureur.
Souvent, dès que le jour chassera les étoiles,
Aux hôtes des forêts j'irai tendre des toiles ;
Sur les beaux fruits du Gange en nos bords transplantés
Des dieux de nos jardins appeler les bontés;
Lier à ses ormeaux la vigne paresseuse;
Voir à quelles moissons quelle terre est heureuse ;
Aux vergers altérés conduire les ruisseaux ;
De chaume et de filets armer les arbrisseaux,
Et soulager leurs troncs des branches inutiles,
Pour leur faire adopter des rameaux plus fertiles,
Mais alors que du haut des célestes déserts
L'astre de la nature embrasera les airs,
Tantôt dans ma maison plus commode que belle,
Tantôt sur le tapis dont se pare Cybèle,
Où des feux du midi le platane vainqueur
Entretient sous son ombre une épaisse fraîcheur,
J'aurai quelques amis, soutiens de ma vieillesse
Le plaisir, qui n'est plus celui de ma jeunesse,
Est encor cependant le dieu de mes banquets :
L'œillet, la tubéreuse, y brillent en bouquets.
L'automne sur ses pas y conduit l'abondance
Et la douce gaîté, mère de l'indulgence,
Et, tel que dans l'Olympe à la table des dieux,
De pampres et de fruits et de fleurs radieux,
Donne à tous les objets offerts à son passage
Ce ris pur et serein qui luit sur son visage *.
Cependant jouissons; l'âge nous y convie.
Avant de la quitter, il faut user la vie.

Le moment d'être sage est voisin du tombeau.
Allons, jeune homme, allons, marche ; prends ce flambeau,
Marche, allons. Mène-moi chez ma belle maîtresse.
J'ai pour elle aujourd'hui mille fois plus d'ivresse.
Je veux que des baisers plus doux, plus dévorants,
N'aient jamais vers le ciel tourné ses yeux mourants.

L'idée de ce long fragment m'a été fournie par un beau morceau de Properce, livre III, élégie 3*. Mais je ne me suis point asservi à le copier. Je l'ai étendu ; je l'ai souvent abandonné pour y mêler, selon ma coutume, des morceaux de Virgile et d'Horace et d'Ovide, et tout ce qui me tombait sous la main, et souvent aussi pour ne suivre que moi. Voici comme il commence :

> Me juvat in primâ coluisse Helicona juventâ,
>   Musarumque choris implicuisse manus.

Il me semble qu'il n'est guère possible de traduire autrement ni mieux que je ne l'ai fait ce second vers, qui est charmant. Les anciens regardaient la danse non-seulement comme l'art de faire des pas gracieux, mais encore de toutes les attitudes du corps et surtout des bras. Si mollia brachia, salta. — Ovide *.

> Me juvat et multo mentem vincire Lyæo,
>   Et caput in vernâ semper habere rosâ *.

J'ai étendu ce texte pour y faire entrer plusieurs détails qui m'ont paru neufs dans notre poésie. Ce distique-là est bien beau : mentem vincire Lyæo !

Reine de mes banquets, que ma déesse y vienne*.

Je ne sais si l'arrangement de ce vers serait approuvé. Il me paraît précis, naturel et plein de liberté.

Que des fleurs de sa tête elle pare la mienne.

L'image agréable que présente ce vers est tirée d'un distique de Properce dans une autre élégie qui est la 3e du livre Ier. Le voici :

Et modo solvebam nostrâ de fronte corollas,
 Ponebamque tuis, Cinthia, temporibus *.

Amis, que ce bonheur, etc. *...

Le sens de ce morceau est celui de mille endroits d'Ovide et d'Horace.

Un jour, tel est des dieux, etc. *...

Ce vers et ceux qui suivent ne valent peut-être pas tous ensemble les deux vers de Properce :

Atque ubi jam *venerem gravis interceperit ætas,*
 Sparserit et nigras *alba senecta comas.*

Qu'un sein voluptueux, des lèvres demi-closes
Respirent près de nous leur haleine de roses.

Voluptueux n'est pas bon. Il fallait une épithète qui peignît cette palpitation si belle qui soulève un jeune sein. Des lèvres demi-closes ne vaut guère mieux. Malheureusement c'est presque la seule rime. Le second vers me semble heureux à cause de l'haleine attribuée aux palpitations du sein. Le second hémistiche du premier vers fait passer cela, parce qu'en poésie un mot passe à la faveur d'un autre.

Que Laïs, sans réserve, abandonne à nos yeux
De ses charmes secrets les contours gracieux *.

Toi que je ne nomme point, tu verras bien, si jamais tu me lis, que ce sont les belles... (formes) qui m'ont fait faire ces jolis vers. Que n'ai-je osé écrire ton nom au lieu de celui de

III. 9

Laïs : je n'aurais pas été obligé de changer le vers. Malheureusement pour moi, trop de personnes auraient reconnu que j'ai dit vrai et que tu as le plus beau... (corps) du monde.

> Dopo d'averlo
> Fatto natura
> Si vago e bello,
> Ruppe il modello
> Perch'egli fosse
> A'l mondo sol.

De tout cet univers interrogeant la voix,
J'irai de la nature étudier les lois*.

Vaut bien, à mon avis, le distique de Properce :

Tum mihi naturæ libeat perdiscere mores,
  Quis Deus hanc mundi temperet arte domum* :

Peut-être faut-il lire qua Deus?

Par quelle main sur soi la terre suspendue
Voit mugir autour d'elle Amphitrite étendue.

J'ai imité, autant que j'ai pu, ces vers divins d'Ovide :

.... nec brachia longo
.......margine terrarum porrexerat Amphitrite.

Métam., lib. I*.

Les quatre vers après les deux suivants sont traduits de ce bel endroit des Géorgiques, *liv. II*.

Unde tremor terris : qua vi maria alta tumescant
Objicibus ruptis, rursusque in se ipsa residant.

Je n'ose pas écrire mes vers après ceux-là. Le premier des miens est mal fait. Qua vi maria alta tumescant *est désespérant.*

Si d'un axe brûlant le soleil nous éclaire.

J'aime mieux axe *que* char. *Cela est moins trivial. Les Latins le disent partout.* Volat vi fervidus axis. *Virg.* *.

Spoliis onerato cæsaris axe. *Propert.* *.

L'épithète brûlant *me paraît heureuse en ce qu'elle représente l'effet que doit produire la présence du dieu du feu, et en même temps la précipitation de son vol.*

Si l'ourse au sein des flots craint d'aller se plonger.

Vers mal fait, d'après celui-ci de Virgile :

Arctos oceani metuentes æquore tingi *.

Les cinq vers suivants me semblent bons, surtout les deux derniers dont je m'applaudis. Ils sont tous tirés de Virgile :

Præterea tam sunt arcturi sidera nobis
Hædorumque dies servandi, et lucidus anguis,
Quam quibus in patriam ventosa per æquora vectis
Pontus et ostriferi fauces tentantur abydi *.

Voyez aussi Georg., liv. I, vers 252 *.

Quels vers! et comment ose-t-on en faire après ceux-là! les miens, si petits et si inférieurs, ont cependant peut-être l'avantage de citer l'Euripe *et* Malée, *lieux célèbres par des naufrages.*

Lier à ses ormeaux la vigne paresseuse.

J'ai voulu prendre aux Latins leur suis, *qui fait un effet si élégant dans leurs poésies* *.

Voir à quelles moissons quelle terre est heureuse.

Tournure latine claire et précise. Je ne crois pas qu'on l'eût encore transportée en français. C'est de tout ce morceau le vers que j'aime le mieux *.

Où des feux du midi le platane vainqueur.
Entretient sous son ombre une épaisse fraîcheur.

*Il y a peu d'arbres dont la feuille soit aussi large que celles
du platane et du figuier. J'ai traduit dans le second vers ce
beau frigus opacum de Virgile*. Bien ou mal, c'est ce qui
reste à savoir.*

*L'œillet, la tubéreuse, etc., sont des fleurs d'automne. Je crois
que les derniers vers ressemblent à quelque chose qui est dans
Tibulle. Mais je ne me souviens pas à quel endroit*.*

*J'ai écrit ces 90 vers et ces notes le 23 avril 1782, avant
l'Opéra où je vais à l'instant même*.*

XXV*.

Él.

. . . . ! . . . . .

S'ils n'ont point le bonheur, en est-il sur la terre*?
Quel mortel, inhabile à la félicité,
Regrettera jamais sa triste liberté,
Si jamais des amants il a connu les chaînes?
Leurs plaisirs sont bien doux, et douces sont leurs peines.
S'ils n'ont point ces trésors que l'on nomme des biens,
Ils ont les soins touchants, les secrets entretiens;
Des regards, des soupirs la voix tendre et divine,
Et des mots caressants la mollesse enfantine.
Auprès d'eux tout est beau, tout pour eux s'attendrit,
Le ciel rit à la terre, et la terre fleurit.
Aréthuse serpente et plus pure et plus belle;

Une douleur plus tendre anime Philomèle.
Flore embaume les airs d'une plus douce odeur *
Et son amant soupire avec plus de douceur.

. . . .
. . . .

Pour eux tout s'embellit, ils n'ont que de beaux cieux ;
Aux plus arides bords Tempé rit à leurs yeux.
A leurs yeux tout est pur comme leur âme est pure ;
Leur asile est plus beau que toute la nature.
La grotte, favorable à leurs embrassements,
D'âge en âge est un temple honoré des amants.
O rives du Pénée ! antres, vallons, prairies,
Lieux qu'Amour a peuplés d'antiques rêveries ;
Vous, bosquets d'Anio ; vous, ombrages fleuris,
Dont l'épaisseur fut chère aux nymphes du Liris ;
Toi surtout, ô Vaucluse ! ô retraite charmante !
Oh ! que j'aille y languir aux bras de mon amante ;
De baisers, de rameaux, de guirlandes lié,
Oubliant tout le monde, et 'du monde oublié !
Ah ! que ceux qui, plaignant l'amoureuse souffrance,
N'ont connu qu'une oisive et morne indifférence,
En bonheur, en plaisir pensent m'avoir vaincu :
Ils n'ont fait qu'exister, l'amant seul a vécu.

Cette élégie a été ébauchée de diverses manières ; mais avant de donner les variantes, je dois dire que le dixième vers et les cinq autres qui le suivent avaient été ainsi marqués par l'auteur :

Six vers à transporter dans mon élégie champêtre.

Ces vers, les voici, ils parlent des amants :

Auprès d'eux tout est beau. Tout pour eux s'attendrit.

Le ciel rit à la terre et la terre fleurit.
Aréthuse serpente et plus pure et plus belle ;
Une douleur plus tendre anime Philomèle ;
Flore embaume les airs d'une plus douce odeur,
Et son amant soupire avec plus de douceur *.

. . . .
. . . .

Pour eux tout s'embellit ; ils n'ont que de beaux cieux,
Aux plus arides bords Tempé rit à leurs yeux *.

  André avait d'abord ébauché cette pièce de cette manière :

S'ils n'ont point le bonheur, en est-il sur la terre ?
De la blonde Palès l'aspect délicieux[1],
Et l'azur d'Amphitrite et la voûte des cieux
Portent jusqu'à leur âme et délicate et tendre
Une voix, des accents qu'eux seuls savent entendre : ·
Tout est, pour des amants, matière à s'attendrir ;
. . . .
Tout ne parle autour d'eux que d'aimer et de plaire,
Tout est formé pour eux dans la nature entière.
Les objets. . . . .
Étalent à leurs yeux des charmes inconnus.
Aréthuse serpente et plus pure et plus belle,
Une douleur plus tendre anime Philomèle,

  1. L'auteur avait écrit en marge de son manuscrit et à côté
de ce vers :

  Il faudrait pouvoir mettre :

    Le printemps et Pomone et Vertumne et Palès.

Flore exhale pour eux une plus douce odeur,
Et son amant respire avec plus de douceur.

Autre version :

. . . .
S'ils n'ont point de bonheur, en est-il sur la terre?
Quel mortel, inhabile à la félicité,
Nous vantera jamais sa triste liberté,
Si jamais des amants il a connu les chaînes?
Leurs plaisirs sont bien doux, et douces sont leurs peines.
L'astre de la nature, et Pomone, et Palès,
Et l'azur d'Amphitrite, et la blonde Cérès,
Portent jusqu'à leur âme et délicate et tendre
Une voix, des accents qu'eux seuls savent entendre.
Tout d'une joie aimable anime leurs couleurs;
Dans leurs yeux languissants tout fait naître des pleurs.
Tout ne parle autour d'eux que d'aimer et de plaire,
Tout est formé pour eux dans la nature entière.
Où se portent leurs pas. . . . . . .
 Le ciel rit à la terre et la terre fleurit.
Aréthuse serpente et plus pure et plus belle ;
Une douleur plus tendre anime Philomèle;
Flore embaume les airs d'une plus douce odeur,
Et son amant soupire avec plus de douceur.

. . . .
O ubi . . . . . o! . . . .
. . . .
. . . .
Ils n'ont fait qu'exister, l'amant seul a vécu.

XXVI*.

’Ελεγ.

Souffre un moment encor; tout n'est que changement;
L'axe tourne, mon cœur; souffre encore un moment.
La vie est-elle toute aux ennuis condamnée?
L'hiver ne glace point tous les mois de l'année.
L'Eurus retient souvent ses bonds impétueux;
Le fleuve,. emprisonné dans des rocs tortueux,
Lutte, s'échappe, et va, par des pentes fleuries,
S'étendre mollement sur l'herbe des prairies.
C'est ainsi que, d'écueils et de vagues pressé,
Pour mieux goûter le calme, il faut avoir passé,
Des pénibles détroits d'une vie orageuse,
Dans une vie enfin plus douce et plus heureuse.
La Fortune, arrivant à pas inattendus,
Frappe et jette en vos mains mille dons imprévus :
On le dit. Sur mon seuil jamais cette volage
N'a mis le pied. Mais quoi! son opulent passage,
Moi qui l'attends plongé dans un profond sommeil,
Viendra, sans que j'y pense, enrichir mon réveil.

Toi qu'aidé de l'aimant plus sûr que les étoiles,
Le nocher sur la mer poursuit à pleines voiles;
Qui sais de ton palais, d'esclaves abondant,
De diamants, d'azur, d'émeraudes ardent,
Aux gouffres du Potose, aux antres de Golconde,

Tenir les rênes d'or qui gouvernent le monde,
Brillante déité ! tes riches favoris
Te fatiguent sans cesse et de vœux et de cris.
Peu satisfait le pauvre *. O belle souveraine !
Peu ; seulement assez pour que, libre de chaîne,
Sur les bords où, malgré ses rides, ses revers,
Belle encor l'Italie attire l'univers,
Je puisse au sein des arts vivre et mourir tranquille !
C'est là que mes désirs m'ont promis un asile ;
C'est là qu'un plus beau ciel peut-être dans mes flanc
Éteindra les douleurs et les sables brûlants.
Là j'irai t'oublier, rire de ton absence ;
Là, dans un air plus pur respirer en silence,
Et nonchalant du terme où finiront mes jours,
La santé, le repos, les arts et les amours.

XXVII*.

'Ελεγ.

Non, je ne l'aime plus ; un autre la possède.
On s'accoutume au mal que l'on voit sans remède
De ses caprices vains je ne veux plus souffrir :
Mon élégie en 'pleurs ne sait plus l'attendrir.
Allez, Muses, partez. Votre art m'est inutile ;
Que me font vos lauriers ? vous laissez fuir Camille.

Près d'elle je voulais vous avoir pour soutien.
Allez, Muses, partez, si vous n'y pouvez rien.

Voilà donc comme on aime! On vous tient, vous caresse,
Sur les lèvres toujours on a quelque promesse :
Et puis... Ah! laissez-moi, souvenirs ennemis,
Projets, attente, espoir, qu'elle m'avait permis.
— Nous irons au hameau. Loin, bien loin de la ville ;
Ignorés et contents, un silence tranquille
Ne montrera qu'au ciel notre asile écarté.
Là son âme viendra m'aimer en liberté.
Fuyant d'un luxe vain l'entrave impérieuse,
Sans suite, sans témoins, seule et mystérieuse,
Jamais d'un œil mortel un regard indiscret
N'osera la connaître et savoir son secret.
Seul je vivrai pour elle, et mon âme empressée
Épiera ses désirs, ses besoins, sa pensée.
C'est moi qui ferai tout; moi qui de ses cheveux
Sur sa tête le soir assemblerai les nœuds.
Par moi de ses atours à loisir dépouillée,
Chaque jour par mes mains la plume amoncelée
La recevra charmante, et mon heureux amour
Détruira chaque nuit cet ouvrage du jour.
Sa table par mes mains sera prête et choisie,
L'eau pure, de ma main, lui sera l'ambroisie.
Seul, c'est moi qui serai partout, à tout moment,
Son esclave fidèle et son fidèle amant. —
Tels étaient mes projets qu'insensés et volages
Le vent a dissipés parmi de vains nuages!

Ah! quand d'un long espoir on flatta ses désirs,

On n'y renonce point sans peine et sans soupirs.
Que de fois je t'ai dit : « Garde d'être inconstante,
Le monde entier déteste une parjure amante,
Fais-moi plutôt gémir sous des glaives sanglants,
Avec le feu plutôt déchire-moi les flancs. »
O honte! A deux genoux j'exprimais ces alarmes;
J'allais couvrant tes pieds de baisers et de larmes.
Tu me priais alors de cesser de pleurer :
En foule tes serments venaient me rassurer.
Mes craintes t'offensaient; tu n'étais pas de celles
Qui font jeu de courir à des flammes nouvelles;
Mille sceptres offerts pour ébranler ta foi,
Eût-ce été rien au prix du bonheur d'être à moi?
Avec de tels discours, ah! tu m'aurais fait croire
Aux clartés du soleil dans la nuit la plus noire.
Tu pleurais même; et moi, lent à me défier,
J'allais avec le lin dans tes yeux essuyer
Ces larmes lentement et malgré toi séchées;
Et je baisais ce lin qui les avait touchées.
Bien plus, pauvre insensé! j'en rougis. Mille fois
Ta louange a monté ma lyre avec ma voix.
Je voudrais que Vulcain, et l'onde où tout s'oublie,
Eût consumé ces vers témoins de ma folie.
La même lyre encor pourrait bien me venger,
Perfide! Mais, non, non, il faut n'y plus songer.
Quoi! toujours un soupir vers elle me ramène!
Allons. Haïssons-la, puisqu'elle veut ma haine.
Oui, je la hais. Je jure... Eh! serments superflus!
N'ai-je pas dit assez que je ne l'aimais plus?

XXVIII*.

Ἐλεγ.

De l'art de Pyrgotèle élève ingénieux,
Dont, à l'aide du tour, le fer industrieux
Aux veines des cailloux du Gange ou de Syrie
Sait confier les traits de la jeune Marie,
Grave sur l'améthyste ou l'onyx étoilé
Ce que d'elle aujourd'hui les dieux m'ont révélé.

Souvent, lorsqu'aux transports mon âme s'abandonne
L'harmonieux démon descend et m'environne,
Chante ; et ses ailes d'or, agitant mes cheveux,
Rafraîchissent mon front qui bouillonne de feux.
Il m'a dit ta naissance, ô jeune Florentine !
C'est vous, nymphes d'Arno, qui des bras de Lucine
Vîntes la recueillir, et vos riants berceaux
L'endormirent au bruit de l'onde et des roseaux ;
Et Phébus, du Cancer hôte ardent et rapide,
Ne pouvait point la voir, dans cette grotte humide,
Sous des piliers de nacre entourés de jasmin,
Reposer sur un lit de pervenche et de thym.
Abandonnant les fleurs, de sonores abeilles
Vinrent en bourdonnant sur ses lèvres vermeilles
S'asseoir et déposer ce miel doux et flatteur
Qui coule avec sa voix et pénètre le cœur.
Reine aux yeux éclatants, la belle poésie

Lui sourit et trempa sa bouche d'ambroisie,
Arma ses faibles mains des fertiles pinceaux
Qui font vivre la toile en magiques tableaux,
Et mit dans ses regards ce feu, cette âme pure
Qui sait voir la beauté, fille de la nature.
Une lyre aux sept voix lui faisait écouter
Les sons que Pausilippe est fier de répéter.
Et les douces Vertus et les Grâces décentes,
Les bras entrelacés, autour d'elle dansantes,
Veillaient sur son sommeil, et surent la cacher
A Vénus, à l'Amour, qui brûlaient d'approcher;
Et puis au lieu de lait, pour nourrir son enfance,
Mêlèrent la candeur, la gaîté, l'indulgence,
La bienveillance amie au sourire ingénu,
Et le talent modeste à soi seul inconnu,
Et la sainte fierté que nul revers n'opprime,
La paix, la conscience ignorante du crime,
La simplicité chaste aux regards caressants,
Près de qui les pervers deviendraient innocents.

Artiste, pour l'honneur de ton durable ouvrage,
Graves-y tous ces dons brillants sur son visage.
Grave, si tu le peux, son âme et ses discours,
Sa voix, lien puissant d'où dépendent nos jours;
Les jours de ses amis, troupe heureuse et fidèle,
Qui vivent tous pour elle, et qui mourraient pour elle.
De la seule beauté le flambeau passager
Allume dans les sens un feu prompt et léger;
Mais les douces Vertus et les Grâces décentes
N'inspirent aux cœurs purs que des flammes constantes.

XXIX*.

'Eλεγ.

De Pange, ami chéri, jeune homme heureux et sage,
Parle, de ce matin dis-moi quel est l'ouvrage.
Du vertueux bonheur montres-tu les chemins
A ce frère naissant dont j'ai vu que tes mains
Aiment à cultiver la charmante espérance*?
Ou bien vas-tu cherchant dans l'ombre et le silence,
Seul, quel encens le Gange aux flots religieux
Vit les premiers humains brûler aux pieds des dieux?
Ou comment dans sa route, avec force tracée,
Descartes n'a point su contenir sa pensée?
Consumant ma jeunesse en un loisir plus vain,
Seul, animé du feu que nous nommons divin,
Qui pour moi chaque jour ne luit qu'avec l'aurore,
Je rêve assis au bord de cette onde sonore
Qu'au penchant d'Hélicon, pour arroser ses bois,
Le quadrupède ailé fit jaillir autrefois.
A nos festins d'hier un souvenir fidèle
Reporte mes souhaits, me flatte, me rappelle
Tes pensers, tes discours, et quelquefois les miens,
L'amicale douceur de tes chers entretiens,
Ton honnête candeur, ta modeste science,
De ton cœur presque enfant la mûre expérience.
Poursuis : dans ce bel âge où, faibles nourrissons,
Nous répétons à peine au maître ses leçons*,

Il est beau, dans les soins d'un solitaire asile,
Même dans tes amours, doux, aimable, tranquille,
De savoir loin des yeux, sans faste, sans fierté,
Sage pour soi, content, chercher la vérité.
Va, poursuis ta carrière, et sois toujours le même;
Sois heureux, et surtout aime un ami qui t'aime:
Ris de son cœur débile aux désirs condamné,
De l'étude aux amours sans cesse promené,
Qui, toujours approuvant ce dont il fuit l'usage,
Aimera la sagesse, et ne sera point sage.

XXX*.

'Ελεγ.

Mânes de Callimaque, ombre de Philétas,
Dans vos saintes forêts daignez guider mes pas.
J'ose, nouveau pontife, aux antres du Permesse,
Mêler des chants français dans les chœurs de la Grèce.
Dites en quel vallon vos écrits médités
Soumirent à vos vœux les plus rares beautés.
Qu'aisément à ce prix un jeune cœur s'embrase!
Je n'ai point pour la gloire inquiété Pégase.
L'obscurité tranquille est plus chère à mes yeux
Que de ses favoris l'éclat laborieux.
Peut-être, n'écoutant qu'une jeune manie,
J'eusse aux rayons d'Homère allumé mon génie.

Et, d'un essor nouveau jusqu'à lui m'élevant,
Volé de bouche en bouche heureux et triomphant.
Mais la tendre Élégie et sa grâce touchante
M'ont séduit : l'Élégie à la voix gémissante,
Aux ris mêlés de pleurs, aux longs cheveux épars ;
Belle, levant au ciel ses humides regards,
Sur un axe brillant c'est moi qui la promène
Parmi tous ces palais dont s'enrichit la Seine ;
Le peuple des Amours y marche auprès de nous ;
La lyre est dans leurs mains. Cortége aimable et doux,
Qu'aux fêtes de la Grèce enleva l'Italie !
Et ma fière Camille est la sœur de Délie.
L'Élégie, ô Le Brun ! renaît dans nos chansons,
Et les Muses pour elle ont amolli nos sons.
Avant que leur projet, qui fut bientôt le nôtre,
Pour devenir amis nous offrît l'un à l'autre,
Elle avait ton amour comme elle avait le mien ;
Elle allait de ta lyre implorer le soutien.
Pour montrer dans Paris sa langueur séduisante,
Elle implorait aussi ma lyre complaisante.
Femme, et pleine d'attraits, et fille de Vénus,
Elle avait deux amants l'un à l'autre inconnus.
J'ai vu qu'à ses faveurs ta part est la plus belle ;
Et pourtant je me plais à lui rester fidèle,
A voir mon vers, au rire, aux pleurs abandonné,
De rose ou de cyprès par elle couronné.
Par la lyre attendris, les rochers du Riphée
Se pressaient, nous dit-on, sur les traces d'Orphée.
Des murs fils de la lyre ont gardé les Thébains ;
Arion à la lyre a dû de longs destins.

Je lui dois des plaisirs : j'ai vu plus d'une belle,
A mes accents émue, accuser l'infidèle
Qui me faisait pleurer et dont j'étais trahi,
Et souhaiter l'amour de qui le sent ainsi.
Mais, dieux! que de plaisir quand, muette, immobile,
Mes chants font soupirer ma naïve Camille;
Quand mon vers, tour à tour humble, doux, outrageant,
Éveille sur sa bouche un sourire indulgent;
Quand, ma voix altérée enflammant son visage,
Son baiser vole et vient l'arrêter au passage!
Oh! je ne quitte plus ces bosquets enchanteurs
Où rêva mon Tibulle aux soupirs séducteurs,
Où le feuillage encor dit Corinne charmante,
Où Cynthie est écrite en l'écorce odorante,
Où les sentiers français ne me conduisaient pas,
Où mes pas de Le Brun ont rencontré les pas. '

Ainsi, que mes écrits, enfants de ma jeunesse,
Soient un code d'amour, de plaisir, de tendresse;
Que partout de Vénus ils dispersent les traits;
Que ma voix, que mon âme, y vivent à jamais;
Qu'une jeune beauté, sur la plume et la soie,
Attendant le mortel qui fait toute sa joie,
S'amuse à mes chansons, y médite à loisir
Les baisers dont bientôt elle veut l'accueillir;
Qu'à bien aimer tous deux mes chansons les excitent;
Qu'ils s'adressent mes vers, qu'ensemble ils les récitent.
Lassés de leurs plaisirs, qu'au feu de mes pinceaux *
Ils s'animent encore à des plaisirs nouveaux;
Qu'au matin sur sa couche, à me lire empressée,

Lise du cloître austère éloigne sa pensée;
Chaque bruit qu'elle entend, que sa tremblante main
Me glisse dans ses draps et tout près de son sein;
Qu'un jeune homme, agité d'une flamme inconnue,
S'écrie aux doux tableaux de ma muse ingénue :
« Ce poëte amoureux, qui me connaît si bien,
Quand il a peint son cœur, avait lu dans le mien. »

XXXI*.

Ἔλεγ.

De Pange, le mortel dont l'âme est innocente,
Dont la vie est paisible et de crimes exempte,
N'a pas besoin du fer qui veille autour des rois *,
Des flèches dont le Scythe a rempli son carquois,
Ni du plomb que l'airain vomit avec la flamme.
Incapable de nuire, il ne voit dans son âme
Nulle raison de crainte, et, loin de s'alarmer,
Confiant, il se livre aux délices d'aimer.
O de Pange! ami sage! est bien fou qui s'ennuie:
Si les destins deux fois nous permettaient la vie,
L'une pour les travaux et les soins vigilants,
L'autre pour les amours, les plaisirs nonchalants,
On irait d'une vie âpre et laborieuse
Vers l'autre vie au moins pure et voluptueuse.
Mais si nous ne vivons, ne mourons qu'une fois.

Eh! pourquoi, malheureux, sous de bizarres lois
Tourmenter cette vie et la perdre sans cesse,
Haletants vers le gain, les honneurs, la richesse;
Oubliant que le sort, immuable en son cours,
Nous fit des jours mortels; et combien peu de jours!
Sans les dons de Vénus quelle serait la vie?
Dès l'instant où Vénus me doit être ravie,
Que je meure. Sans elle ici-bas rien n'est doux.

. . . .

. . . . :

Humains, nous ressemblons aux feuilles d'un ombrage
Dont au faîte des cieux le soleil remonté
Rafraîchit dans nos bois les chaleurs de l'été.
Mais l'hiver, accourant d'un vol sombre et rapide,
Nous sèche, nous flétrit, et son souffle homicide
Secoue et fait voler, dispersés dans les vents,
Tous ces feuillages morts qui font place aux vivants.
La Parque, sur nos pas, fait courir devant elle
Midi, le soir, la nuit, et la nuit éternelle,
Et par grâce, à nos yeux qu'attend le long sommeil,
Laisse voir au matin un regard du soleil.
Quand cette heure s'enfuit, de nos regrets suivie,
La mort est désirable et vaut mieux que la vie.
O jeunesse rapide! ô songe d'un moment!
Puis l'infirme vieillesse, arrivant tristement,
Presse d'un malheureux la tête chancelante,
Courbe sur un bâton sa démarche tremblante,
Lui couvre d'un nuage et les yeux et l'esprit,
Et de soucis cuisants l'enveloppe et l'aigrit:
C'est son bien dissipé, c'est son fils, c'est sa femme,

Ou les douleurs du corps, si pesantes à l'âme,
Ou mille autres ennuis. Car, hélas! nul mortel
Ne vit exempt de maux sous la voûte du ciel.
Oh! quel présent funeste eut l'époux de l'Aurore,
De vieillir chaque jour et de vieillir encore,
Sans espoir d'échapper à l'immortalité!
Jeune, son front plaisait. Mais quoi! toute beauté
Se flétrit sous les doigts de l'aride vieillesse.
Sur le front du vieillard habite la tristesse;
Il se tourmente, il pleure, il veut que vous pleuriez,
Ses yeux par un beau jour ne sont plus égayés.
L'ombre épaisse et touffue et les prés et Zéphire
Ne lui disent plus rien, ne le font plus sourire.
La troupe des enfants, en l'écoutant venir,
Le fuit comme ennemi de leur jeune plaisir;
Et s'il aime, en tous lieux sa faiblesse exposée
Sert aux jeunes beautés de fable et de risée.

XXXII*.

Ἐλεγ.

Qu'un autre soit jaloux d'illustrer sa mémoire;
Moi, j'ai besoin d'aimer : qu'ai-je besoin de gloire,
S'il faut, pour obtenir ses regards complaisants,
A l'ennui de l'étude immoler mes beaux ans;
S'il faut, toujours errant, sans lien, sans maîtresse,

Étouffer dans mon cœur la voix de la jeunesse,
Et sur un lit oisif, consumé de langueur,
D'une nuit solitaire accuser la longueur?
Aux sommets où Phébus a choisi sa retraite,
Enfant, je n'allai point me réveiller poëte;
Mon cœur, loin du Permesse, a connu dans un jour
Les feux de Calliope et les feux de l'amour.
L'amour seul dans mon âme a créé le génie;
L'amour est seul arbitre et seul dieu de ma vie; .
En faveur de l'amour quelquefois Apollon
Jusqu'à moi volera de son double vallon.
Mais que tous deux alors ils donnent à ma bouche
Cette voix qui séduit, qui pénètre, qui touche;
Cette voix qui dispose à ne refuser rien,
Cette voix des amants le plus tendre lien.
Puisse un coup d'œil flatteur, provoquant mon hommage,
A ma langue incertaine inspirer du courage!
Sans dédain, sans courroux, puissé-je être écouté!
Puisse un vers caressant séduire la beauté!
Et si je puis encore, amoureux de sa chaîne,
Célébrer mon bonheur ou soupirer ma peine;
Si je puis par mes sons touchants et gracieux
Aller grossir un jour ce peuple harmonieux
De cygnes dont Vénus embellit ses rivages
Et se plaît d'égayer les eaux de ses bocages *,
Sans regret, sans envie, aux vastes champs de l'air
Mes yeux verront planer l'oiseau de Jupiter.

Sans doute, heureux celui qu'une palme certaine
Attend victorieux dans l'une et l'autre arène;

Qui, tour à tour convive et de Gnide et des cieux,
Des bras d'une maîtresse enlevé chez les dieux,
Ivre de volupté, s'enivre encor de gloire,
Et qui, cher à Vénus et cher à la victoire,
Ceint des lauriers du Pinde et des fleurs de Paphos,
Soupire l'élégie et chante les héros!
Mais qui sut à ce point, sous un astre propice,
Vaincre du ciel jaloux l'inflexible avarice?
Qui peut voir en naissant, par un accord nouveau,
Tous les dieux à la fois sourire à son berceau?
Un seul a pu franchir cette double carrière :
C'est lui qui va bientôt, loin des yeux du vulgaire *,
Inscrire sa mémoire aux fastes d'Hélicon,
Digne de la nature et digne de Buffon.
Fortunée Agrigente, et toi, reine orgueilleuse,
Rome, à tous les combats toujours victorieuse,
Du poids de vos grands noms nous ne gémirons plus.
Par l'ombre d'Empédocle étions-nous donc vaincus?
Lucrèce aurait pu seul, aux flambeaux d'Épicure,
Dans ses temples secrets surprendre la nature.
La nature aujourd'hui de ses propres crayons
Vient d'armer une main qu'éclairent ses rayons.
C'est toi qu'elle a choisi; toi, par qui l'Hippocrène ·
Mêle encore son onde à l'onde de la Seine;
Toi, par qui la Tamise et le Tibre en courroux
Lui porteront encor des hommages jaloux;
Toi, qui la vis couler plus lente et plus facile
Quand ta bouche animait la flûte de Sicile;
Toi, quand l'amour trahi te fit verser des pleurs, ·
Qui l'entendis gémir et pleurer tes douleurs *.

Malherbe tressaillit au delà du Ténare
A te voir agiter les rênes de Pindare ;
Aux accents de Tyrtée enflammant nos guerriers,
Ta voix fit dans nos camps renaître les lauriers.
Les tyrans ont pâli quand ta main courroucée
Écrasa leur Thémis sous les foudres d'Alcée *.
D'autres tyrans encor, les méchants et les sots,
Ont fui devant Horace armé de tes bons mots * ;
Et maintenant, assis dans le centre du monde,
Le front environné d'une clarté profonde,
Tu perces les remparts que t'opposent les cieux,
Et l'univers entier tourne devant tes yeux.
Les fleuves et les mers, les vents et le tonnerre,
Tout ce qui peuple l'air, et Téthys, et la terre,
A ta voix accouru, s'offrant de toutes parts,
Rend compte de soi-même et s'ouvre à tes regards.
De l'erreur vainement les antiques prestiges
Voudraient de la nature étouffer les vestiges ;
Ta main les suit partout, et sur le diamant
Ils vivront, de ta gloire éternel monument ;
Mais toi-même, Le Brun, que l'amour d'Uranie
Guide à tous les sentiers d'où la mort est bannie ;
Qui, roi sur l'Hélicon, de tous ses conquérants
Réunis dans ta main les sceptres différents ;
Toi-même, quel succès, dis-moi, quelle victoire
Chatouille mieux ton cœur du plaisir de la gloire ?
Est-ce lorsque Buffon et sa savante cour
Admirent tes regards qui fixent l'œil du jour ;
Qu'aux rayons dont l'éclat ceint ta tête brillante
Ils suivent dans les airs ta route étincelante,

Animent de leurs cris ton vol audacieux,
Et d'un œil étonné te perdent dans les cieux;
Ou lorsque, de l'amour interprète fidèle,
Ta naïve Érato fait sourire une belle;
Que son âme se peint dans ses regards touchants,
Et vole sur sa bouche au-devant de tes chants;
Qu'elle interrompt ta voix, et d'une voix timide
S'informe de Fanny, d'Églé, d'Adélaïde,
Et, vantant les honneurs qui suivent tes chansons,
Leur envie un amant qui fait vivre leurs noms?

XXXIII*.

'Ελεγ.

Hier, en te quittant, enivré de tes charmes,
Belle D'..z..., vers moi, tenant en main des armes*,
Une troupe d'enfants courut de toutes parts :
Ils portaient des flambeaux, des chaînes et des dards.
Leurs dards m'ont pénétré jusques au fond de l'âme,
Leurs flambeaux sur mon sein ont secoué la flamme,
Leurs chaînes m'ont saisi. D'une cruelle voix :
« Aimeras-tu D'..z...? criaient-ils à la fois*,
L'aimeras-tu toujours? » Troupe auguste et suprême,
Ah! vous le savez trop, dieux enfants, si je l'aime.
Mais qu'avez-vous besoin de chaînes et de traits?
Je n'ai point voulu fuir. Pourquoi tous ces apprêts?

Sa beauté pouvait tout ; mon âme sans défense
N'a point contre ses yeux cherché de résistance.
Oui, je brûle ; ô D'..z...! laisse-moi du repos *.
Je brûle ; oh! de mon cœur éloigne ces flambeaux.
Plutôt que de souffrir ces douleurs insensées,
Combien j'aimerais mieux sur les Alpes glacées
Être une pierre aride, ou dans le sein des mers
Un roc battu des vents, battu des flots amers!
O terre! ô mer! je brûle. Un poison moins rapide
Sut venger le centaure et consumer Alcide.
Tel que le faon blessé fuit, court, mais dans son flanc
Traîne le plomb mortel qui fait couler son sang ;
Ainsi là, dans mon cœur, errant à l'aventure,
Je porte cette belle, auteur de ma blessure.
Marne, Seine, Apollon n'est plus dans vos forêts,
Je ne le trouve plus dans vos antres secrets.
Ah ! si je vais encor rêver sous vos ombrages,
Ce n'est plus que d'amour. Du sein de vos feuillages,
D'..z..., fantôme aimé, m'environne, me suit *
De bocage en bocage, et m'attire et me fuit.
Si dans mes tristes murs je me cherche un asile,
Hélas! contre l'amour en est-il un tranquille?
Si de livres, d'écrits, de sphères, de beaux-arts,
Contre elle, contre lui je me fais des remparts,
A l'aspect de l'amour une terreur subite
Met bientôt les beaux-arts et les Muses en fuite.
Taciturne, mon front appuyé sur ma main,
D'elle seule occupé, mes jours coulent en vain.
Si j'écris, son nom seul est tombé de ma plume ;
Si je prends au hasard quelque docte volume,

Encor ce nom chéri, ce nom délicieux,
Partout, de ligne en ligne, étincelle à mes yeux.
Je lui parle toujours, toujours je l'envisage;
D'..z..., toujours D'..z..., toujours sa belle image *
Erre dans mon cerveau, m'assiége, me poursuit,
M'inquiète le jour, me tourmente la nuit.
Adieu donc, vains succès, studieuses chimères,
Et beaux-arts tant aimés, Muses jadis si chères;
Malgré moi mes pensers ont un objet plus doux,
Ils sont tous à D'..z..., je n'en ai plus pour vous *.
Que ne puis-je à mon tour, ah! que ne puis-je croire
Que loin d'elle toujours j'occupe sa mémoire!

XXXIV*.

Ἐλεγ.

O nécessité dure! ô pesant esclavage!
O sort! je dois donc voir, et dans mon plus bel âge,
Flotter mes jours, tissus de désirs et de pleurs,
Dans ce flux et reflux d'espoir et de douleurs!

Souvent, las d'être esclave et de boire la lie
De ce calice amer que l'on nomme la vie,
Las du mépris des sots qui suit la pauvreté,
Je regarde la tombe, asile souhaité;
Je souris à la mort volontaire et prochaine;
Je me prie, en pleurant, d'oser rompre ma chaîne;

Le fer libérateur qui percerait mon sein
Déjà frappe mes yeux et frémit sous ma main;
Et puis mon cœur s'écoute et s'ouvre à la faiblesse :
Mes parents, mes amis, l'avenir, ma jeunesse,
Mes écrits imparfaits; car à ses propres yeux,
L'homme sait se cacher d'un voile spécieux.
A quelque noir destin qu'elle soit asservie,
D'une étreinte invincible il embrasse la vie,
Et va chercher bien loin, plutôt que de mourir,
Quelque prétexte ami de vivre et de souffrir.
Il a souffert, il souffre : aveugle d'espérance,
Il se traîne au tombeau de souffrance en souffrance,
Et la mort, de nos maux ce remède si doux,
Lui semble un nouveau mal, le plus cruel de tous.

Je vis. Je souffre encor; battu de cent naufrages,
Tremblant, j'affronte encor la mer et les orages,
Quand je n'ai qu'à vouloir pour atteindre le port !
Lâche ! aime donc la vie, ou n'attends pas la mort.

XXXV*.

Allons, l'heure est venue, allons trouver Camille.
Elle me suit partout. Je dormais, seul, tranquille;
Un songe me l'amène, et mon sommeil s'enfuit.
Je la voyais en songe au milieu de la nuit;

Elle allait me cherchant sur sa couche fidèle,
Et me tendait les bras et m'appelait près d'elle.
Les songes ne sont point capricieux et vains ;
Ils ne vont point tromper les esprits des humains.
De l'Olympe souvent un songe est la réponse,
Dans tous ceux des amants la vérité s'annonce.
Quel air suave et frais! le beau ciel! le beau jour!
Les dieux me le gardaient; il est fait pour l'amour.

Quel charme de trouver la beauté paresseuse,
De venir visiter sa couche matineuse,
De venir la surprendre au moment que ses yeux
S'efforcent de s'ouvrir à la clarté des cieux,
Douce dans son éclat, et fraîche et reposée,
Semblable aux autres fleurs, filles de la rosée.
Oh! quand j'arriverai, si, livrée au repos,
Ses yeux n'ont point encor secoué les pavots,
Oh! je me glisserai vers la plume indolente,
Doucement, pas à pas, et ma main caressante
Et mes fougueux transports feront à son sommeil
Succéder un subit, mais un charmant réveil;
Elle reconnaîtra le mortel qui l'adore,
Et mes baisers longtemps empêcheront encore,
Sur ses yeux, sur sa bouche empressés de courir,
Sa bouche de se plaindre et ses yeux de s'ouvrir.

Mais j'entrevois enfin sa porte souhaitée.
Que de bruit! que de chars! quelle foule agitée!
Tous vont revoir leurs biens, leurs chimères, leur or;
Et moi, tout mon bonheur, Camille, mon trésor.

Hier, quand malgré moi je quittai son asile,
Elle m'a dit : « Pourquoi t'éloigner de Camille?
Tu sais bien que je meurs si tu n'es près de moi.»
Ma Camille, je viens, j'accours, je suis chez toi.
Le gardien de tes murs, ce vieillard qui m'admire,
M'a vu passer le seuil et s'est mis à sourire.
Bon ! j'ai su (les amants sont guidés par les dieux)
Monter sans nul obstacle et j'ai fui tous les yeux.

Ah ! que vois-je ?... Pourquoi ma porte accoutumée,
Cette porte secrète, est-elle donc fermée ?
Camille, ouvrez, ouvrez, c'est moi. L'on ne vient pas.
Ciel ! elle n'est point seule ! On murmure tout bas.
Ah ! c'est la voix de Lise. Elles parlent ensemble.
On se hâte; l'on court; on vient enfin; je tremble.
Qu'est-ce donc? à m'ouvrir pourquoi tous ces délais ?
Pourquoi ces yeux mourants et ces cheveux défaits?
Pourquoi cette terreur dont vous semblez frappée ?
D'où vient qu'en me voyant Lise s'est échappée?
J'ai cru, prêtant l'oreille, ouïr entre vous deux
Des murmures secrets, des pas tumultueux.
Pourquoi cette rougeur, cette pâleur subite ?
Perfide ! un autre amant?... Ciel ! elle a pris la fuite.
Ah ! dieux ! je suis trahi. Mais je prétends savoir...
Lise, Lise, ouvrez-moi, parlez ! mais, fol espoir.
La digne confidente auprès de sa maîtresse
Lui travaille à loisir quelque subtile adresse,
Quelque discours profond et de raisons pourvu,
Par qui ce que j'ai vu, je ne l'aurai point vu.
Dieux ! comme elle approchait (sexe ingrat, faux, perfide !)

S'asseyant, effrontée à la fois et timide,
Voulant hâter l'effort de ses pas languissants,
Voulant m'ouvrir des bras fatigués, impuissants,
Abattue, et sa voix altérée, incertaine,
Ses yeux anéantis ne s'ouvrant plus qu'à peine,
Ses cheveux en désordre et rajustés en vain,
Et son haleine encore agitée, et son sein...
Des caresses de feu sur son sein imprimées,
Et de baisers récents ses lèvres enflammées,
J'ai tout vu. Tout m'a dit une coupable nuit.
Sans même oser répondre, interdite, elle fuit,
Sans même oser tenter le hasard d'un mensonge ;
Et moi, comme abusé des promesses d'un songe,
Je venais, j'accourais, sûr d'être souhaité,
Plein d'amour et de joie, et de tranquillité !

XXXVI*.

Ἔλεγ. *in* προθυρίας μ......

Asclépiade peut faire les frais de presque toute cette élégie. Anal., t. I, p.211. Il a une épigr. adressée à la lampe, c'est la xxv. En voici la fin :*

> Τὴν δολίην ἐπάμυνον· ὅταν φίλον ἔνδον ἔχουσα
> παίζη, ἀποσβεσθεὶς μηκέτι φῶς πάρεχε.

Il faut traduire ces quatre vers (épigr. ix) qui commencent: Πιν' Ἀσκληπιάδη... *bois, malheureux Gallus. Et le commence-*

ment de la xxiiie *et* xix. *Les épigr.* iv, xiv, xvi, xviii, xx, xxi, xxiv, xxvi, xxviii, *du même poëte sont jolies et peuvent s'imiter.*

O nuit! j'avais juré d'aimer cette infidèle;
Sa bouche me jurait une amour éternelle,
Et c'est toi qu'attestait notre commun serment.
Mais aujourd'hui l'ingrate a pris un autre amant[*],
Lui promet de l'aimer, le lui dit, le lui jure,
Et c'est encore toi qu'atteste la parjure!
Et toi, lampe nocturne, astre cher à l'amour [1],

1. L'auteur avait d'abord fait ainsi, en prose, l'esquisse de ce morceau :

Et toi, lampe nocturne, etc...

Mais quand je t'avais mise auprès d'elle pour me la garder, comment oses-tu éclairer ses perfidies? Comment oses-tu être pour un autre ce que tu fus pour moi? et te prêter à montrer à un autre combien elle est belle?

La lampe :

Poëte malheureux, ne m'accuse point; pour te la conserver j'ai fait ce que j'ai pu. Hier, elle s'était mise au lit; on m'avait allumée; je commençais à luire. Elle te renvoya, te disant qu'elle était malade. A peine tu sortais, qu'un jeune homme entr'ouvrit la porte et avança la tête. Elle, avec une voix tremblante... lui disait : Non, partez; non, je suis trop coupable...

Elle parlait ainsi, mais lui tendait les bras.
Le jeune homme près d'elle arrivait pas à pas.
Alors je vis s'unir ces deux bouches perfides
En des baisers liés par leurs langues humides;
J'en entendais le bruit. Le traître d'une main
Pressait avidement les globes de son sein ;
L'autre, les plis du lin qui cachait ses ravages
M'empêchaient de la suivre et de voir tes outrages.

Mais bientôt, quoiqu'elle ait prié, supplié et fait effort avec ses

Sur le marbre posée, ô toi! qui, jusqu'au jour,
De ta prison de verre éclairas nos tendresses *,
Tu fus le seul témoin de ses douces caresses *;
Mais, hélas ! avec toi son amour incertain
Allait se consumant, et s'éteignit enfin;
Avec toi les serments de cette bouche aimée
S'envolèrent bientôt en légère fumée.
C'est moi, près de son lit, qui fis veiller tes feux*
Pour garder mes amours, pour éclairer nos jeux ;
Et tu ne t'éteins pas à l'aspect de son crime!
Et tu sers aux plaisirs d'un rival qui m'opprime!
Tu peux, fausse comme elle et comme elle sans foi,
Être encor pour autrui ce que tu fus pour moi,
Et montrer à des yeux, que tu guides sur elle *,
Combien elle est perfide et combien elle est belle !

— Poëte malheureux, de quoi m'accuses-tu?

---

mains, j'ai vu ses draps et ses couvertures s'envoler çà et là, et
la laisser aux yeux de son amant et aux miens, nue, belle,
comme avec toi, lorsque... J'aurais voulu lui reprocher sa perfidie. Je pétillai pour lui faire peur. Elle tressaillit, pâlit, me
regarda, et d'une voix mourante elle dit : Ah! grands dieux!
cette lampe me gêne ; je ne veux pas qu'elle soit témoin... Elle
s'avançait pour m'éteindre ; il l'embrassait pour la retenir en
disant : Non, non...; mais elle s'échappa de ses bras; sa tête
s'approcha, ses lèvres se... et d'un souffle léger me ravit la lumière
et me ferma les yeux.

> Je cessai de brûler. Suis mon exemple : cesse.
> On aime un autre amant, aime une autre maîtresse.
> Souffle sur ton amour, ami, si tu me crois,
> Ainsi que, pour m'éteindre, elle a soufflé sur moi.

Pour te la conserver j'ai fait ce que j'ai pu.
Mes yeux dans ses forfaits même ont su la poursuivre,
Tant que ses soins jaloux me permirent de vivre.
Hier, elle semblait en efforts languissants
Avoir peine à traîner ses pas et ses accents.
Le jour venait de fuir, je commençais à luire ;
Sa couche la reçut, et je l'ouïs te dire
Que de son corps souffrant les débiles langueurs
D'un sommeil long et chaste imploraient les douceurs.
Tu l'embrasses, tu pars, tu la vois endormie.
A peine tu sortais, que cette porte amie
S'ouvre : un front jeune et blond se présente, et je vois
Un amant aperçu pour la première fois.
Elle alors, d'une voix tremblante et favorable,
Lui disait : « Non, partez ; non, je suis trop coupable... »
Malgré quelques combats, bientôt après je vis[1]
Loin jetés à l'écart et voiles et tapis,
Tout, jusqu'au lin flottant, sa défense dernière,
Aux regards, aux fureurs, la livrant tout entière,
Étaler de ses flancs l'albâtre ardent et pur,
Lis, ébène, corail, roses, veines d'azur,
Telle enfin qu'autrefois tu me l'avais montrée,
De sa nudité seule embellie et parée,
Quand vos nuits s'envolaient, quand le mol oreiller
La vit sous tes baisers dormir ou s'éveiller*, ·
Et quand tes cris joyeux vantaient ma complaisance,
Et qu'elle, en souriant, maudissait ma présence.

1. Le manuscrit offre cette variante :

Même elle eut beau combattre, en un instant, *je vis...*

En vain au dieu d'amour, que je crus ton appui [1],
Je demandai la voix qu'il me donne aujourd'hui.
Je voulais reprocher tes pleurs à l'infidèle;
Je l'aurais appelée ingrate, criminelle.
Du moins, pour réveiller dans son profane sein *
Le remords, la terreur, je m'agitai soudain,
Et je fis à grand bruit de la mèche brûlante
Jaillir en mille éclairs la flamme pétillante.
Elle pâlit, trembla, tourna sur moi les yeux,
Et, d'une voix mourante, elle dit : « Ah! grands dieux!
Faut-il, quand tes désirs font taire mes murmures,
Voir encor ce témoin qui compte mes parjures! »
Elle s'élance; et lui, la serrant dans ses bras,
La retenait, disant : « Non, non, ne l'éteins pas *. »
Elle lutte et s'échappe, et ma clarté rebelle
Sous sa lèvre entr'ouverte en vain plie et chancelle;
Elle me suit, redouble, et son souffle envieux
Me ravit la lumière et me ferme les yeux.
Je cessai de brûler. Suis mon exemple : cesse.
On aime un autre amant, aime une autre maîtresse.
Souffle sur ton amour, ami, si tu me croi,
Ainsi que, pour m'éteindre, elle a soufflé sur moi.

L'imitation d'Asclépiade avait suggéré à l'auteur l'idée de faire entrer dans cette élégie sur la lampe les cinq vers qui suivent:

Mais surtout (sans les yeux quels plaisirs sont parfaits?)

1. Le manuscrit présente cette variante :
   En vain au dieu d'amour que j'ai cru ton appui...

Laissez, près d'une couche ainsi voluptueuse,
Veiller, discret témoin, la cire lumineuse ;
Elle a tout vu la nuit, elle a tout épié ;
Dès que le jour paraît, elle a tout oublié.

XXXVII*.

Ἔλεγ.

Je suis né pour l'amour, j'ai connu ses travaux ;
Mais, certes, sans mesure il m'accable de maux :
A porter ce revers mon âme est impuissante.
Eh quoi ! beauté divine, incomparable amante,
Je vous perds ! Quoi, par vous nos liens sont rompus !
Vous le voulez ; adieu, vous ne me verrez plus :
Du besoin de tromper ma fuite vous délivre.
Je vais loin de vos yeux pleurer au lieu de vivre !
Mais vous fûtes toujours l'arbitre de mon sort,
Déjà vous prévoyez, vous annoncez ma mort.
Oui, sans mourir, hélas ! on ne perd pas vos charmes.
Ah ! que n'êtes-vous là pour voir couler mes larmes,
Pour connaître mon cœur, vos fers, vos cruautés,
Tout l'amour qui m'embrase et que vous méritez !
Pourtant, que faut-il faire ? on dit (dois-je le croire ?)
Qu'aisément de vos traits on bannit la mémoire ;
Que jusqu'ici vos bras inconstants et légers
Ont reçu mille amants comme moi passagers ;

Que l'ennui de vous perdre, où mon âme succombe,
N'a d'aucun malheureux accéléré la tombe.
Comme eux j'ai pu vous plaire, et comme eux vous lasser;
De vous, comme eux encor, je pourrai me passer.
Mais quoi! je vous jurai d'éternelles tendresses!
Et quand vous m'avez fait, vous, les mêmes promesses,
N'était-ce rien qu'un piége? Il n'a point réussi *.
J'ai fait comme vous-même : ah! l'on vous trompe aussi,
Vous, dans l'art de tromper maîtresse sans émule.
Vous avez donc pensé, perfide trop crédule,
Qu'un amant, par vous-même instruit au changement,
N'oserait, comme vous, abuser d'un serment?
En moi c'était vengeance; à vous ce fut un crime.
A tort un agresseur dispute à sa victime
Des armes dont son bras s'est servi le premier;
Le fer a droit d'ouvrir le flanc du meurtrier.
Trahir qui nous trahit est juste autant qu'utile,
Et l'inventeur cruel du taureau de Sicile,
Lui-même à l'essayer justement condamné,
A fait mugir l'airain qu'il avait façonné.

Maintenant, poursuivez ; il suffit qu'on vous voie,
Vos filets aisément feront une autre proie;
Je m'en fie à votre art moins qu'à votre beauté.
Toutefois, songez-y, fuyez la vanité.
Vous me devez un peu cette beauté nouvelle;
Vos attraits sont à moi, c'est moi qui vous fis belle.
Soit orgueil, indulgence ou captieux détour,
Soit que mon cœur, gagné par vos semblants d'amour,
D'un peu d'aveuglement n'ait point su se défendre,

Car mon cœur est si bon et ma muse est si tendre!
Je vins à vos genoux, en soupirs caressants,
D'un vers adulateur vous prodiguer l'encens;
De vos regards éteints la tristesse chagrine
Fut bientôt dans mes vers une langueur divine.
Ce corps fluet, débile et presque inanimé,
En un corps tout nouveau dans mes vers transformé,
S'élançait léger, souple; ils vous portaient la vie*;
Des nymphes, dans mes vers, vous excitiez l'envie.
Que de fois sur vos traits, par ma muse polis,
Ils ont mêlé la rose au pur éclat des lis!
Tandis qu'au doux réveil de l'aurore fleurie
Vos traits n'offraient aux yeux qu'une pâleur flétrie,
Et le soir, embellis de tout l'art du matin,
N'avaient de rose, hélas! qu'un peu trop de carmin.
Ces folles visions, des flammes dévorées,
Ont péri, grâce aux dieux, pour jamais ignorées.
Sur la foi de mes vers mes amis transportés
Cherchaient partout vos pas, vos attraits si vantés,
Vous voyaient, et soudain, dans leur surprise extrême,
Se demandaient tout bas si c'était bien vous-même,
Et, de mes yeux séduits plaignant la trahison,
M'indiquaient l'ellébore ami de la raison.

« Quoi! c'est là cet objet d'un si pompeux hommage!
Dieux! quels flots de vapeurs inondent son visage!
Ses yeux si doux sont morts : elle croit qu'elle vit,
Esculape doit seul approcher de son lit; »
Et puis tout ce qu'en vous je leur montrais de grâce
N'était rien à leurs yeux que fard et que grimace.

Je devais avoir honte : ils ne concevaient pas
Quel charme si puissant m'attirait dans vos bras.
Dans vos bras! qu'ai-je dit? Oh non! Vénus avare
Ne m'a point fait un don qui fut toujours si rare.
Si je l'ai cru longtemps, après votre serment,
Je vous crois, et jamais une belle ne ment ;
Jamais de vos bontés la confidente amie
Ne vint m'ouvrir la nuit une porte endormie,
Et jusqu'au lit de pourpre, en cent détours obscurs,
Guider ma main errante à pas muets et sûrs.
Je l'ai cru, pardonnez ; mais ce sera, je pense...
Oui, c'est qu'à mon sommeil plein de votre présence,
Un songe officieux, enfant de mes désirs,
M'apporta votre image et de vagues plaisirs.
Cette faute à vos yeux doit s'excuser peut-être ;
Même on cite un ingrat qui vous la fit commettre.

Adieu, suivez le cours de vos nobles travaux.
Cherchez, aimez, trompez mille imprudents rivaux ;
Je ne leur dirai point que vous êtes perfide,
Que le plaisir de nuire est le seul qui vous guide,
Que vous êtes plus tendre alors qu'un noir dessein,
Pour troubler leur repos, veille dans votre sein ;
Mais ils sauront bientôt, honteux de leur faiblesse,
Quitter avec opprobre une indigne maîtresse.
Vous pleurerez, et moi, j'apprendrai vos douleurs
Sans même les entendre, ou rire de vos pleurs*.

XXXVIII'.

'Ελεγ.

Amis, couple chéri, cœurs formés pour le mien,
Je suis libre. Camille à mes yeux n'est plus rien.
L'éclat de ses yeux noirs n'éblouit plus ma vue ;
Mais cette liberté sera bientôt perdue.
Je me connais. Toujours je suis libre et je sers ;
Être libre pour moi n'est que changer de fers.
Autant que l'univers a de beautés brillantes,
Autant il a d'objets de mes flammes errantes.
Mes amis, sais-je voir d'un œil indifférent
Ou l'or des blonds cheveux sur l'albâtre courant,
Ou d'un flanc delicat l'élégante noblesse,
Ou d'un luxe poli la savante richesse ?
Sais-je persuader à mes rèves flatteurs
Que les yeux les plus doux peuvent être menteurs ?
Qu'une bouche où la rose, où le baiser respire,
Peut cacher un serpent à l'ombre d'un sourire ?
Que sous les beaux contours d'un sein délicieux
Peut habiter un cœur faux, parjure, odieux ?
Peu fait à soupçonner le mal qu'on dissimule,
Dupe de mes regards, à mes désirs crédule,
Elles trouvent mon cœur toujours prêt à s'ouvrir.

Toujours trahi, toujours je me laisse trahir.
Je leur crois des vertus dès que je les vois belles.
Sourd à tous vos conseils, ô mes amis fidèles!
Relevé d'une chute, une chute m'attend;
De Charybde à Scylla toujours vague et flottant,
Et toujours loin du bord jouet de quelque orage,
Je ne sais que périr de naufrage en naufrage.

Ah ! je voudrais n'avoir jamais reçu le jour*
Dans ces vaines cités que tourmente l'amour,
Où les jeunes beautés, par une longue étude,
Font un art des serments et de l'ingratitude.
Heureux loin de ces lieux éclatants et trompeurs,
Eh! qu'il eût mieux valu naître un de ces pasteurs
Ignorés dans le sein de leurs Alpes fertiles,
Que nos yeux ont connus fortunés et tranquilles*!
Oh! que ne suis-je enfant de ce lac enchanté
Où trois pâtres héros ont à la liberté
Rendu tous leurs neveux et l'Helvétie entière !
Faible, dormant encor sur le sein de ma mère,
Oh! que n'ai-je entendu ces bondissantes eaux,
Ces fleuves, ces torrents, qui de leurs froids berceaux
Viennent du bel Hasly nourrir les doux ombrages*!
Hasly! frais Élysée! honneur des pâturages!
Lieu qu'avec tant d'amour la nature a formé,
Où l'Aar roule un or pur en son onde semé.
Là, je verrais, assis dans ma grotte profonde,
La génisse traînant sa mamelle féconde,
Prodiguant à ses fils ce trésor indulgent,
A pas lents agiter sa cloche au son d'argent,

Promener près des eaux sa tête nonchalante,
Ou de son large flanc presser l'herbe odorante *.
Le soir, lorsque plus loin s'étend l'ombre des monts,
Ma conque, rappelant mes troupeaux vagabonds,
Leur chanterait cet air si doux à ces campagnes,
Cet air que d'Appenzel répètent les montagnes.
Si septembre, cédant au long mois qui le suit,
Marquait de froids zéphyrs l'approche de la nuit,
Dans ses flancs colorés une luisante argile
Garderait sous mon toit un feu lent et tranquille,
Ou, brûlant sur la cendre à la fuite du jour,
Un mélèze odorant attendrait mon retour.
Une rustique épouse et soigneuse et zélée,
Blanche (car sous l'ombrage au sein de la vallée
Les fureurs du soleil n'osent les outrager),
M'offrirait le doux miel, les fruits de mon verger,
Le lait enfant des sels de ma prairie humide,
Tantôt breuvage pur et tantôt mets solide,
En un globe fondant sous ses mains épaissi,
En disque savoureux à la longue durci ;
Et cependant sa voix simple et douce et légère
Me chanterait les airs que lui chantait sa mère.
Hélas ! aux lieux amers où je suis enchaîné*,
Ce repos à mes jours ne fut point destiné.
J'irai : je veux jamais ne revoir ce rivage*,
Je veux, accompagné de ma muse sauvage,
Revoir le Rhin tomber en des gouffres profonds,
Et le Rhône grondant sous d'immenses glaçons,
Et d'Arve aux flots impurs la nymphe injurieuse.
Je vole, je parcours la cime harmonieuse

III. 14

Où souvent de leurs cieux les anges descendus,
En des nuages d'or mollement suspendus,
Emplissent l'air des sons de leur voix éthérée.
O lac, fils des torrents! ô Thun, onde sacrée!
Salut, monts chevelus, verts et sombres remparts
Qui contenez ses flots pressés de toutes parts!
Salut, de la nature admirables caprices,
Où les bois, les cités pendent en précipices!
Je veux, je veux courir sur vos sommets touffus;
Je veux, jouet errant de vos sentiers confus,
Foulant de vos rochers la mousse insidieuse,
Suivre de mes chevreaux la trace hasardeuse:
Et toi, grotte escarpée et voisine des cieux,
Qui d'un ami des saints fus l'asile pieux,
Voûte obscure où s'étend et chemine en silence
L'eau qui de roc en roc bientôt fuit et s'élance,
Ah! sous tes murs, sans doute, un cœur trop agité
Retrouvera la joie et la tranquillité!

XXXIX.

Ἔλεγ. *D'Ovide, l. II.*

Oh! puisse le ciseau qui doit trancher mes jours
Sur le sein d'une belle en arrêter le cours!
Qu'au milieu des langueurs, au milieu des délices,
Achevant de Vénus les plus doux sacrifices,

Mon âme, sans efforts, sans douleurs, sans combats,
Se dégage et s'envole, et ne le sente pas !
Qu'attiré sur ma tombe, où la pierre luisante[1]
Offrira de ma fin l'image séduisante,
Le voyageur ému dise avec un soupir :
« Ainsi puissé-je vivre, et puissé-je mourir ! »

XL*.

Ἔλεγ.

Eh bien ! je le voulais. J'aurais bien dû me croire !
Tant de fois à ses torts je cédai la victoire !
Je devais une fois du moins, pour la punir,
Tranquillement l'attendre et la laisser venir.
Non. Oubliant quels cris, quelle aigre impatience
Hier sut me contraindre à la fuite, au silence,

1. André avait d'abord écrit :

> Que chacun *sur ma tombe, où la pierre luisante*
> *Offrira de ma fin l'image séduisante*,
> L'œil humide de pleurs, *dise avec un soupir :*
> *Ainsi puissé-je vivre, et puissé-je mourir !*

La seconde version est plus harmonieuse et plus poétique, mais *L'œil humide de pleurs* rendait plus exactement ce vers d'Ovide :

> *Atque aliquis nostro lacrymans in funere dicat.*

Ce matin, de mon cœur trop facile bonté !
Je veux la ramener sans blesser sa fierté ;
J'y vole ; contre moi je lui cherche une excuse.
Je viens lui pardonner, et c'est moi qu'elle accuse *.
C'est moi qui suis injuste, ingrat, capricieux :
Je prends sur sa faiblesse un empire odieux,
Et sanglots et fureurs, injures menaçantes,
Et larmes, à couler toujours obéissantes ;
Et pour la paix il faut, loin d'avoir eu raison *,
Confus et repentant, demander mon pardon.

XLI*.

'Ελεγ.

Tout mortel se soulage à parler de ses maux.
Le suc que d'Amérique enfantent les roseaux
Tempère au moins un peu les breuvages d'absinthe.
Ainsi le fiel d'amour s'adoucit par la plainte ;
Soit que le jeune amant raconte son ennui
A quelque ami jadis agité comme lui,
Soit que, seul dans les bois, ses éloquentes peines *
Ne s'adressent qu'aux vents, aux rochers, aux fontaines.

XLII*.

᾿Ελεγ.

Quand, à la porte ingrate exhalant ses douleurs [1],
Tibulle lui prodigue et l'injure et les pleurs,
La grâce, les talents, ni l'amour le plus tendre
D'un douloureux affront ne peuvent le défendre *[2].
Encore si vos yeux daignaient, pour nous trahir,
Chercher dans vos amants celui qu'on peut choisir,
Qu'une belle ose aimer sans honte et sans scrupule
Et qu'on ose soi-même avouer pour émule!
Mais, dieux! combien de fois notre orgueil ulcéré [3]
A rougi du rival qui nous fut préféré!
Oui, Thersite, souvent, peut faire une inconstante.
Souvent l'appât du crime est tout ce qui vous tente,
Et nous savons à qui de coupables moitiés [4]
Immolèrent Astolfe et Joconde oubliés *.

1. Le manuscrit porte cette variante, qui fut la première
pensée du poëte et qu'il a corrigée :

Quand Tibulle, à sa porte exhalant ses douleurs,
Prodigue au seuil ingrat et l'injure et les pleurs.

2. Le manuscrit donne ainsi la première pensée du poëte :

L'esprit, ni les talents, ni l'amour le plus tendre,
Ni même la beauté ne pourront te défendre.

3. Le manuscrit porte cette variante :

Mais, dieux! combien de fois notre amour ulcéré...

4. Le manuscrit donne cette variante :

Enfin, tu sais à qui de coupables moitiés
Immolèrent Astolfe et Joconde oubliés.

XLIII*.

Ἐλεγ.

Tout homme a ses douleurs. Mais aux yeux de ses frères
Chacun d'un front serein déguise ses misères.
Chacun ne plaint que soi. Chacun dans son ennui
Envie un autre humain qui se plaint comme lui.
Nul des autres mortels ne mesure les peines,
Qu'ils savent tous cacher comme il cache les siennes ;
Et chacun, l'œil en pleurs, en son cœur douloureux
Se dit : « Excepté moi, tout le monde est heureux. »
Ils sont tous malheureux. Leur prière importune
Crie et demande au ciel de changer leur fortune.
Ils changent ; et bientôt, versant de nouveaux pleurs,
Ils trouvent qu'ils n'ont fait que changer de malheurs.

XLIV*.

Ἐλεγ.

Le courroux d'un amant n'est point inexorable.
Ah ! si tu la voyais, cette belle coupable,
Rougir et s'accuser, et se justifier,
Sans implorer sa grâce et sans s'humilier,

Pourtant de l'obtenir doucement inquiète,
Et, les cheveux épars, immobile, muette,
Les bras, la gorge nus, en un mol abandon,
Tourner sur toi des yeux qui demandent pardon !
Crois qu'abjurant soudain le reproche farouche,
Tes baisers porteraient son pardon sur sa bouche.

XLV*.

Ἔλεγ.

Viens près d'elle au matin, quand le dieu du repos
Verse au mol oreiller de plus légers pavots,
Voir, sur sa couche encor du soleil ennemie,
Errer nonchalamment une main endormie ;
Ses yeux prêts à s'ouvrir, et sur son teint vermeil
Se reposer encor les ailes du sommeil.

XLVI*.

Ἔλεγ.

Va, sonore habitant de la sombre vallée,
Vole, invisible écho, voix douce, pure, ailée,
  ui, tant que.de Paris m'éloignent les beaux jours,

Aimes à répéter mes vers et mes amours.
Les cieux sont enflammés. Vole, dis à Camille
Que je l'attends, qu'ici, moi, dans ce bel asile,
Je l'attends; qu'un berceau de platanes épais
La mène en cette grotte, où l'autre jour au frais*,
Pour nous, s'il lui souvient, l'heure ne fut point lente.
Va. Sous la grotte, ici, parmi l'herbe odorante,
Dont l'œil même du jour ne saurait approcher*,
Et qu'égaye en courant, l'eau, fille du rocher...

XLVII*.

Ἔλεγ.

Il n'est donc plus d'espoir, et ma plainte perdue
A son esprit distrait n'est pas même rendue!
Couchons-nous sur sa porte. Ici, jusques au jour
Elle entendra les pleurs d'un malheureux amour.
Mais, non... fuyons... Une autre, avec plaisir tentée,
Prendra soin d'accueillir ma flamme rebutée,
Et de mes longs tourments pour consoler mon cœur...
Mais plutôt renonçons à ce sexe trompeur.
Qui? moi? j'aurais voulu sur ce seuil inflexible
Tenter à mes douleurs un cœur inaccessible;
J'aurais flatté, gémi, pleuré, prié, pressé,...
A me dire coupable elle m'aurait forcé...*

Que l'amour au plus sage inspire de folie!
Allons; me voilà libre, et pour toute ma vie.
Oui, j'y suis résolu; je n'aimerai jamais;
J'en jure... Ma perfide avec tous ses attraits
Ferait pour m'apaiser un effort inutile...
J'admire seulement qu'à ce sexe imbécile
Nous daignions sur nos vœux laisser aucun pouvoir;
Pour repousser ses traits, on n'a qu'à le vouloir.
Ingrate que j'aimais, je te hais, je t'abhorre...
Mais quel bruit à sa porte... Ah! dois-je attendre encore?...
J'entends crier les gonds... On ouvre, c'est pour moi!...
Oh! ma..... m'aime et me garde sa foi...
Je l'adore toujours... Ah! dieux! ce n'est pas elle!
Le vent seul a poussé cette porte cruelle.

XLVIII*.

'Ελεγ.

Partons, la voile est prête, et Byzance m'appelle.
Je suis vaincu, je fuis. Au joug d'une cruelle,
Le temps, les longues mers peuvent seuls m'arracher.
Ses traits que, malgré moi, je vais toujours chercher,
Son image partout à mes yeux répandue,
Et les lieux qu'elle habite, et ceux où je l'ai vue,
Son nom qui me poursuit, tout offre à tout moment
Au feu qui me consume un funeste aliment*.

. . . .

. . . .

. . . .

Ma chère liberté, mon unique héritage,
Trésor qu'on méconnaît tant qu'on en a l'usage,
Si doux à perdre, hélas! et sitôt regretté,
M'attends-tu sur ces bords, ma chère liberté?

XLIX*.

῎Ελ.

Ah! le pourrai-je au moins? suis-je assez intrépide*?
Et toute belle enfin serait-elle perfide?
Moi, tendre, même faible, et dans l'âge d'aimer,
Faut-il n'oser plus voir tout ce qui peut charmer?
Quand chacun à l'envi jouit, aime, soupire,
Faut-il donc de Vénus abjurer seul l'empire?
Ne plus dire : Je t'aime! et dormir tout le jour,
Sans avoir pour adieux quelques baisers d'amour?
Et lorsque les désirs, les songes ou l'aurore,
Troubleront mon sommeil, me réveiller encore,
Sans que ma main déserte et seule à s'avancer
Trouve dans tout mon lit une main à presser?

L.

Ἔλεγ.

Souvent le malheureux sourit parmi ses pleurs,
Et voit quelque plaisir naître au sein des douleurs.
Sous ses hauts monts ainsi l'Allobroge recèle *,
Sous ses monts, de l'hiver la patrie éternelle *,
Et les fleurs du printemps et les biens de l'été.
Sur leurs arides fronts le voyageur porté *
S'étonne. Auprès des rocs d'âge en âge entassée,
En flots âpres et durs brille une mer glacée.
A peine sur le dos de ces sentiers luisants
Un bois armé de fer soutient ses pas glissants.
Il entend retentir la voix du précipice.
Il se tourne, et partout un amas se hérisse
De sommets ou brûlés ou de glace épaissis,
Fils du vaste mont Blanc, sur leurs têtes assis,
Et qui s'élève autant au-dessus de leurs cimes
Qu'ils s'élèvent eux-même au-dessus des abîmes.
Mais bientôt à leurs pieds qu'il descende; à ses yeux
S'étendent mollement vallons délicieux,
Pâturages et prés, doux enfants des rosées,
Trient, Cluses, Maglan, humides Élysées,
Frais coteaux, où partout sur des flots vagabonds
Pend le mélèze altier, vieil habitant des monts .

LI.

Ἔλεγ.

Je suis en Italie, en Grèce. O terres mères des arts, favorables aux vertus*! O beaux-arts! de ceux qui vous aiment délicieux tourments! Seul au milieu d'un cercle nombreux, tantôt de vivantes couleurs une toile enflammée s'offre tout à coup à mon esprit,

. . . ma main veut fixer ces rapides tableaux *,
Et frémit et s'élance et vole à ses pinceaux;
Tantôt m'éblouissant d'une clarté soudaine,
La sainte poésie et m'échauffe et m'entraîne,
Et ma pensée, ardente à quelque grand dessein,
En vers tumultueux bouillonne dans mon sein.
Ou bien dans mon oreille un fils de Polymnie,
A qui Naple enseigna la sublime harmonie,
A laissé pour longtemps un aiguillon vainqueur
Et son chant retentit..... dans mon cœur *.

Alors mon visage s'enflamme, et celui qui me voit se dit que ma raison a besoin d'ellébore. Mais des choses bien plus importantes... Je parcours le Forum, le Sénat. J'y suis entouré d'ombres sublimes. J'entends la voix des Gracchus, etc... Cincinnatus, Caton, Brutus... Je vois les palais qu'ont habités Germanicus et sa femme... Thraséas, Soranus, Sénécion, Rustique.

En Grèce tous les peuples différents, chacun avec son front, son visage, sa physionomie, passent en revue devant mes yeux. Chacun est conduit par ses héros qu'il faut nommer. Comme l'énumération d'Homère. Périssent ceux qui traitent de préjugé l'admiration pour tous ces modèles antiques et qui ne veulent point savoir que les grandes vertus constantes et solides ne sont qu'aux lieux où vit la liberté. Hos utinam inter heroas tellus me prima tulisset. *Si j'avais vécu dans ces temps*, je n'aurais point fait des arts d'aimer, des poésies molles, amoureuses. Ma muse courtisane n'aurait point... J'aurais mené la vie d'un jeune Romain. Au barreau, dans le sénat, j'aurais défendu la liberté ou je serais mort à Utique d'un coup de poignard. Mais, mes deux amis, mes compagnons, je ne veux point souhaiter un monde meilleur où vous ne seriez pas. Plût au ciel que nous y eussions été ensemble, nous aurions formé un triumvirat plus vertueux que celui... Mais vivons comme ces grands hommes. Que la fortune en agisse avec nous comme il lui plaira, nous sommes trois contre elle. Tout cela doit être fait de verve sur les lieux.*

Raphaël, Jules, Corrège, etc... qui ont porté au plus haut point de perfection cet art divin, mort depuis tels et tels, etc.

Que, de ces grands pinceaux émule inattendu,
Le pinceau de David à la France a rendu *

. . . .

. . . .

. . . .

Des belles voluptés la voix enchanteresse *
N'aurait point entraîné mon oisive jeunesse.
Je n'aurais point, en vers de délices trempés
Et de l'art des plaisirs mollement occupés,
Plein des douces fureurs d'un délire profane,
Livré nue aux regards ma muse courtisane;
J'aurais, jeune Romain, au sénat, aux combats,
Usé pour la patrie et ma voix et mon bras;
Et si du grand César l'invincible génie

A Pharsale eût fait vaincre enfin la tyrannie,
J'aurais su, finissant comme j'avais vécu,
Sur les bords africains, défait et non vaincu,
Fils de la liberté, parmi ses funérailles,
D'un poignard vertueux déchirer mes entrailles.
Et des pontifes saints les bancs religieux
Verraient même aujourd'hui vingt sophistes pieux
Prouver en longs discours appuyés de maximes
Que toutes mes vertus furent de nobles crimes,
Que ma mort fut d'un lâche, et que le bras divin
M'a gardé des tourments qui n'auront point de fin*.

LII.

ʼΕλεγ.

. . . île charmante, Amphitrite ta mère*
N'environne point d'île à ses yeux aussi chère.
Paphos, Gnide, ont perdu ce renom si vanté.
C'est chez toi que l'amour, la grâce, la beauté,
La jeunesse, ont fixé leurs demeures fidèles.
Berceau délicieux des plus belles mortelles,
Tes cieux ont plus d'éclat, ton sol plus de chaleurs ;
Ton soleil est plus pur, plus suaves tes fleurs.
D'... reçut le jour sur tes heureux rivages*.
Que toujours tes vaisseaux ignorent les naufrages ;
Que l'ouragan jamais ne soulève tes mers ;

Que la terre en tremblant, l'orage, les éclairs,
N'épouvantent jamais la troupe au doux sourire
Des vierges aux yeux noirs, reines de ton empire!

LIII *.

'Eλεγ.

Soit que le doux amour des nymphes du Permesse,
D'une fureur sacrée enflammant sa jeunesse,
L'emporte malgré lui dans leurs riches déserts,
Où l'air est poétique et respire des vers ;
Soit que d'ardents projets son âme poursuivie
L'aiguillonne du soin d'éterniser sa vie ;
Soit qu'il ait seulement, tendre et né pour l'amour,
Souhaité de la gloire, afin de voir un jour,
Quand son nom sera grand sur les doctes collines,
Les yeux qui rendent faible et les bouches divines
Chercher à le connaître, et, l'entendant nommer,
Lui parler, lui sourire, et peut-être l'aimer.

LIV*.

Ἔλεγ.

L'innocente victime, au terrestre séjour,
N'a vu que le printemps qui lui donna le jour.
Rien n'est resté de lui qu'un nom, un vain nuage,
Un souvenir, un songe, une invisible image.
Adieu, fragile enfant échappé de nos bras ;
Adieu, dans la maison d'où l'on ne revient pas.
Nous ne te verrons plus, quand de moissons couverte
La campagne d'été rend la ville déserte ;
Dans l'enclos paternel nous ne te verrons plus,
De tes pieds, de tes mains, de tes flancs demi-nus,
Presser l'herbe et les fleurs dont les nymphes de Seine
Couronnent tous les ans les coteaux de Lucienne.
L'axe de l'humble char à tes jeux destiné,
Par de fidèles mains avec toi promené,
Ne sillonnera plus les prés et le rivage.
Tes regards, ton murmure, obscur et doux langage,
N'inquiéteront plus nos soins officieux ;
Nous ne recevrons plus avec des cris joyeux
Les efforts impuissants de ta bouche vermeillé
A bégayer les sons offerts à ton oreille.

Adieu, dans la demeure où nous nous suivrons tous,
Où ta mère déjà tourne ses yeux jaloux *.

O quel dieu malfaisant, sous ses ailes funèbres,
Couvrit cette maison de deuil et de ténèbres!
O de quelle inquiète et palpitante main
La sœur, mère trois fois, pressa contre son sein
De ce qui lui restait la précieuse enfance,
Quand elle vit, trompant sa douce confiance,
Celle qui sans appui ne marchait point encor,
De son lit douloureux cher et dernier trésor,
Son idole et déjà son image vivante,
De santé, d'avenir, de beauté florissante,
Pâlir et chanceler, frappée entre ses bras,
Et son front se pencher dans la nuit du trépas!..
Tel le bouton naissant . . . .

. . . .

. . . .

. . . .

La chaîne des saisons dans les cieux promenée
N'a point encor formé le cercle d'une année!
O regrets! un enfant!... inflexibles destins!
De l'épi vert encor moissonneurs inhumains,
Craignez-vous qu'un mortel ne dérobe sa tête?
Ne sommes-nous point tous votre sûre conquête?
L'innocente victime au terrestre séjour
N'a vu que le printemps qui lui donna le jour.
De son premier hiver le souffle impitoyable
L'emporte! Où, maintenant, est ton sourire aimable,
De ton front délicat la grâce et la candeur,

III.   16

Et de tes yeux d'azur la touchante langueur?

Le manuscrit donne ainsi la fin de cette élégie, avec une
variante des trois derniers vers qui précèdent :

Hélas! où, maintenant, est ton sourire aimable?
De ton front innocent la grâce et la douceur?
Et de tes yeux d'amour la touchante langueur?
Et tes pleurs qu'apaisait une simple caresse?
Et ta bouche entr'ouverte et ta vive allégresse,
A l'approche du sein dont tes nuits et tes jours
Ne pouvaient épuiser les utiles secours?

LV*.

'Ελεγ.

Allons, douce Élégie, à qui dans mes beaux jours
J'ai tant fait soupirer d'inquiètes amours,
Ta voix n'est pas toujours à gémir destinée.
Près d'un lit maternel viens bénir l'hyménée.
Descendons sur ces bords dont Pomone et Cérès
Ont au dieu de la vigne interdit les guérets,
Où la Seine, superbe au milieu de ses îles,
De ses blonds Neustriens baigne les monts fertiles,
Sous leur vaste cité qu'enrichissent ses eaux,
De l'Océan lointain appelle les vaisseaux *.

Ce sujet amena naturellement la pensée de l'auteur sur celui-ci :

Déesse à l'œil timide, au front noble et serein,
Pudeur, fille du ciel, quel est-il cet humain,
Libre enfin des fureurs qu'allume un premier âge,
Qui ne préfère point au honteux esclavage
Des plaisirs qu'un remords accompagne en tous lieux
Un souris de ta bouche, un regard de tes yeux?
Volupté vertueuse et délicate et pure * !

Baisse tes chastes yeux, et trop coupable affront!
D'une indigne rougeur souvent couvrir ton front!

Mais aujourd'hui que ton règne est méconnu... tu rougis sans doute de te voir défendue par des magistrats débauchés qui traînent dans l'ordure une vieillesse flétrie.
Tout flétri de sommeil ou de veilles impures. Tacite *.

LVI *.

Ἔλεγ.

Ah! tu ne m'entends point. Vois, reconnais ce sein,
Vois, j'embrasse ton urne et je te parle en vain.
Mes soupirs et les pleurs d'une paupière aimée
Ne peuvent réchauffer ta cendre inanimée.
Portes d'enfer, cessez de me le retenir!
Une heure, un seul instant, laissez-le revenir,
La nuit, voir cette couche, hélas! qui fut la sienne * !

Que je n'embrasse plus l'ombre invisible et vaine!
Qu'un instant je le voie! Ah! tu n'es plus à moi!
Et l'éternelle nuit me sépare de toi!
Et je suis seule au monde! ô déités jalouses!
O dieux! dieux de la mort ennemis des épouses,
Que vous avais-je fait? A peine étais-je à lui!...
Trois mois coulaient à peine! O solitaire ennui!
O tombe, ouvre tes bras à la veuve expirante*!
Eh! puisqu'il ne vit plus, comment suis-je vivante?
— Elle pleurait ainsi, haletante, et ses mots
Expiraient sur sa bouche étouffés de sanglots.
Ses yeux gros d'amertume inondaient son visage.
J'aurai peut-être alors agité le feuillage;
Elle lève la tête, elle voit un témoin;
Elle crie, elle fuit. Elle était déjà loin *.

Dans les champs bienheureux dors et repose en paix!
Ta Clytie était là, pleurante, échevelée;
Dans ses pleurs, malgré moi, c'est moi qui l'ai troublée,
. . . .
Je n'ose te verser et le miel et le lait;
Car votre amour jaloux verrait avec colère,
. . . .   une main étrangère
. . . .
. . . .
Écrit ces mots :...... « Jeune et belle infortunée,
L'étranger dont l'aspect t'a fait fuir aujourd'hui
A pleuré sur ton sort... Adieu, pardonne-lui. »
Il remonte à pas lents et la tête baissée;
Il s'éloigne.

LVII*.

᾽Ελεγ.

Pour mon élégie nocturne imitée de ce bon Suisse Gessner, il faut ceci vers la fin :

Quelle est cette beauté qui descend de la colline les bras tendus vers moi?... la peindre... mais non, ce n'est que son fantôme que je vois partout dans la nuit... ensuite je vois venir mes amis... énumération comme dans l'original. C'est pour ce morceau que je fais la pièce... Je les vois donc venir. Et avant de les nommer dans l'énumération, je m'interromps : est-ce encore un fantôme? — Mais non, l'amitié est solide... C'est l'amour qui n'est que songe et feux follets. Bonne pensée d'élégie. Finir par un petit nombre de vers gais et bachiques.

Le fantôme s'exhale et nage et fuit mes yeux,
Et se mêle à l'air pur qui roule autour des cieux.

LVIII*.

᾽Ελεγ.

Que sert des tours d'airain tout l'appareil horrible?
Que servit à Junon cet Argus si terrible,
Ce front, de jalousie armé de toutes parts,
Où veillaient à la fois cent farouches regards?
Mais quoi que l'on oppose et d'adresse et de force *,

Quand nul don, nul appât, nulle mielleuse amorce
Ne pourraient au dragon ravir l'or de ses bois,
Et du triple Cerbère assoupir les abois;
On t'aime, garde-toi d'abandonner la place.
Il faut oser. L'amour favorise l'audace *.
Si l'envie à te nuire aiguise tous ses soins *,
Toi, pour te rendre heureux, tenterais-tu donc moins?
Il faut savoir contre eux tourner leurs propres armes;
Attacher leurs soupçons à de fausses alarmes;
Semer toi-même un bruit d'attaque, de danger;
Leur montrer sur ta route un flambeau mensonger.
Et tandis que par toi leur prudence égarée
Rit, s'applaudit de voir ton attente frustrée,
Aveugles, auprès d'eux ils laissent échapper
Tes pas, qu'ils défiaient de les pouvoir tromper.
Tel, car ainsi que toi c'est l'amour qui le guide,
Un fleuve, à pas secrets, des campagnes d'Élide,
Seul, au milieu des mers, se fraye un sentier sûr,
Parmi les flots salés garde un flot doux et pur,
Invisible, d'Enna va chercher le rivage;
Et l'amère Téthys ignore son passage *.

LIX.

'Ελεγ.

Lorsqu'un amant, qui pleure en vain près d'une belle,
La voit à ses rivaux également rebelle,

Il peut souffrir; il peut, sans honte et sans éclats,
Partager des rigueurs qui ne l'outragent pas.
Mais à d'autres que lui s'il voit qu'elle est unie,
Son infortune alors lui semble ignominie;
Et dans son cœur blessé gémissent en courroux
L'orgueil, l'amour : tous deux dieux sombres et jaloux.

LX.

῎Ελεγ.

Autré* :

Seul rêvant et passant le temps, suivant mon usage, à calculer les moments où je l'ai vue, et ceux où je la verrai; découragé tout à coup je vis entrer l'espérance... elle me dit...

Autre* :

O, espérance, tu es la première des déesses! tu ne trompes point... etc... tu m'avais dit que je fléchirais D'... et, en effet (Jouissance.)

LXI.

Nulle heure n'est oisive et nul instant n'est vide
Le temps vole, pour eux, d'une aile si rapide!

Tous deux muets, tous deux tranquilles à l'écart,
S'étonnent à la fin qu'il soit déjà si tard.
Ils se parlent d'amour dans leur silence même.
L'âme sans le vouloir rêve de ce qu'elle aime.
Il est là : c'est assez.

Je leur ai conseillé de s'absenter quelquefois; mais vous n'avez rien à craindre, c'est un précepte bien pénible.

Eh! qui peut sans mourir s'éloigner d'une amante?

LXII.

'Ελ.

Au matin.

Pour elle, en ce moment, au sortir de son lit,
Dans ces coupes dont Sèvre, émule de la Chine,
Façonne et fait briller la pâte blanche et fine,
Les glands dont l'Yémen recueille la moisson
Mêlent aux flots de lait leur amère boisson,
Ou du noir cacao la liqueur onctueuse
Teint sa bouche et ses lis d'une empreinte écumeuse

LXIII.

Ἐ). . Ex Ovid., Fast., II*.

Je revois tous ses traits, son air, son vêtement ;
Comme elle était assise, et son geste charmant.
C'est ainsi qu'avec grâce elle tournait sa tête,
Ainsi qu'elle parlait, qu'elle restait muette,
Que ses cheveux erraient négligemment épars ;
Et telle était sa voix, et tels ses doux regards.

LXIV.

Ἐ).

O ! de nœuds mutuels, dieux, formez nos liens !
Ou donnez-lui des fers, ou dégagez les miens.
Mais laissez-moi les miens et qu'elle les partage ;
Et qu'ensuite le temps jamais ne nous dégage.
Vois, ma belle....., faut-il prier les dieux
D'ôter de ma mémoire et ta voix et tes yeux ?
Faut-il désespérer de t'avoir pour amie ?
D'être nommé ton cœur, de t'appeler ma vie ?
Faut-il ne t'aimer plus ? Ah ! plutôt aime-moi ;
Et je ne voudrais point pouvoir vivre sans toi.

Tib., l. IV, él. 5 ; l. II, él. 2*.

LXV.

Fragm. élég..

Non, ces doctes beautés n'ont plus d'attraits pour moi,
Dont le cœur ne bat plus ni d'amour, ni d'effroi;
Qui sont faites à tout; dont le hardi sourire
Entend tout, connaît tout, sait tout ce qu'on veut dire;
Dont, même en nous trompant, le visage imposteur
Daigne feindre l'amour et jamais la pudeur.

LXVI.

Él. commenc. (Élégies. Commencement). *Les premiers vers
sont d'une jolie chanson de Shakspeare :*
Measure for measure. *Acte IV, scène* 1.

Non, laisse-moi; retiens ces discours caressants,
Ces sourires trompeurs autant que séduisants,
Et ces yeux si divins quand ils font des blessures,
Ces lèvres tant de fois si doucement parjures,
Et ce baiser si doux, mais souvent inhumain,
Sceau d'un amour constant, scellé souvent en vain.
Ce transport aujourd'hui, parle, est-il bien sincère?

Je doute, je balance et crains quelque mystère.
Que veux-tu? Quel projet ton cœur a-t-il formé?
Le mien à ses détours est trop accoutumé.
Je ne sais; rarement en un excès si tendre
Tes caresses le jour ont osé se répandre,
Qu'elles ne m'aient caché sous leurs baisers menteurs
Quelque piége imprévu qui me coûtait des pleurs.
O ne me trahis point. Grâce! ô belle perfide.

*Faut-il accabler celui qui ne se défend point? celui sur qui
l'on peut tout... et finir tout cela par lui dire, après un long
bavardage amoureux, de venir vous caresser encore, et contredire
ainsi le commencement, mais sans affectation.*

LXVII*.

Él. fin.

Vois ta brillante image à vivre destinée,
D'une immortelle fleur dans mes vers couronnée.
L'étranger, dans mes vers contemplant tes attraits,
S'informera de toi, de ton nom, de tes traits,
Et quelle fut enfin celle qui, dans la France,
Était la Lycoris du Gallus de Byzance.
De la reine d'amour les jeunes favoris
Demanderont aux dieux une autre Lycoris.
L'amante inquiétée ou la fidèle épouse

Te verra dans mes vers et deviendra jalouse.
Un enfant d'Apollon, par l'amour excité,
Fait aux rides du temps survivre la beauté.

LXVIII.

'Ελεγ.

Elle a pu me bannir ! imprudente et sans foi,
Aux bras d'un autre amant elle a fui loin de moi!
Il la quitte aujourd'hui. Comme elle il est volage.
Elle apprend à son tour à gémir d'un outrage,
Et sans doute en pleurant se ressouvient, hélas !
D'un qui l'aima toujours et ne l'outrageait pas.

LXIX *.

'Ελεγ.

Sous le roc sombre et frais d'une grotte ignorée,
D'où coule une onde pure aux nymphes consacrée,
Je suivis l'autre jour un doux et triste son,
Et d'un faune plaintif j'ouïs cette chanson :
« Amour, aveugle enfant, quelle est ton injustice !

Hélas! J'aime Naïs; je l'aime sans espoir.
Comme elle me tourmente, Hylas fait son supplice.
Écho plaît au berger, il vole pour la voir;
Écho loin de ses pas suit les pas de Narcisse,
Qui la fuit, pour baiser un liquide miroir. »

LXX.

Ἐλ.

Je dors, mais mon cœur veille; il est toujours à toi.
Un songe aux ailes d'or te descend près de moi.
Ton cœur bat sur le mien. Sous ma main chatouilleuse
Tressaille et s'arrondit ta peau voluptueuse.
Des transports ennemis de la paix du sommeil
M'agitent tout à coup en un soudain réveil;
Et seul, je trouve alors que ma bouche enflammée
Crut, baisant l'oreiller, baiser ta bouche aimée;
Et que mes bras, en songe, allant te caresser,
Ne pressaient que la plume en croyant te presser.

Et dormant ou veillant, moi je rêve toujours *.

Le doux sommeil habite où sourit la fortune *.
Pareil aux faux amis, le malheur l'importune.
Il vole se poser, loin des cris de douleurs,
Sur des yeux que jamais * n'ont altérés les pleurs.

Perfide; mais pourtant chère quoique perfide.

Et ton cœur m'aimera, si ton cœur peut aimer.

. . . . tu verras ses rigueurs
Se fondre et s'amollir à tes douces langueurs.

LXXI*.

'Ελ..

Ainsi· le jeune amant, seul, loin de ses délices,
S'assied sous un mélèze au bord des précipices,
Et là revoit la lettre où, dans un doux ennui,
·Sa belle amante pleure et ne vit que pour lui.
Il savoure à loisir ces lignes qu'il dévore;
Il les lit, les relit et les relit encore;
Baise la lettre aimée et la porte à son cœur.
Tout à coup de ses doigts l'aquilon ravisseur
Vient, l'emporte et s'enfuit. Dieux! il se lève; il crie,
Il voit par le vallon, par l'air, par la prairie,
Fuir avec ce papier, cher soutien de ses jours,
Son âme et tout lui-même et toutes ses amours.
Il tremble de douleur, de crainte, de colère.
Dans ses yeux égarés roule une larme amère.
Il se jette en aveugle, à le suivre empressé,
Court, saute, vole, et, l'œil sur lui toujours fixé,

Franchit torrents, buissons, rochers, pendantes cimes,
Et l'atteint, hors d'haleine, à travers les abîmes.

LXXII'.

'Eλ.

. . . . O peuple des oiseaux!
Qui traversez les airs ou nagez sur les eaux,
Vos destins sont heureux. Vous planez sur des ailes.
Vos grâces, vos couleurs plaisent aux yeux des belles.
Souvent de leurs baisers vous goûtez les douceurs
Et la mort elle-même ajoute à vos honneurs;
C'est alors que D'.z.n voit vos plumes brillantes
En un faisceau léger, sur la gaze, ondoyantes,
Parer sa belle tête; et, sur ce front charmant,
Étendre un doux ombrage et flotter mollement.

O joli serin qui es l'ami de ma belle, qui t'agites sur son doigt, qui as toujours ton bec dans sa bouche, qu'elle couvre de baisers, qui te promènes dans ses cheveux et sur son sein, qui apprends à répéter les caresses qu'elle te dit, ô que j'envie ton sort! Quand elle te prendra sur son doigt, dis-lui...

Un perroquet.

LXXIII*.

Ἐλεγ.

Et moi, quand la chaleur, ramenant le repos,
Fait descendre, en été, le calme sur les flots,
J'aime à venir goûter la fraîcheur du rivage,
Et, bien loin des cités, sous un épais feuillage,
Ne pensant à rien, libre et serein comme l'air,
Rêver seul en silence, et regardant la mer.

Fin.

LXXIV.

Él. comm.

Triste chose que l'amour !... pour un moment de plaisir, des siècles de supplices... pourtant ces peines ne sont pas sans plaisir... Ah ! quand cesserai-je d'aimer !... Oh ! que cette jeune fille que je vois tous les jours est belle ! Description... Ah ! malheureux ! j'ai beau fuir l'amour comme un esclave fugitif ou comme un taureau qui a secoué le joug, ou comme un cheval qui s'est enfui de l'étable... mais il sait me retrouver, et levant sur moi une branche de myrte dont il me menace en criant, il me donne de nouveaux fers, il soumet ma tête à un nouveau joug, il monte sur moi et me gouverne avec un nouveau frein qu'il rit de me voir mordre...

Mandit sub dentibus aurum*...

Jeune vierge à l'œil doux, à la voix douce et tendre,

Tu fuis, tu ne sais pas, tu ne veux point entendre
Que de tes yeux charmants la grâce et la douceur
Ont remis dans ta main les rênes de mon cœur *.

LXXV.

Él.

. . . .

A l'heure où quelque amant inquiet, agité,
Sur sa couche déserte où son amour s'ennuie,
Qu'habitent les désirs et la triste insomnie,
Non sans plaisir, de loin, écoute les doux sons
Du clavier barbaresque aux nocturnes chansons ;
Quand, partout dans Paris, seul, attendant l'aurore,
Dans ses pipeaux d'airain, charge utile et sonore,
Un vagabond Orphée, incliné sous le poids,
Du vent mélodieux fait résonner la voix.

. . . .

Il rêve sous les bois ; il les peuple de belles.
A ses jeunes chansons il sait donner des ailes,
Pour voler, enflammé d'amour et de désirs,
Porter à la beauté son âme et ses soupirs.

Ni l'art de Machaon, ni la plante divine*
Qui ranime le flanc des biches de Gortine*,
Ni les chants de Circé qui font pâlir le jour,
N'ont pouvoir de guérir la blessure d'amour*.
Des bois américains l'écorce bienfaisante
N'éteint pas les accès de cette fièvre ardente.
Ils redoublent souvent. Souvent   .   .   .   .

Le guerrier scandinave, effroi du nord barbare,
N'osa point regarder la belle Konismare*;
Il osait bien marcher d'un œil calme et serein
Contre les feux tonnants et les bouches d'airain.

.   .   .   .   mes plaisirs veulent un peu de gloire.
J'aimé qu'à votre amour je doive ma victoire.
Votre bouche dit non; votre voix et vos yeux
Disent un mot plus doux, et le disent bien mieux.
Craignant de vous livrer, craignant de vous défendre,
Vous ne m'accordez rien et me laissez tout prendre.
La molle résistance, aux timides refus,
Est pour un cœur sensible une faveur de plus.

Complaisance a toujours une adresse propice*.

Souvent de tes désirs l'utile sacrifice,
Comme un jeune rameau planté dans la saison,
Te rendra de doux fruits une longue moisson.·

LXXVI.

'Eλ.

Tune meam potuisti. *Prop.*ˑ.

On ne vit que pour soi; l'amitié n'est qu'un nom.
Je veux que ton ami soit hors de tout soupçon[1];
Mais je vais, tout rempli de mon enchanteresse,
Lui conter mes plaisirs, sa beauté, mon ivresse.
De ces récits d'amour l'éloquente chaleur,
En me disant heureux, a fait tout mon malheur.
Peut-être sur ma foi dévorant ma conquête,
Il vole, en m'accusant, assurer ma défaite,
Me bannir de mon règne, et d'un récit d'amour [2]
Devenir, s'il se peut, le héros à son tour;
Et, fier de me devoir une si belle proie[3],

---

1. L'auteur a indiqué par un trait qu'il voulait changer le commencement de ce vers et du suivant.

2. Variante :

M'exiler *de mon règne, et d'un récit d'amour...*

3. Variante :

Et, tenant de moi-même *une si belle proie...*

Ma colère fera la moitié de sa joie[1].
Pâris fut ravisseur; mais les nœuds d'amitié
Au jeune Atride, au moins, ne l'avaient point lié
Patrocle à Briséis aurait été rebelle ;
Et Pylade ignorait qu'Hermione fût belle.
Tout change. Il est passé ce temps des vrais amis;
Et le parjure utile est honnête et permis :
Il se rit de ma honte et de sa perfidie[2].
Moi seul, en mes moissons je soufflai l'incendie ;
Moi seul, en lui vantant mon trésor clandestin,
J'ai du voleur nocturne aiguillonné la main[3].

. . . . .

. . . .

Souvent de tous les dieux une Vénus chérie`,
Par les décrets jaloux d'un bizarre destin,
A reçu dans son lit quelque absurde Vulcain.

— .. ....

. . . . dans les cieux,
D'ambroisie et de fleurs cette pure fontaine,
Où l'année, une fois, mère idolâtre et vaine,

1. Variante :
   Mon désespoir *fera la moitié de sa joie.*
2. L'auteur avait mis d'abord :
   Il se rit de mes pleurs *et de sa perfidie.*
3. Variante :
   Du voleur taciturne *aiguillonné la main.*

Pour ses trois autres fils moins prodigue en bienfaits,
Trempe de son printemps et la robe et les traits.

LXXVII*.

Él.

. . . .
Je t'indique le fruit qui m'a rendu malade;
Je te crie en quel lieu, sous la route, est caché
Un abîme, où déjà mes pas ont trébuché.
D'un mutuel amour combien doux est l'empire !
Heureux, et plus heureux que je ne saurais dire,
Deux cœurs qui ne font qu'un, dont la vie et l'amour*
N'auront, dans un long temps, qu'un même dernier jour !
Mais bien peu, qu'ont séduits de si douces chimères,
Ont fui le repentir et les larmes amères.
O poëtes amants ! conseillers dangereux,
Qui vantez la douceur des tourments amoureux,
Votre miel déguisait de funestes breuvages;
Sur les rochers d'Eubée, entourés de naufrages,
Allumant dans la nuit d'infidèles flambeaux,
Vous avez égaré mes crédules vaisseaux.
Mais que dis-je ? vos vers sont tout trempés de larmes.

Ce n'est pas vous qui m'avez perdu... Si je vous avais cru...

*(traduire *). C'est moi-même ; c'est elle et ses yeux... et sa blan-
cheur... et ses artifices et ma... et ma...*

Ah! tremble que ton âme à la sienne livrée
Ne s'en puisse arracher sans être déchirée.
Même au sein du bonheur, toujours dans ton esprit
Garde ce qu'autrefois les sages ont écrit :
Une femme est toujours inconstante et fragile[1],
Et qui pense fixer leur caprice mobile,
Il pense, avec sa main, retenir l'aquilon,
Ou graver sur les flots un durable sillon.

. . . ` . . . .

. . . . mais, quelque soin jaloux et vigilant
Dont ton amour ait vu sa poursuite éludée,
Fuis d'employer jamais ces armes de Médée,
Des herbes de Colchos ces philtres embrasés[2],
Sous un sucre menteur ces poisons déguisés,
Qui, lui soufflant un feu mécanique et rapide[3],
Offusquent sa raison d'un nuage perfide[4];

1. La première version présente le vers tel que je le donne i ci;
mais le poëte parait avoir eu l'intention de changer l'épithète *fragile;* car il a écrit au-dessus de ce mot ceux de
débile, futile, sans effacer le premier.

2. L'auteur avait d'abord fait ce vers ainsi :

Loin cet art *de Colchos, ces philtres embrasés...*

3. La première pensée du poëte était :

Qui, lui soufflant un feu dangereux et rapide...

4. Variante :

Offusquent son esprit d'un nuage perfide.

Victoire fausse et lâche, indigne et vil détour
Que l'orgueil désavoue encor plus que l'amour !
Quelle gloire, en effet, quel plaisir, quand on aime,
De tenir une belle absente d'elle-même,
Qui, ne voyant plus rien, livre sans le savoir [1]
Un cœur que tyrannise un aveugle pouvoir !
N'est-ce pas avouer que ton mérite habile [2]
Craignait, pour se montrer, un œil libre et tranquille?
Et que tu n'eus jamais cet aimable poison [3]
Qui sait si doucement enivrer la raison?
Certes, quand une belle en mes bras s'abandonne [4],

[1]. La première pensée du poëte était celle-ci :

Et qui sans le savoir abandonne le soin
D'un *cœur que tyrannise un aveugle* besoin.

L'auteur avait ensuite mis :

Et qui sans le vouloir *abandonne le soin, etc.*

[2]. La première version était celle qui suit:

Vous craignez donc pour vous *un œil libre et tranquille?*

Puis le poëte a mis :

Tu crains donc d'être vu *d'un œil libre et tranquille ?*
Ce prix à mériter serait plus difficile.

Enfin il écrit :

N'est-ce pas avouer que ta prudence *habile*
Craignait pour ton mérite *un œil libre et tranquille?*

[3]. L'auteur avait d'abord fait ainsi ce vers :

Et tu ne te sens pas *cet aimable poison...*

[4]. La première pensée de l'auteur avait fait ainsi ce vers :

Certes, quand une belle à mes feux *s'abandonne...*

Je veux qu'elle reçoive un baiser que je donne;
Que le sien y réponde, et, soumise à ma loi [1],
Qu'elle soit elle-même et sente que c'est moi.

Ou ton projet sera la toile fugitive
De cette Pénélope, assiégée et captive,
Qui, d'Ulysse, en secret, implorant le retour,
Va défaire la nuit son ouvrage du jour.

Du céleste voyage à mon char confié [2]
En deux courses son vol a franchi la moitié.
Descendons, sous nos pas la nuit couvre les plaines.
De mes cygnes fumants je détache les rênes;
Demain même trajet s'ouvre devant mes yeux;
Mon char avec le jour regagnera les cieux.

1. Le manuscrit offre, pour la première pensée, ces deux
derniers vers ainsi faits :

    Qu'elle soit là, présente *et soumise à ma loi ,*
    Que son cœur soit complice *et sente que c'est moi.*

2. L'auteur avait d'abord ainsi fait ce vers :

    Mais du trajet céleste *à mon char confié...*

LXXVIII*.

*Seul dans la forêt, le solitaire est à moraliser... ceci et cela...
tout à coup il entend un cheval accourir au galop ; il regarde ; il
aperçoit un visage charmant. Cheveux flottants, etc.... assise
sur son cheval et tenant un pommeau de selle avec sa main. Il
s'élance sur la route. Le coursier s'arrête. Le bel ange pâlit et
bégaye, dit : — Étranger, hôte de la forêt, pardonne ; ne me
fais point de mal. — Il se précipite vers elle ; il embrasse ses
genoux. — Moi te faire du mal, bel ange ! ne crains point ; que
la sérénité revienne sur ton front enfantin. Seul ici je t'ai
entendu venir. J'ai vu ton beau visage, ta jolie taille... Il s'interrompt. Il embrasse le coursier, il le baise. O heureux coursier ! qui portes ce bel ange ! Aies-en bien soin ; sois bien doux ;
obéis à sa pensée ; garde bien d'avoir un trot dur qui blesserait,
qui meurtrirait ses membres délicats. Oh ! que ne suis-je aussi
heureux que toi ! que n'est-ce moi qui porte une charge si belle !
Elle sourit alors, pressa son coursier et s'éloigna. Mais il la
suivit et fut pour jamais son esclave. Car cette seule vue lui
avait imposé un frein pour le guider au gré de la belle errante,
et avait mis en de si belles mains les rênes de son cœur.*

LXXIX*.

'Ελ. Marseille.

*O beautés de Marseille... vous avez une tournure vive et
attrayante... vos cheveux... vos yeux noirs et... ont des regards*

III.   19

*bien doux. Heureux qui peut vivre près de vous... Marseille est
une ville... dans son port tout hérissé d'une forêt de mâts, on
trouve le Musulman, l'Indien, etc... Marseille est tout l'univers...
elle a toujours été florissante... unissant le commerce aux
sciences et à la guerre... Pythéas... depuis l'Ibérie jusqu'à la
Ligurie, plusieurs opulentes cités la reconnaissent pour mère...
fille des Phocéens, amie de Rome, rivale de Carthage, elle a été
l'Athènes gauloise... Tel est le destin que lui promit le vieux
Protée lorsque... les Phocéens sortant de leur pays... ils mettent
à la voile... leur serment... Protée s'élève sur la mer et leur pré-
dit... (c'est ici qu'il faut mettre ce que dessus), ils arrivent pendant que le roi de cette côte préparait le festin nuptial pour sa
fille... Cette belle les avait vus arriver ;... elle avait dit à sa nourrice : O que cet étranger est beau !... il n'a point l'air sauvage
de nos Gaulois... La douceur et la fierté sont sur son visage...
Le héros grec est invité au festin... Elle entre, la belle
barbare. Suivant l'usage on lui donne la coupe... Celui à qui
elle la présentera sera son époux... Elle tourne... et rougissant et
baissant les yeux, elle présente au héros grec la coupe nuptiale...*

Et malgré les fureurs de la horde rivale,
Le héros..... boit la coupe nuptiale.

Salut, ô ville grecque, honneur du nom français !
Toi par qui, dans l'horreur de nos vieilles forêts,
Du cruel Teutatès le prêtre sanguinaire
Entendit les doux sons de la langue d'Homère ;
Qui, disciple à la fois de Minerve et de Mars,
Fis couler sur nos bords l'opulence et les arts,
Et, de nos durs aïeux polissant la rudesse,
Sur des rochers gaulois sus transplanter la Grèce.

*Marseille *... Raconter l'histoire de la fille gauloise, d'un roi
des Gaules... laquelle dans le banquet présente la coupe (c'était
ainsi qu'on choisissait un mari) au chef de la colonie pho-*

céenne... Je feindrai qu'elle a été le voir descendre. Elle était au haut d'une tour avec sa nourrice...Raconter tout cela dans le goût du IVe livre de Properce*.

LXXX*.

"Ελ.

La Seine en sortant de Paris,
Voit près du Champ de Mars les fils de nos guerriers
Étudier l'art.   .   .   .   .
Et près d'eux vivre sous un dôme .   .   .   .   .
Tous nos braves soldats sous les armes vieillis,
De blessures et d'âge et d'honneurs affaiblis.
Saints temples où repose une mâle vieillesse,
Près des murs d'où s'élance une mâle jeunesse.

LXXXI*.

O bois de Vincennes !.. bois de Boulogne !.. ne tressaillez-vous point d'allégresse, lorsque, sous vos ombrages fleuris, une belle, la tête couverte d'un chapeau de plumes, galope sur un cheval ?

LXXXII*.

'Ελεγ.

Des monts du Beaujolais aspect délicieux
Quand l'Azergue limpide, enfant de ces beaux lieux,
Descendant sur les prés et la côte vineuse,
Vient grossir de ses eaux la Saône limoneuse*.

'Eλ.

*Peindre Nice... cette ville où les étrangers... les oranges... etc...
finir en imitant légèrement le sonnet de Pétrarque umoresi il
vecchiarel... et dire : J'examine avec soin tous les visage pour
voir si je trouverai sur quelqu'un d'eux quelqu'un de vos traits.*

LXXXIII *.

A la suite de ces fragments, se trouvent : 1° les pensées
diverses qui devaient être employées dans des élégies; 2° les
citations des auteurs, où des sujets auraient été puisés.

'Eλ.

C'est d'abord un bal auquel il a assisté en Angleterre et
qu'il raconte ainsi en peu de mots :
*J'ai été à ce bal où toutes ces belles Anglaises... je les regar-
dais sans rien dire... je portais envie à ceux à qui elles par-
laient et de la main de qui elles acceptaient des oranges, des
glaces...*

Ensuite vient cette pensée qui rappelle les élégies déjà publiées :

. . . .

Non, je n'ai plus d'empire où commandent ses pleurs.
A ses moindres désirs qu'un doux regard m'annonce,
Non, jamais un refus ne sera ma réponse.

Les quatre vers qui suivent sont tout à fait dans le goût antique, on les croirait traduits de Tibulle :

. . . Penché sur toi j'attendrai ton réveil.
Sans troubler les douceurs de ton chaste sommeil,
Je baiserai les fleurs qui forment ta couronne,
Et le lin qui te couvre, et l'air qui t'environne.

Le poëte aurait fait entrer dans ces vers ces deux lignes rimées où il a accumulé des épithètes comme pour les mettre ici en réserve :

Non, tu ne connais point cette ardeur inquiète, incertaine,
Ce tumulte orageux, courant, flottant, bouillant de veine en veine.

Ailleurs, il eût peint :
Achille au bord de la mer.

Et l'onde résonnante et la roche lointaine

Gémissaient de ses pleurs et soupiraient sa peine.

Il eût placé quelque part ce vers :

L'astre qui fait aimer est l'astre du poëte.

Puis cet autre :

Tous ceux qu'un même Dieu frappe des mêmes traits.

A cette pensée se rattache celle-ci :

. . . . Un cœur toujours à découvert,
Aux flèches de Paphos de toute part ouvert.

L'auteur avait aussi indiqué plusieurs passages de poëtes latins, qu'il eût imités ou traduits et qui eussent trouvé place dans ses élégies.

Il a emprunté à Horace (Epodon, lib. XV, vers. 7) l'idée de ces vers :

. . . *Et nautis infestus Orion*
Turbavit hibernum mare.

. . . . . Ministre des naufrages,
Orion sur ses pas fait voler les orages.

Il aurait traduit ainsi ce vers d'Horace (Epistolar. lib. I, epistola I, vers. 90) :

Quo teneam voltus mutantem Protea nodo?

Par quels nœuds retenir ce mobile Protée?

Lucrèce·lui eût fourni plus d'une imitation. Il indique ainsi lui-même les passages de ce poëte :

Nec poterat quemquam placidi pellacia ponti
Subdola pellicere in fraudem ridentibus undis.
Lucret., lib. V, vers. 1002.

Infidi maris insidias, vireisque, dolumque
Ut vitare velint; neve ullo tempore credant,
Subdola cum ridet placidi pellacia ponti.
Lucret. lib. II, vers. 557.

Il faut placer quelque part une traduction ou une imitation de ces vers divins de Lucrèce... De Téthys le sourire perfide *ou telle autre expression.*

Voici comment il eût traduit ce vers de Lucrèce :

. . . . . . *In voltuque videt vestigia risus* *.
Lucret., lib. IV, vers. 1133.

Si du ris sur ta bouche il découvre les traces,

ou bien :

Du ris sur ton visage il aperçoit les traces.

Sur ce vers d'Horace qu'il indique ainsi :

Et tinctus viola pallor amantium*,

Hor.

il a fait les six vers suivants, pour essayer de rendre la pensée du poëte latin :

La pâle violette, emblème de l'amour.

———

Et la fleur de l'amour, la pâle violette.

———

La douce violette attirait tous ses vœux ;
C'est la fleur des amants, elle est pâle comme eux

———

Je vois la violette, en sa douce pâleur,
De l'amour langoureux affecter la couleur.

———

Tibulle, surtout, devait offrir un grand nombre de passages à imiter ; voici ceux qu'il a indiqués :

Ipse interque greges, interque armenta Cupido
Natus, et indomitas dicitur inter equas,
Illic indocto primum se exercuit arcu.
Hei mihi, quam doctas nunc habet ille manus!

Nec pecudes velut ante petit : fixisse puellas
Gestit, et audaces perdomuisse viros.
Tibull., lib. II, Eleg. i, vers. 67 et sequent.

Il faut traduire ces vers charmants ; et imiter toute cette élé-
gie qui est un des plus beaux poëmes de l'antiquité. Il est plein
d'âme, d'esprit, d'érudition et de philosophie ; car les érotiques
anciens ne sont pas des Dorat. J'en dis autant de la huitième
élégie du livre Ier. . .*

Il cite ensuite ce vers avec une légère altération du texte :

Crudeles Divi! serpens novus exuit annos*!
Tibull., lib. I, El. iv, vers. 31.
et le traduit ainsi :

. . . . Cruelles destinées !
Le serpent rajeuni dépouille ses années.

La première élégie du livre Ier de Tibulle, indiquée ainsi :
de Tibulle Él. i, a inspiré les vers suivants qui seraient entrés
dans une élégie :

Quand d'un souffle jaloux la Parque meurtrière
Viendra de mon flambeau dissiper la lumière,
Si tu viens près de moi, sur mon lit de douleurs[1],
Ta présence pourra répandre des douceurs.
Pour apaiser l'effroi que cet instant réveille,
Que le son de ta voix flatte encor mon oreille ;
Qu'autour de toi mes bras soient encore attachés ;
Que tes yeux sur les miens soient encore penchés ;

1. Le manuscrit porte cette variante qui était la première
pensée de l'auteur :

Si je te vois encor sur mon lit de douleurs.

III.   20

Que ta bouche se joigne à ma bouche expirante;
Que je tienne ta main dans ma main défaillante

La quatrième élégie, livre II, du même poëte, dont il rapporte ainsi ces deux vers :

> *Nunc et amara dies, et noctis amarior umbra :*
> *Omnia nunc tristi tempora felle madent.*
> Tibul., lib. II, El. IV, vers. II.

lui offrait encore un passage à employer; il dit :

Il faut traduire ou imiter ces beaux vers de mon Tibulle :

. . . Le jour est amer à mon cœur;
La nuit vient et plus triste et plus amère encore.
Tout meurt autour de moi du fiel qui me dévore.

ou littéralement :

Chaque instant de ma vie est abreuvé d'absinthe.

Dans un autre endroit, revenant sur le même sujet, il reproduit ainsi ses pensées :

Le doux éclat du jour est amer à mon cœur.
La nuit vient et plus triste et plus amère encore.
Tout meurt autour de moi du fiel qui me dévore.

ou littéralement, ce qui est dur :

Chaque instant est trempé du fiel qui me dévore.

ou bien :

Chaque instant de ma vie est abreuvé d'absinthe.

Plein des idées du poëte latin, il a consigné ces vers isolés :

Ah! les serments jurés à la beauté qu'on aime
Sont le serment du Styx redoutable aux dieux même.

Un vers brûlant d'amour et de larmes trempé.

Lui soupirer un vers plein d'amour et de larmes.

L'onde changée en pleurs roule des flots amers.

Vos jours brillants et purs ignorent les nuages.

Et la rose pâlit sur ta lèvre tremblante.

André fait ensuite cette réflexion :

On peut appeler les eaux de senteur une rosée d'œillets, une rosée de jasmins.

Le jeune poëte, paraissant se complaire dans sa position de liberté et d'indépendance, a écrit ces vers qui sont le résultat d'une comparaison avec les ambitieux qui courent après la fortune et les honneurs :

Que leurs vaisseaux errants poursuivent la fortune;
Qu'à la cour enchaînés, leur grandeur importune

Assiége tous leurs pas de superbes ennuis ;
Que de vastes projets inquiètent leurs nuits.

***

Pour rendre le langage et les manières qu'on emploie avec les enfants, il fit les quatre vers suivants :

De petits jeux, de petits entretiens,
De petits tours, de petites adresses,
De petits mots, de petites caresses,
La petite oie, et mille petits riens.

A la suite des diverses citations de Tibulle que je viens de rapporter, il dit :

Properce a parlé des éventails de plumes de paon, il faut parler de nos éventails chinois*.

***

Ailleurs on trouve :

Hésiode,
Au sommet d'Hélicon, se réveilla poëte.

***

Juvénal, dans sa philosophie amère, aurait aussi fourni plus d'un sujet d'Élégie. André avait ainsi consigné cette pensée empruntée au satirique latin :

Le bœuf accablé de vieillesse,
Que la charrue ingrate a refusé de suivre.

Ingrato jam fastiditus aratro.
Juvenal.

Plus loin, on trouve ces pensées imitées de Térence*:

L'ingrate de mes maux n'a point eu de pitié.   .   .
Je lui dois bien ma rage et mon inimitié.
Vent jaloux, pour jouer ma crédule espérance,
Avec sa perfidie es-tu d'intelligence ?

ʼEλ. *Ex Terent.* ¹.

Pourquoi je ne viens plus? Sans doute, je le croi,
Cette porte toujours est ouverte pour moi,
Et jamais vous jouant de ma crédule attente,
Votre portier ne feint que vous êtes absente.

Voici une réflexion qui prouve combien André avait le
sentiment de la beauté antique, à laquelle il rapportait tout
comme objet de comparaison :
*Ne me parlez jamais de ces figures rouges paysannes...
ignobles... parlez-moi de ces beautés qui ressemblent à des statues
antiques ou aux femmes du Guide.*
Au-dessous il a écrit :
*Un homme aime à être dans un cabinet de glaces peuplé de
son bonheur.*

André a aussi indiqué quelques fables et histoires qu'il
aurait fait entrer dans ses Élégies; voici comment il en
parle :

1. *Eunuchus*, act. I, scen. I.

Ἔλεγ.

Fables ou histoires à employer.

Laodamie et Protésilas. — Artémise. — Nauplius et le pro-
montoire de Capharée. — Niobé et ses filles et le Sipylus. —
Les Titans aux pieds de serpents. — Ibycus et les oies. —*
Vénus armée. — L'Amour armé dans le musæum étrusque.

Plus loin on rencontre ce vers :

Du second des Tarquins les superbes faisceaux.

Le dernier fragment qui devait trouver place dans une
élégie est celui-ci :

Élég. frag.

Tu dis qu'on a dit du mal de moi... peu m'importe. Je sais
trop que ceux dont je suis connu ne croiront pas quiconque
m'accusera d'autre chose que de faiblesses que l'âge excuse... je
pourrais me venger avec l'iambe tincta Lycambo sanguine*...*
mais j'aime mieux... que ce dont mon nom tire plus de splendeur
soit de mes vers l'innocente candeur... et je ne serais flatté de
rien tant que de faire dire : ce poëte

Sut mépriser l'injure, et, sourd à ses clameurs,
Fut doux en ses écrits et, plus doux en ses mœurs,

et que la vérité

Un jour dise de moi : Cet enfant des neuf sœurs
Fut doux en ses écrits et plus doux en ses mœurs ;
Jamais de la puissance esclave tributaire,
Il n'a brûlé pour elle un encens mercenaire ;
Et jamais le repos de quelqu'un des humains

Ne fut blessé d'un trait qui partit de ses mains.
J'aurais trouvé sans peine au carquois de l'Iambe,
Son vers âpre et guerrier teint du sang de Lycambe;

Mais, quoiqu'il soit aussi permis de se défendre qu'il est injuste d'attaquer....

ÉLÉGIES ITALIENNES.

LXXXIV*.

Él.

Comm. (commencement).

L'Élégie est venue me trouver (la peindre). Eh bien! m'a-t-elle dit, m'as-tu abandonnée? attends-tu que tu sois vieux pour faire Ἔλεγους *? je n'aime point ceux qui me courtisent trop vieux...... Il faut être jeune pour rire, pour pleurer, se fâcher, s'apaiser, pour aimer, pour vanter nos charmantes folies.*

L'emploi de la vieillesse est plus sage et plus beau ;
Mais on rit qu'une muse, hélas ! près du tombeau,
Ceignant son front glacé de guirlandes fanées,
Sous le rouge et le fard déguisant ses années,
D'une tremblante voix chante encor le printemps.
On rit quand, opprimé sous le fardeau des ans,
Vieux amant, vieux chanteur, un poëte ose peindre[1]
Des douceurs qu'il n'a plus et qu'il ne peut que feindre,
Et d'une voix fardée et d'un vers doucereux
Nous conte en cheveux blancs ses exploits amoureux.

1. Variante :
Vieux amant, vieux poëte, *un* chanteur *ose peindre.*

Un vieillard n'aime plus. Il n'est, dans sa tendresse [1],
Ni pressant, ni timide avec délicatesse ;
La douce émotion n'agite plus son cœur [2],
Et son baiser rebute et n'a point de fraîcheur.
La troupe aux yeux charmants des trois sœurs ingénues,
Qu'un même nœud retient dansantes, demi-nues,
Fuit un triste vieillard qui n'a que des regrets,
Et qui veut à la rose unir ses noirs cyprès.
Elles aiment à voir deux âmes enfantines
Se conter tour à tour leurs caresses divines ;
Deux visages brillants de jeunesse et d'amour
Se presser l'un sur l'autre à la fuite du jour [3] ;
Deux jeunes seins se joindre et palpiter ensemble ;
Deux bouches de vingt ans, qu'un même feu rassemble,
Mêler leur douce haleine et leurs cris langoureux,
Leurs baisers dévorants, humides, savoureux.

Que tardes-tu donc? Camille ne t'inspire-t-elle plus rien?...
Camille!... dieux! Camille!... ô déesse!... un de ces vieillards
que vous ne pouvez souffrir, qui vous inspirent du dégoût,
Camille l'a reçu dans son lit!... ingrate! pour des présents tu
m'as préféré un vieux!... Sed quascumque dedit vestes, quoscumque smaragdos* (*Prop., lib. II, Eleg.* XIII), *que tous ces*
présents périssent, à l'aide desquels Barbarus excussis agitat
vestigia lumbis*... *d'un lit qui fut à moi...*

1. L'auteur avait passé un trait en diagonale sur ce vers et
les cinq qui le suivent..

2. Variante : La première pensée était :
   La douce émotion n'habite *plus son cœur.*

3. Le manuscrit porte cette première version :
   Se chercher, se presser à la fuite du jour.

Dévoré de désirs que l'impuissance irrite

. . . .

D'un lit qu'il déshonore inutile fardeau.

Mais moi je prendrai désormais une beauté plus fidèle pour objet de mes élégies*.

Ah! qu'ils portent ailleurs ces reproches austères,
D'une triste raison ces farouches conseils,
Et ces sourcils hideux, et ces plaintes amères,
De leur âge chagrin lugubres appareils.
Lycoris, les amours ont un plus doux langage:
Jouissons; être heureux c'est sans doute être sage.
Vois les soleils mourir au vaste sein des eaux;
Téthys donne la vie à des soleils nouveaux,
Qui mourront dans son sein, et renaîtront encore;
Pour nous, un autre sort est écrit chez les dieux;
Nous n'avons qu'un seul jour; et ce jour précieux
S'éteint dans une nuit qui n'aura point d'aurore.
Vivons, ma Lycoris, elle vient à grands pas
Et dès demain peut-être elle nous environne;
Profitons du moment que le destin nous donne,
Ce moment qui s'envole et qui ne revient pas*.
Vivons, tout nous le dit; vivons, l'heure nous presse;
Les roses dont l'amour pare notre jeunesse
Seront autant de biens dérobés au trépas.

LXXXV*.

ÉLOGE DE LA VIEILLESSE.

*Ελεγ. ἰταλ.

O délices d'amour! et toi, molle paresse,
Vous aurez donc usé mon oisive jeunesse!
Les belles sont partout. Pour chercher les beaux-arts,
Des Alpes vainement j'ai franchi les remparts;
Rome d'amours en foule assiége mon asile.
Sage vieillesse, accours! ô déesse tranquille,
De ma jeune saison éteins ces feux brûlants,
Sage vieillesse! Heureux qui, dès ses premiers ans,
A senti de son sang, dans ses veines stagnantes,
Couler d'un pas égal les ondes languissantes;
Dont les désirs jamais n'ont troublé la raison;
Pour qui des yeux n'ont point de suave poison *;
Au sein de qui, jamais, une absente perdue *
N'a laissé l'aiguillon d'une trop belle vue;
Qui, s'il regarde et loue un front si gracieux,
Ne le voit plus, sitôt qu'il n'est plus sous ses yeux*!
Doux et cruels tyrans, brillantes héroïnes,
Femmes, de ma mémoire habitantes divines,
Fantômes enchanteurs, cessez de m'égarer.
O mon cœur! ô mes sens! laissez-moi respirer.
Laissez-moi, dans la paix de l'ombre solitaire,
Travailler à loisir quelque œuvre noble et fière

Qui, sur l'amas des temps propre à se maintenir,
Me recommande aux yeux des âges à venir.
Mais, non ! j'implore en vain un repos favorable ;
Je t'appartiens, amour, amour inexorable ;
Et tu ne permets pas à ton esclave amant *
De pouvoir, loin de toi, se distraire un moment !

Eh bien ! allons, conduis-moi aux pieds de... je ne refuse aucun esclavage... Conduis-moi vers elle, puisque c'est elle que tu me rappelles toujours... Allons, suivons les fureurs de l'âge... mais puisse-t-il passer vite... puisse venir la vieillesse !... la vieillesse seule est heureuse (contredire pied à pied l'élégie contre la vieillesse), *le vieillard se promène à la campagne, se livre à des goûts innocents, étudie sans que les vaines fureurs d'Apollon le fatiguent... les soins de la propreté, une vie innocente font fleurir la santé sur son visage. S'il devient amoureux d'une jeune belle :*

Il a le bien d'aimer sans en avoir les peines ;
Il n'en exige rien, il ne veut que l'aimer.
Elle y consent... tout le monde le sait...
Elle le permet... et n'en fait point mystère,
Et ne le reçoit point avec un œil sévère,
N'affecte point de rire en le voyant pleurer,
Ne met point son étude à le désespérer.
Non. Il entre, elle accourt. Une aimable indulgence
Sourit dans ses beaux yeux au vieillard qui s'avance.
Il l'embrasse. Il n'a point ces suprêmes plaisirs
Dont son âge paisible ignore les désirs.
Il est assis près d'elle. Il la voit, il. . .
Elle livre ses bras à ses baisers.   . .
A ses débiles mains laisse presser ses flancs,

Et le caresse et joue avec ses cheveux blancs.

Les petits garçons et les petites filles qui jouent, sautent de joie en l'entendant venir. Il les baise, il se mêle avec eux, il fait la paix, il est l'arbitre de leurs jeux. Quand il y a une belle partie à la promenade, à l'ombre, on l'attend, on lui garde la meilleure place.

Au sein de ses amis il éteint son flambeau,
Et ceux qui l'ont connu pleurent sur son tombeau.

LXXXVI*.

Élég. ιταλ.

O c'est toi ! Je t'attends, ô ma belle Romaine*.
Chez toi, dans cet asile où le soir nous ramène
Seul je mourais d'attendre et tu ne venais pas.
Mon cœur en palpitant a reconnu tes pas*.
Cette molle ottomane . . . .
Ces glaces, tant de fois belles de ta présence,
Ces coussins odorants, d'aromates remplis,
Sous tes membres divins tant de fois amollis ;
Ces franges en festons que tes mains ont touchées,
Ces fleurs dans ces cristaux par toi-même attachées* ;
L'air du soir si suave à la fin d'un beau jour,
Tout embrasait mon sang : tout mon sang est amour.
Non, plus de feux jamais, non, jamais plus d'ivresse*

N'ont chatouillé ce cœur affamé de caresses;
Je veux rassasier cet amour indompté*,
.   .   .   .   qui seul est la beauté.
Je veux que sur mon sein et plus qu'à demi nue,
Tu repaisses mes sens d'une si belle vue.
Viens encore opposer à mes brûlants transports
De tes bras envieux la lutte et les efforts*;
Ou ton ordre... ou ta douce prière,
Ou du lin ennemi la jalouse barrière;
Mes bras, plus que les tiens agiles et pressants,
'Forceront le rempart de tes bras impuissants.
Mes baisers, sur ta bouche ou timide ou colère,
Repousseront ton ordre ou ta douce prière.
Robe, lin, ces gardiens de tes charmes si beaux,
Sous mes fougueuses mains voleront en lambeaux.
A ma victoire alors tout entière livrée,
Il faudra bien céder à te voir adorée,
Lorsque pour se couvrir, enfin, tous tes appas
N'auront que mes fureurs et ma bouche et mes bras *.

LXXXVII.

Élég. ιταλ.

Fin.   ↘   .   .

Allez, mes vers, allez; je me confie en vous;
Allez fléchir son cœur, désarmer son courroux;

Suppliez, gémissez, implorez sa clémence,
Tant, qu'elle vous admette enfin à sa présence.
Entrez ; à ses genoux prosternez vos douleurs,
Le ·deuil peint sur le front, abattus, tout en pleurs.
Et ne revoyez point mon seuil triste et farouche,
Que vous ne m'apportiez un pardon de sa bouche.

LXXXVIII*.

Élég. ιταλ.

Tel j'étais autrefois et tel je suis encor.
Quand ma main imprudente a tari mon trésor,
Quand la nuit, accourant au sortir de la table [1],
Si Laure m'a fermé le seuil inexorable [2],

1. L'auteur a voulu corriger ce vers ainsi :

    Ou *la nuit, accourant au sortir de la table.*

    La première pensée vaut évidemment mieux.

2. La première pensée du poëte était ainsi exprimée :

    Je vois qu'on *m'a fermé* la porte *inexorable.*

    Il corrigea d'abord ainsi :

    Si je trouve *fermé le seuil inexorable,*

    puis enfin de cette manière qui est la dernière version:

    Si Laure *m'a fermé le seuil inexorable.*

Je regagne mon toit... là, lecteur studieux,
Content et sans désirs, je rends grâces aux dieux.
Je crie : O soins de l'homme, inquiétudes vaines !
Oh ! que de vide, hélas ! dans les choses humaines !
Faut-il ainsi poursuivre au hasard emportés
Et l'argent et l'amour, aveugles déités !
Mais si Plutus revient, de sa source dorée [1],
Conduire dans mes mains quelque veine égarée,
A mes signes, du fond de son appartement [2],
Si ma blanche voisine a souri mollement ;
Adieu les grands discours, et le volume antique,
Et le sage Lycée, et l'auguste portique ;
Et reviennent en foule et soupirs et billets,
Soins de plaire, parfums et fêtes et banquets,
Et longs regards d'amour et molles élégies
Et jusques au matin amoureuses orgies.

LXXXIX*.

Él. Ιταλ.

O belle (son nom, pas le véritable)... tu crains... tu penses, dis-tu, qu'un poëte est méchant... caustique. . . détrompe-toi de

1. Le manuscrit porte cette variante :
   Mais si Plutus revient de son onde dorée.
2. Le manuscrit offre cette variante :
   A mes gestes, du fond de son appartement.

cette erreur. Non, le jeune poëte est doux, innocent... l'enfant de neuf sœurs (peinture romantique) tout entier aux muses et aux belles, il ne songe point à nuire, ni même à se défendre de ceux qui veulent lui nuire.*

Il n'aime que l'amour; l'amour et les beaux-arts.

En lisant les poëtes antiques, il voit, il poursuit, il tient ces belles héroïnes qui exercèrent

D'Apelle et de Zeuxis les suaves pinceaux.
Raphaël et David, sur leurs toiles savantes,
Offrent à ses désirs vingt maîtresses vivantes.

Quand il voit passer des belles, il les poursuit des yeux, il veut celle-ci, celle-là, il les veut toutes. En vain leurs vêtements... sous la gaze et la soie, il devine les charmes...

D'un flanc voluptueux l'agilité mobile.

Porté sur son imagination aux ailes de feu, il s'élance, il pénètre jusqu'aux plus secrets appas. Souvent sur les ailes de sa pensée, il vole, il s'égare... il va dans l'Orient, il perce les murs des harems... il y règne... il appelle une beauté que le Phase a fait naître la plus belle des mortelles.

Elle avance, elle hésite, elle traîne ses pas.
Grande, blanche. Sa tête aux attraits délicats [1]
Est penchée. Elle rit; mais à demi troublée,
D'un léger vêtement couverte et non voilée*.
Le Gange a filé l'or qui de ses noirs cheveux

1. Le manuscrit porte cette variante :

Grande, blanche. Sa tête aux charmes délicats.

Dans un réseau de soie emprisonne les nœuds.
Golconde, à pleines mains, sur sa riche ceinture
A jeté le rubis et l'émeraude pure ;
Cercle étroit et facile où ses flancs sont pressés,
Dans leur souplesse molle avec grâce élancés.
Le diamant en feu, lumineuse merveille,
Presse son doigt de rose et pend à son oreille.
Son beau sein, éclatant de jeunesse et d'amour,
Et s'élève et repousse un précieux contour.
De perles dont Ceylan voit son onde si vaine,
Et de perles encor serpente une autre chaîne,
Sur ses bras nus, divins, dont les yeux sont charmés,
Qu'avec un soin d'amour la nature a formés.
Assise auprès de lui, ses yeux pleins de son âme
Nagent dans les langueurs d'une amoureuse flamme,
Et sa voix sur un luth, voluptueux accents,
Lui soupire en chanson la langue des Persans.

*Voilà comme l'enfant des neuf sœurs, affamé d'amour, se livre
à ses rêveries innocentes et va se chercher des amantes lointaines...
et s'il rencontre une belle (le nom du commencement) qui surpasse
les beautés que son imagination lui a formées, et que cette belle
veuille de lui, il l'aime, il l'aime, il ne voit plus qu'elle.*

Et l'amour n'a point mis aux genoux d'une belle
D'esclave plus soumis, ni d'amant plus fidèle*.

XC*.

Ἔλεγ. ἰταλ.

On pourrait imiter l'élégie de Properce : Quæris cur veniam tibi tardior ? de cette manière :
Je suis venu tard ; j'ai été arrêté à voir des statues, des tableaux, sur mon chemin... longues descriptions... et enfin telle femme, telle beauté peinte par tel peintre t'a rappelée à moi et je suis accouru *.

XCI*.

Ἔλεγ. ἰταλ.

Au sommet de la montagne je découvre à mes pieds la belle Italie :

Salut, terre où Saturne a trouvé le repos,
Mère de l'abondance et mère des héros !
Salut, dieux paternels d'une terre sacrée !
O Romulus ! et toi, Vesta, reine adorée !
Toi qui tiens sous ta garde, en tes asiles saints,
Et le Tibre toscan et les palais romains.

Puis, il devait faire une autre élégie dans laquelle il aurait fait ses adieux à l'Italie. Il indique ce projet de cette manière:

Et dans une autre, en quittant l'Italie :

Adieu . . . .

Et toi, mère Vesta, qui règnes sur le Tibre.

XCII*.

Enfin des élégies italiennes devaient encore être puisées dans des imitations de Sappho. Voici trois canevas que je ne ferai que mentionner, parce qu'il n'est pas permis aux Français de parler avec la liberté de la langue grecque.

La première élégie est indiquée par ces abréviations que je me contenterai de reproduire sans autre explication :

"Ελεγ. ιταλ. τριβ. σαπφικ.

Il devait appeler Cydno la beauté qui aurait été le sujet de cette élégie : *Candida Cydno.* Sappho eût été elle-même en scène.

La seconde, qui ne porte pour signe que : "Ελεγ. β., eût été la description d'un souper de jeunes filles où Sappho aurait aussi personnellement figuré ; et enfin la troisième, qui est indiquée de cette manière : Él. *après celle du souper de jeunes filles,* aurait été une causerie entre les mêmes jeunes filles du souper.

ÉLÉGIES ORIENTALES.

XCIII.

"Ελ. ἠῶ.

Salut, dieux de l'Euxin, Hellé, Sestos, Abyde,
Et nymphe du Bosphore, et nymphe Propontide,
Qui voyez aujourd'hui du barbare Osmanlin *
Le croissant oppresseur toucher à son déclin * ;
Hèbre, Pangée, Hœmus, et Rhodope et Riphée ;
Salut, Thrace, ma mère, et la mère d'Orphée,
Galata, que mes yeux désiraient dès longtemps * ;
Car c'est là qu'une Grecque en son jeune printemps,
Belle, au lit d'un époux nourrisson de la France,
Me fit naître Français dans le sein de Byzance *.

XCIV*.

Ἔλεγ. ἠῶ.

Trop longtemps le plaisir, égarant mes beaux jours,
A consacré ma lyre aux profanes amours.
J'ai trop chanté de vers trop suaves, peut-être,
Que l'œil de la pudeur n'a point osé connaître.

*Mais aujourd'hui que mon âge a commencé de se calmer, que
les belles m'inspirent des fureurs plus tranquilles, je puis sans
interruption chanter sur un ton plus austère... je vais achevan
mon Hermès*... surtout les chants de tel et tel pays, m'ont vu
travailler avec délices à mon poëme de Suzanne. ... O pudeur!
Vierge sainte, c'est pour toi que je fais cet ouvrage... il sera chaste
et pur comme toi ; puisse-t-il comme toi charmer et plaire ! Je
veux que ta bouche le répète... Je veux qu'avant d'être épouse,
une belle innocente, le soir, le récite auprès de sa mère attentive.
Ainsi donc, mes vers, dites adieu... vous n'irez plus... je ne
vous verrai plus*

En de brûlants tableaux, en de vives paroles,
Offrant le vain amas de mes jeunesses folles,
Alarmer l'innocence ; et, trop coupable affront,
D'un timide embarras couvrir un chaste front.

XCV*.

Ἔλεγ. ἠώ.

Rustan peut en un mois parcourir ses sillons [1];
Des coursiers d'Yémen peuplent tous ses vallons.
Il a toute une armée, aux regards formidables,
Qui tient de son palais les portes redoutables.
Les murs de ses jardins au zéphyr enchanté
Semblent enceindre au loin quelque vaste cité.
De cent noirs Africains la sûre jalousie
Lui garde cent beautés, l'élite de l'Asie,
Que des bains odorants les suaves apprêts
Conduisent à son lit éclatantes d'attraits.

Mais il n'a pas la mienne, etc., etc.

Les crins de trois coursiers marchent devant ses pas.

1. Le manuscrit porte cette variante, qui est la première
pensée du poëte :
    Rustan peut en un mois visiter ses sillons.

XCVI*.

Ἐλ. ἠῶ.

Il faut employer cette fable orientale du rossignol amoureux de la rose, à laquelle les poëtes persans font de si fréquentes allusions. Il faut imaginer quelque chose pour en rendre raison dans le goût des Métamorphoses d'Ovide; mais il ne faudrait point que cela fût commun. Peut-être dans les auteurs traduits du persan par Jones ou autres, je trouverai quelque idée.

As-tu vu cette belle?... qui a telle et telle grâce?... Je suis le rossignol amant de cette rose.

Megnoun et Leilek... Gemil et Shauba qui faisait des vers comme Sappho. . .

Peindre une belle Orientale avec sa chaussure de perles. . .

Où sont ces grands tombeaux qui devaient à jamais
D'une épouse fidèle attester les regrets?
L'herbe couvre Corinthe, Argos, Sparte, Mycènes;
La faux coupe le chaume aux champs où fut Athènes.

Ilion, de ces dieux qui bâtirent tes tours,
Contre le fils d'Achille implore le secours.
Et toi qui, subjuguant l'un et l'autre Neptune,
De Rome si longtemps balanças la fortune,
De tes murs aujourd'hui, de tes fameux remparts
On cherche vainement les cadavres épars.
Et vous, fiers monuments des arts et du génie,
Que la main d'une femme éleva sur l'Asie,
Prodigieuse enceinte où l'Euphrate étonné
Vit de ses flots vaincus le cours emprisonné;
Murs de bitume enduits, dont les vastes racines
Semblaient de l'univers attendre les ruines;
Jardins audacieux dans les airs soutenus,
Temples, marbres, métaux, qu'êtes-vous devenus?
Votre nom plus heureux, grâce aux chantres célèbres,
De la nuit envieuse a percé les ténèbres.

ÉPITRES

ÉPITRES.

I*.

Le Brun, qui nous attends aux rives de la Seine,
Quand un destin jaloux loin de toi nous enchaîne ;
Toi, Brazais, comme moi sur ces bords. appelé,
Sans qui de l'univers je vivrais exilé ;
Depuis que de Pandore un regard téméraire
Versa sur les humains un trésor de misère,
Pensez-vous que du ciel l'indulgente pitié
Leur ait fait un présent plus beau que l'amitié ?

Ah ! si quelque mortel est né pour la connaître,
C'est nous, âmes de feu, dont l'Amour est le maître.
Le cruel trop souvent empoisonne ses coups ;
Elle garde à nos cœurs ses baumes les plus doux.
Malheur au jeune enfant seul, sans ami, sans guide,
Qui près de la beauté rougit et s'intimide,
Et, d'un pouvoir nouveau lentement dominé,

Par l'appât du plaisir doucement entraîné,
Crédule, et sur la foi d'un sourire volage,
A cette mer trompeuse et se livre et s'engage!
Combien de fois, tremblant et les larmes aux yeux,
Ses cris accuseront l'inconstance des dieux!
Combien il frémira d'entendre sur sa tête
Gronder les aquilons et la noire tempête,
Et d'écueils en écueils portera ses douleurs
Sans trouver une main pour essuyer ses pleurs!
Mais heureux dont le zèle, au milieu du naufrage,
Viendra le recueillir, le pousser au rivage;
Endormir dans ses flancs le poison ennemi;
Réchauffer dans son sein le sein de son ami;
Et de son fol amour étouffer la semence,
Ou du moins dans son cœur ranimer l'espérance!
Qu'il est beau de savoir, digne d'un tel lien,
Au repos d'un ami sacrifier le sien!
Plaindre de s'immoler l'occasion ravie,
Être heureux de sa joie et vivre de sa vie!

Si le ciel a daigné d'un regard amoureux
Accueillir ma prière et sourire à mes vœux,
Je ne demande point que mes sillons avides
Boivent l'or du Pactole et ses trésors liquides;
Ni que le diamant, sur la pourpre enchaîné,
Pare mon cœur esclave au Louvre prosterné;
Ni même, vœu plus doux! que la main d'Uranie
Embellisse mon front des palmes du génie;
Mais que beaucoup d'amis, accueillis dans mes bras,
Se partagent ma vie et pleurent mon trépas;

Que ces doctes héros, dont la main de la Gloire
A consacré les noms au temple de Mémoire
Plutôt que leurs talents, inspirent à mon cœur
Les aimables vertus qui firent leur bonheur;
Et que de l'amitié ces antiques modèles
Reconnaissent mes pas sur leurs traces fidèles.
Si le feu qui respire en leurs divins écrits
D'une vive étincelle échauffa nos esprits;
Si leur gloire en nos cœurs souffle une noble envie,
Oh! suivons donc aussi l'exemple de leur vie:
Gardons d'en négliger la plus belle moitié;
Soyons heureux comme eux au sein de l'amitié.
Horace, loin des flots qui tourmentent Cythère,
Y retrouvait d'un port l'asile salutaire;
Lui-même au doux Tibulle, à ses tristes amours,
Prêta de l'amitié les utiles secours.
L'amitié rendit vains tous les traits de Lesbie;
Elle essuya les yeux que fit pleurer Cynthie.
Virgile n'a-t-il pas, d'un vers doux et flatteur,
De Gallus expirant consolé le malheur?
Voilà l'exemple saint que mon cœur leur demande.
Ovide, ah! qu'à mes yeux ton infortune est grande!
Non pour n'avoir pu faire aux tyrans irrités
Agréer de tes vers les lâches faussetés;
Je plains ton abandon, ta douleur solitaire.
Pas un cœur qui, du tien zélé dépositaire,
Vienne adoucir ta plaie, apaiser ton effroi,
Et consoler tes pleurs, et pleurer avec toi!
Ce n'est pas nous, amis, qu'un tel foudre menace:
Que des dieux et des rois l'éclatante disgrâce

III.   24

Nous frappe, leur tonnerre aura trompé leurs mains ;
Nous resterons unis en dépit des destins.
Qu'ils excitent sur nous la fortune cruelle ;
Qu'elle arme tous ses traits, nous sommes trois contre elle.
Nos cœurs peuvent l'attendre, et, dans tous ses combats,
L'un sur l'autre appuyés, ne chancelleront pas.

Oui, mes amis, voilà le bonheur, la sagesse.
Que nous importe alors si le dieu du Permesse
Dédaigne de nous voir, entre ses favoris,
Charmer de l'Hélicon les bocages fleuris ?
Aux sentiers où leur vie offre un plus doux exemple,
Où la félicité les reçut dans son temple,
Nous les aurons suivis, et, jusques au tombeau,
De leur double laurier su ravir le plus beau.
Mais nous pouvons, comme eux, les cueillir l'un et l'autre.
Ils reçurent du ciel un cœur tel que le nôtre ;
Ce cœur fut leur génie ; il fut leur Apollon,
Et leur docte fontaine, et leur sacré vallon.
Castor charme les dieux, et son frère l'inspire.
Loin de Patrocle, Achille aurait brisé sa lyre.
C'est près de Pollion, dans les bras de Varus,
Que Virgile envia le destin de Nisus.
Que dis-je ? ils t'ont transmis ce feu qui les domine.
N'ai-je pas vu ta muse au tombeau de Racine [1],

1. Fils de l'auteur du poëme de *la Religion*, et petit-fils du grand Racine ; il mourut à Cadix, lors du désastre qui détruisit Lisbonne et qui ébranla toute la côte de Portugal et d'Espagne.   *Note de l'auteur.*

Le Brun, faire gémir la lyre de douleurs
Que jadis Simonide anima de ses pleurs?
Et toi dont le génie, amant de la retraite
Et des leçons d'Ascra studieux interprète,
Accompagnant l'année en ses douze palais,
Étale sa richesse et ses vastes bienfaits;
Brazais, que de tes chants mon âme est pénétrée
Quand ils vont couronner cette vierge adorée
Dont par la main du temps l'empire est respecté,
Et de qui la vieillesse augmente la beauté!,
L'homme insensible et froid en vain s'attache à peindre
Ces sentiments du cœur que l'esprit ne peut feindre;
De ses tableaux fardés les frivoles appas
N'iront jamais au cœur dont ils ne viennent pas.
Eh! comment me tracer une image fidèle
Des traits dont votre main ignore le modèle?
Mais celui qui, dans soi descendant en secret,
Le contemple vivant, ce modèle parfait,
C'est lui qui nous enflamme au feu qui le dévore;
Lui qui fait adorer la vertu qu'il adore;
Lui qui trace, en un vers des Muses agréé,
Un sentiment profond que son cœur a créé.
Aimer, sentir! c'est là cette ivresse vantée
Qu'aux célestes foyers déroba Prométhée.
Calliope jamais daigna-t-elle enflammer
Un cœur inaccessible à la douceur d'aimer?
Non : l'amour, l'amitié, la sublime harmonie,
Tous ces dons précieux n'ont qu'un même génie;
Même souffle anima le poëte charmant,
L'ami religieux et le parfait amant.

Ce sont toutes vertus d'une âme grande et fière.
Bavius et Zoïle, et Gacon et Linière,
Aux concerts d'Apollon ne furent point admis,
Vécurent sans maîtresse, et n'eurent point d'amis.

Et ceux qui, par leurs mœurs dignes de plus d'estime,
Ne sont point nés pourtant sous cet astre sublime,
Voyez-les, dans des vers divins, délicieux,
Vous habiller l'amour d'un clinquant précieux ;
Badinage insipide où leur ennui se joue,
Et qu'autant que l'amour le bon sens désavoue.
Voyez si d'une belle un jeune amant épris
A tressailli jamais en lisant leurs écrits ;
Si leurs lyres jamais, froides comme leurs âmes,
De la sainte amitié respirèrent les flammes.
O peuples de héros, exemples des mortels !
C'est chez vous que l'encens fuma sur ses autels ;
C'est aux temps glorieux des triomphes d'Athène,
Aux temps sanctifiés par la vertu romaine ;
Quand l'âme de Lélie animait Scipion,
Quand Nicoclès mourait au sein de Phocion ;
C'est aux murs où Lycurgue a consacré sa vie,
Où les vertus étaient les lois de la patrie.
O demi-dieux amis ! Atticus, Cicéron,
Caton, Brutus, Pompée, et Sulpice, et Varron !
Ces héros, dans le sein de leur ville perdue,
S'assemblaient pour pleurer la liberté vaincue.
Unis par la vertu, la gloire, le malheur,
Les arts et l'amitié consolaient leur douleur.
Sans l'amitié, quel antre ou quel sable infertile

N'eût été pour le sage un désirable asile,
Quand du Tibre avili le sceptre ensanglanté
Armait la main du vice et la férocité;
Quand d'un vrai citoyen l'éclat et le courage
Réveillaient du tyran la soupçonneuse rage;
Quand l'exil, la prison, le vol, l'assassinat,
Étaient pour l'apaiser l'offrande du sénat!
Thraséas, Soranus, Sénécion, Rustique,
Vous tous, dignes enfants de la patrie antique,
Je vous vois tous, amis, entourés de bourreaux,
Braver du scélérat les indignes faisceaux,
Du lâche délateur l'impudente richesse,
Et du vil affranchi l'orgueilleuse bassesse.
Je vous vois, au milieu des crimes, des noirceurs,
Garder une patrie, et des lois, et des mœurs;
Traverser d'un pied sûr, sans tache, sans souillure,
Les flots contagieux de cette mer impure;
Vous créer, au flambeau de vos mâles aïeux,
Sur ce monde profane un monde vertueux.

Oh! viens rendre à leurs noms nos âmes attentives,
Amitié! de leur gloire ennoblis nos archives.
Viens, viens, que nos climats, par ton souffle épurés,
Enfantent des rivaux à ces hommes sacrés.
Rends-nous hommes comme eux. Fais sur la France heureuse
Descendre des vertus la troupe radieuse,
De ces filles du ciel qui naissent dans ton sein
Et toutes sur tes pas se tiennent par la main.
Ranime les beaux-arts, éveille leur génie,
Chasse de leur empire et la haine et l'envie

Loin de toi dans l'opprobre ils meurent avilis;
Pour conserver leur trône ils doivent être unis.
Alors de l'univers ils forcent les hommages :
Tout, jusqu'à Plutus même, encense leurs images;
Tout devient juste alors; et le peuple et les grands,
Quand l'homme est respectable, honorent les talents.

Ainsi l'on vit les Grecs prôner d'un même zèle
La gloire d'Alexandre et la gloire d'Apelle;
La main de Phidias créa des immortels,
Et Smyrne à son Homère éleva des autels.
Nous, amis, cependant, de qui la noble audace
Veut atteindre aux lauriers de l'antique Parnasse,
Au rang de ces grands noms nous pouvons être admis;
Soyons cités comme eux entre les vrais amis.
Qu'au delà du trépas notre âme mutuelle
Vive et respire encor sur la lyre immortelle.
Que nos noms soient sacrés, que nos chants glorieux
Soient pour tous les amis un code précieux.
Qu'ils trouvent dans nos vers leur âme et leurs pensées;
Qu'ils raniment encor nos muses éclipsées,
Et qu'en nous imitant ils s'attendent un jour
D'être chez leurs neveux imités à leur tour.

II*.

Ami, chez nos Français ma muse voudrait plaire;
Mais j'ai fui la satire, à leurs regards si chère.
Le superbe lecteur, toujours content de lui,
Et toujours plus content s'il peut rire d'autrui,
Veut qu'un nom imprévu, dont l'aspect le déride,
Égaye au bout du vers une rime perfide;
Il s'endort si quelqu'un ne pleure quand il rit.
Mais qu'Horace et sa troupe irascible d'esprit
Daignent me pardonner, si jamais ils pardonnent :
J'estime peu cet art, ces leçons qu'ils nous donnent,
D'immoler bien un sot, qui jure en son chagrin,
Au rire âcre et perçant d'un caprice malin.
Le malheureux déjà me semble assez à plaindre
D'avoir, même avant lui, vu sa gloire s'éteindre
Et son livre au tombeau lui montrer le chemin,
Sans aller, sous la terre au trop fertile sein,
Semant sa renommée et ses tristes merveilles,
Faire à tous les roseaux chanter quelles oreilles
Sur sa tête ont dressé leurs sommets et leurs poids.

Autres sont mes plaisirs. Soit, comme je le crois,
Que d'une débonnaire et généreuse argile
On ait pétri mon âme innocente et facile;
Soit, comme ici, d'un œil caustique et médisant,
En secouant le front, dira quelque plaisant,

Que le ciel, moins propice, enviât à ma plume
D'un sel ingénieux la piquante amertume,
J'en profite à ma gloire, et je viens devant toi
Mépriser les raisins qui sont trop hauts pour moi.
Aux reproches sanglants d'un vers noble et sévère
Ce pays toutefois offre une ample matière :
Soldats, tyrans du peuple obscur et gémissant,
Et juges endormis aux cris de l'innocent;
Ministres oppresseurs, dont la main détestable
Plonge au fond des cachots la vertu redoutable.
Mais, loin qu'ils aient senti la fureur de nos vers,
Nos vers rampent en foule aux pieds de ces pervers,
Qui savent bien payer d'un mépris légitime
Le lâche qui pour eux feint d'avoir quelque estime.
Certe, un courage ardent qui s'armerait contre eux
Serait utile au moins s'il était dangereux ;
Non d'aller, aiguisant une vaine satire *,
Chercher sur quel poëte on a droit de médire;
Si tel livre deux fois ne s'est pas imprimé,
Si tel est mal écrit, tel autre mal rimé.

Ainsi donc, sans coûter de larmes à personne.
A mes goûts innocents, ami, je m'abandonne.
Mes regards vont errant sur mille et mille objets *.
Sans renoncer aux vieux, plein de nouveaux projets,
Je les tiens; dans mon camp partout je les rassemble,
Les enrôle, les suis, les pousse tous ensemble.
S'égarant à son gré, mon ciseau vagabond
Achève à ce poëme ou les pieds ou le front,
Creuse à l'autre les flancs, puis l'abandonne et vole

Travailler à cet autre ou la jambe ou l'épaule.
Tous, boiteux, suspendus, traînent; mais je les vois
Tous bientôt sur leurs pieds se tenir à la fois.
Ensemble lentement tous couvés sous mes ailes,
Tous ensemble quittant leurs coques maternelles,
Sauront d'un beau plumage ensemble se couvrir,
Ensemble sous le bois voltiger et courir *.
Peut-être il vaudrait mieux, plus constant et plus sage,
Commencer, travailler, finir un seul ouvrage.
Mais quoi! cette constance est un pénible ennui.
« Eh bien! nous lirez-vous quelque chose aujourd'hui? »
Me dit un curieux qui s'est toujours fait gloire
D'honorer les neuf Sœurs, et toujours après boire *,
Étendu dans sa chaise et se chauffant les piés,
Aime à dormir au bruit des vers psalmodiés.
— Qui, moi? Non, je n'ai rien. D'ailleurs je ne lis guère.
— Certe, un tel nous lut hier une épître!... et son frère
Termina par une ode où j'ai trouvé des traits!...
— Ces messieurs plus féconds, dis-je, sont toujours prêts.
Mais moi, que le caprice et le hasard inspire,
Je n'ai jamais sur moi rien qu'on puisse vous lire.
— Bon! bon! Et cet Hermès, dont vous ne parlez pas,
Que devient-il? — Il marche, il arrive à grands pas.
— Oh! je m'en fie à vous. — Hélas! trop, je vous jure.
— Combien de chants de faits? — Pas un, je vous assure.
— Comment? » Vous avez vu sous la main d'un fondeur
Ensemble se former, diverses en grandeur,
Trente cloches d'airain, rivales du tonnerre?
Il achève leur moule enseveli sous terre;
Puis, par un long canal en rameaux divisé,

Y fait couler les flots de l'airain embrasé.
Si bien qu'au même instant, cloches, petite et grande,
Sont prêtes, et chacune attend et ne demande
Qu'à sonner quelque mort, et du haut d'une tour
Réveiller la paroisse à la pointe du jour.
Moi, je suis ce fondeur : de mes écrits en foule
Je prépare longtemps et la forme et le moule ;
Puis, sur tous à la fois je fais couler l'airain ;
Rien n'est fait aujourd'hui, tout sera fait demain.

Ami, Phébus ainsi me verse ses largesses.
Souvent des vieux auteurs j'envahis les richesses.
Plus souvent leurs écrits, aiguillons généreux,
M'embrasent de leur flamme, et je crée avec eux.
Un juge sourcilleux, épiant mes ouvrages,
Tout à coup à grands cris dénonce vingt passages
Traduits de tel auteur qu'il nomme ; et, les trouvant,
Il s'admire et se plaît de ss voir si savant *.
Que ne vient-il vers moi ? je lui ferai connaître
Mille de mes larcins qu'il ignore peut-être *.
Mon doigt sur mon manteau lui dévoile à l'instant
La couture invisible et qui va serpentant
Pour joindre à mon étoffe une pourpre étrangère.
Je lui montrerai l'art, ignoré du vulgaire,
De séparer aux yeux, en suivant leur lien,
Tous ces métaux unis dont j'ai formé le mien.
Tout ce que des Angiais la muse inculte et brave,
Tout ce que des Toscans la voix fière et suave,
Tout ce que les Romains, ces rois de l'univers,
M'offraient d'or et de soie, a passé dans mes vers.

Je m'abreuve surtout des flots que le Permesse
Plus féconds et plus purs fit couler dans la Grèce ;
Là, Prométhée ardent, je dérobe les feux
Dont j'anime l'argile et dont je fais des dieux.
Tantôt chez un auteur j'adopte une pensée,
Mais qui revêt chez moi, souvent entrelacée,
Mes images, mes tours, jeune et frais ornement ;
Tantôt je ne retiens que les mots seulement :
J'en détourne le sens, et l'art sait les contraindre
Vers des objets nouveaux qu'ils s'étonnent de peindre.
La prose plus souvent vient subir d'autres lois,
Et se transforme, et fuit mes poétiques doigts ;
De rimes couronnée, et légère et dansante,
En nombres mesurés elle s'agite et chante.
Des antiques vergers ces rameaux empruntés
Croissent sur mon terrain mollement transplantés ;
Aux troncs de mon verger ma main avec adresse
Les attache, et bientôt même écorce les presse.
De ce mélange heureux l'insensible douceur
Donne à mes fruits nouveaux une antique saveur.
Dévot adorateur de ces maîtres antiques,
Je veux m'envelopper de leurs saintes reliques.
Dans leur triomphe admis, je veux le partager,
Ou bien de ma défense eux-mêmes les charger.
Le critique imprudent, qui se croit bien habile,
Donnera sur ma joue un soufflet à Virgile.
Et ceci (tu peux voir si j'observe ma loi),
Montaigne, il t'en souvient, l'avait dit avant moi.

III*.

Laisse gronder le Rhin et ses flots destructeurs,
Muse ; va de Le Brun gourmander les lenteurs.
Vole aux bords fortunés où les champs d'Élysée
De la ville des lis ont couronné l'entrée ;
Aux lieux où sur l'airain Louis, ressuscité,
Contemple de Henri le séjour respecté,
Et des jardins royaux l'enceinte spacieuse
Abandonne la rive où la Seine amoureuse,
Lente, et comme à regret quittant ces bords chéris,
Du vieux palais des rois baigne les murs flétris,
Et des fils de Condé les superbes portiques ;
Suis ces fameux remparts et ces berceaux antiques
Où, tant qu'un beau soleil éclaire de beaux jours,
Mille chars élégants promènent les amours.
Un Paris tout nouveau sur les plaines voisines
S'étend, et porte au loin, jusqu'au pied des collines,
Un long et riche amas de temples, de palais,
D'ombrages où l'été ne pénètre jamais :
C'est là son Hélicon. Là, ta course fidèle
Le trouvera peut-être aux genoux d'une belle.
S'il est ainsi, respecte un moment précieux ;
Sinon tu peux entrer ; tu verras dans ses yeux,
Dès qu'il aura connu que c'est moi qui t'envoie,
Sourire l'indulgence et peut-être la joie.
Souhaite-lui d'abord la paix, la liberté,

Les plaisirs, l'abondance et surtout la santé.
Puis apprends si, toujours ami de la nature,
Il s'en tient comme nous aux bosquets d'Épicure,
S'il a de ses amis gardé le souvenir,
Quelle muse à présent occupe son loisir,
Si Tibulle et Vénus le couronnent de rose,
Ou si dans les déserts que le Permesse arrose,
Du vulgaire troupeau prompt à se séparer,
Aux sources de Pindare ardent à s'enivrer,
Sa lyre fait entendre aux nymphes de la Seine
Les sons audacieux de la lyre thébaine;
Que toujours à m'écrire il est lent à mon gré*;
Que, de mon cher Brazais pour un temps séparé,
Les ruisseaux et les bois, et Vénus, et l'étude,
Adoucissent un peu ma triste solitude.
Oui! les cieux avec joie ont embelli ces champs.
Mais, Le Brun, dans l'effroi que respirent les camps,
Où les foudres guerriers étonnent mon oreille,
Où loin avant Phébus Bellone me réveille,
Puis-je adorer encore et Vertumne et Palès?
Il faut un cœur paisible à ces dieux de la paix.

IV*.

1789.

Heureux qui, se livrant aux sages disciplines,
Nourri du lait sacré des antiques doctrines,

Ainsi que de talents a jadis hérité
D'un bien modique et sûr qui fait la liberté!
Il a, dans sa paisible et sainte solitude,
Du loisir, du sommeil, et les bois et l'étude,
Le banquet des amis, et quelquefois, les soirs,
Le baiser jeune et frais d'une blanche aux yeux noirs.
Il ne faut point qu'il dompte un ascendant suprême,
Opprime son génie et s'éteigne lui-même,
Pour user sans honneur et sa plume et son temps
A des travaux obscurs tristement importants.
Il n'a point, pour pousser sa barque vagabonde,
A se précipiter dans les flots du grand monde;
Il n'a point à souffrir vingt discours odieux
De raisonneurs méchants encor plus qu'ennuyeux ;
Lorsqu'en de longs détours de disputes frivoles *
Hurlent de vingt partis les prétentions folles,
Prêtres et gens de cour, ambitieux tyrans,
Nobles et magistrats, superbes ignorants,
Tous vieux usurpateurs et voraces corsaires,
Et dignes héritiers de l'esprit de nos pères.
Il n'entend point tonner le chef-d'œuvre ampoulé
D'un sourcilleux rimeur au fauteuil installé.
Il ne doit point toujours déguiser ce qu'il pense,
Imposer à son âme un éternel silence,
Trahir la vérité pour avoir le repos,
Et feindre d'être un sot pour vivre avec les sots.

V.

ÉPITRE A M. BAILLY*.

Un mensonge vieillit; il devient ennuyeux.
Il prend une autre forme et reparaît aux yeux.
Pensant le fuir, trompés à sa ruse infidèle,
Nous courons l'embrasser sous sa forme nouvelle.
Nous quittons un prestige, une vaine fureur
Non pour la vérité, mais pour une autre erreur.

. . . .

. . . .

J'aime à voir les humains, ces êtres glorieux
Nés pour lever la tête et regarder les cieux,
Dans la fange à plaisir courbant ce front superbe,
Marcher sur quatre pieds, et braire et brouter l'herbe.

L'auteur barra ces dix vers de deux traits en croix et écrivit en travers : *Il faut mettre ailleurs tout cela.* Puis revenant à son épître, il dit : *C'est pour l'épître à M. Bailly. Après avoir parlé très-brièvement de l'Astrologie... Magnétisme... Somnambulisme...*

Puis, finissant... après avoir parlé avec admiration des grands hommes de l'antiquité, dire : Eh bien donc que je travaille aussi !... Allons !... Pendant que, pétrifié d'admiration pour ces grands hommes, je m'arrête à les considérer, le temps ne s'arrête point... Il chemine toujours... mes belles années s'échappent de mes bras; je ne les vois plus que bien loin; bientôt je ne les verrai plus... elles volent en se tenant par la main et me regar-

dant loin derrière elles... elles vont frapper à la porte de mon tombeau, annoncer qu'on m'attende et que j'arriverai bientôt... Ne laissons point fuir inutilement avec elles ces palmes et l'âge de les cueillir, et en admirant la moisson d'autrui, ne manquons point l'heure de la nôtre.

Et plus loin il écrit cette pensée :

La noble nudité d'une âme vraie et pure *.

HYMNES

HYMNES

I.

A LA FRANCE*.

France! ô belle contrée, ô terre généreuse
Que les dieux complaisants formaient pour être heureuse,
Tu ne sens point du nord les glaçantes horreurs,
Le midi de ses feux t'épargne les fureurs.
Tes arbres innocents n'ont point d'ombres mortelles;
Ni des poisons épars dans tes herbes nouvelles
Ne trompent une main crédule; ni tes bois
Des tigres frémissants ne redoutent la voix;
Ni les vastes serpents ne traînent sur tes plantes
En longs cercles hideux leurs écailles sonnantes.

Les chênes, les sapins et les ormes épais
En utiles rameaux ombragent tes sommets,
Et de Beaune et d'Aï les rives fortunées,
Et la riche Aquitaine, et les hauts Pyrénées,

Sous leurs bruyants pressoirs font couler en ruisseaux
Des vins délicieux mûris sur leurs coteaux.
La Provence odorante et de Zéphire aimée
Respire sur les mers une haleine embaumée;
Au bord des flots couvrant, délicieux trésor,
L'orange et le citron de leur tunique d'or,
Et plus loin, au penchant des collines pierreuses,
Forme la grasse olive aux liqueurs savoureuses,
Et ces réseaux légers, diaphanes habits,
Où la fraîche grenade enferme ses rubis.
Sur tes rochers touffus la chèvre se hérisse,
Tes prés enflent de lait la féconde génisse,
Et tu vois tes brebis, sur le jeune gazon,
Épaissir le tissu de leur blanche toison.
Dans les fertiles champs voisins de la Touraine,
Dans ceux où l'Océan boit l'urne de la Seine,
S'élèvent pour le frein des coursiers belliqueux.
Ajoutez cet amas de fleuves tortueux,
L'indomptable Garonne aux vagues insensées,
Le Rhône impétueux, fils des Alpes glacées,
La Seine au flot royal, la Loire dans son sein
Incertaine, et la Saône, et mille autres enfin
Qui nourrissent partout, sur tes nobles rivages,
Fleurs, moissons et vergers, et bois et pâturages;
Rampent au pied des murs d'opulentes cités,
Sous les arches de pierre, à grand bruit emportés.

Dirai-je ces travaux, source de l'abondance,
Ces ports où des deux mers l'active bienfaisance
Amène les tributs du rivage lointain

Que visite Phébus le soir ou le matin *?
Dirai-je ces canaux, ces montagnes percées,
De bassins en bassins ces ondes amassées
Pour joindre au pied des monts l'une et l'autre Téthys?
Et ces vastes chemins en tous lieux départis,
Où l'étranger, à l'aise achevant son voyage,
Pense au nom des Trudaine et bénit leur ouvrage *?

Ton peuple industrieux est né pour les combats.
Le glaive, le mousquet n'accablent point ses bras.
Il s'élance aux assauts, et son fer intrépide
Chassa l'impie Anglais, usurpateur avide.
Le ciel les fit humains, hospitaliers et bons,
Amis des doux plaisirs, des festins, des chansons;
Mais faibles, opprimés, la tristesse inquiète
Glace ces chants joyeux sur leur bouche muette,
Pour les jeux, pour la danse appesantit leurs pas,
Renverse devant eux les tables des repas,
Flétrit de longs soucis, empreinte douloureuse,
Et leur front et leur âme. O France! trop heureuse
Si tu voyais tes biens, si tu profitais mieux
Des dons que tu reçus de la bonté des cieux!

Vois le superbe Anglais, l'Anglais dont le courage
Ne s'est soumis qu'aux lois d'un sénat libre et sage,
Qui t'épie, et, dans l'Inde éclipsant ta splendeur,
Sur tes fautes sans nombre élève sa grandeur.
Il triomphe, il t'insulte. Oh! combien tes collines
Tressailliraient de voir réparer tes ruines,
Et pour la liberté donneraient sans regrets,

Et leur vin, et leur huile, et leurs belles forêts!
J'ai vu dans tes hameaux la plaintive misère,
La mendicité blême et la douleur amère.
Je t'ai vu dans tes biens, indigent laboureur,
D'un fisc avare et dur maudissant la rigueur,
Versant aux pieds des grands des larmes inutiles,
Tout trempé de sueurs pour toi-même infertiles,
Découragé de vivre, et plein d'un juste effroi
De mettre au jour des fils malheureux comme toi;
Tu vois sous les soldats les villes gémissantes;
Corvée, impôts rongeurs, tributs, taxes pesantes,
Le sel, fils de la terre, ou même l'eau des mers,
Source d'oppression et de fléaux divers;
Vingt brigands, revêtus du nom sacré du prince,
S'unir à déchirer une triste province,
Et courir à l'envi, de son sang altérés,
Se partager entre eux ses membres déchirés!
O sainte égalité! dissipe nos ténèbres,
Renverse les verrous, les bastilles funèbres.
Le riche indifférent, dans un char promené,
De ces gouffres secrets partout environné,
Rit avec les bourreaux, s'il n'est bourreau lui-même;
Près de ces noirs réduits de la misère extrême,
D'une maîtresse impure achète les transports,
Chante sur des tombeaux, et boit parmi des morts.

Malesherbes, Turgot, ô vous en qui la France
Vit luire, hélas! en vain, sa dernière espérance;
Ministres dont le cœur a connu la pitié,
Ministres dont le nom ne s'est point oublié,

Ah! si de telles mains, justement souveraines,
Toujours de cet empire avaient tenu les rênes!
L'équité clairvoyante aurait régné sur nous;
Le faible aurait osé respirer près de vous;
L'oppresseur, évitant d'armer de justes plaintes*,
Sinon quelque pudeur, aurait eu quelques craintes;
Le délateur impie, opprimé par la faim,
Serait mort dans l'opprobre, et tant d'hommes enfin,
A l'insu de nos lois, à l'insu du vulgaire,
Foudroyés sous les coups d'un pouvoir arbitraire,
De cris non entendus, de funèbres sanglots,
Ne feraient point gémir les voûtes des cachots.

Non, je ne veux plus vivre en ce séjour servile,
J'irai, j'irai bien loin me chercher un asile,
Un asile à ma vie en son paisible cours,
Une tombe à ma cendre à la fin de mes jours,
Où d'un grand au cœur dur l'opulence homicide
Du sang d'un peuple entier ne sera point avide,
Et ne me dira point, avec un rire affreux,
Qu'ils se plaignent sans cesse et qu'ils sont trop heureux;
Où, loin des ravisseurs, la main cultivatrice
Recueillera les dons d'une terre propice;
Où mon cœur, respirant sous un ciel étranger,
Ne verra plus des maux qu'il ne peut soulager;
Où mes yeux, éloignés des publiques misères,
Ne verront plus partout les larmes de mes frères,
Et la pâle indigence à la mourante voix,
Et les crimes puissants qui font trembler les lois.
Toi donc, équité sainte, ô toi, vierge adorée,

De nos tristes climats pour longtemps ignorée,
Daigne du haut des cieux goûter le noble encens
D'une lyre au cœur chaste, aux transports innocents,
Qui ne saura jamais, par des vœux mercenaires *,
Flatter, à prix d'argent, des faveurs arbitraires,
Mais qui rendra toujours, par amour et par choix,
Un noble et pur hommage aux appuis de tes lois.
De vœux pour les humains tous ses chants retentissent :
La vérité l'enflamme, et ses cordes frémissent
Quand l'air qui l'environne auprès d'elle a porté
Le doux nom des vertus et de la liberté.

II *.

. . . . Terre, terre chérie
Que la liberté sainte appelle sa patrie ;
Père du grand sénat, ô sénat de Romans,
Qui de la liberté jeta les fondements ;
Romans, berceau des lois, vous Grenoble et Valence,
Vienne ; toutes enfin ! monts sacrés d'où la France
Vit naître le soleil avec la liberté !
Un jour le voyageur par le Rhône emporté,
Arrêtant l'aviron dans la main de son guide, ·
En silence, debout sur sa barque rapide,
Fixant vers l'Orient un œil religieux,

Contemplera longtemps ces sommets glorieux;
Car son vieux père, ému de transports magnanimes,
Lui dira : « Vois, mon fils, vois ces augustes cimes. »

III*.

LA LIBERTÉ.

ἀνδρῶν *(chœur des hommes).*

. . . . dompté,
. . . . la liberté
Fut, comme Hercule, en naissant invincible;
Ses yeux ouverts d'un jour dictaient sa volonté,
Et son vagissement était mâle et terrible.

De rampants messagers des dieux
Espéraient, l'attaquant dans ses forces premières,
Étouffer en un jour son avenir fameux.
Ses enfantines mains, robustes, meurtrières,
Teignirent de sang venimeux
Son berceau formidable et ses langes guerrières*.

νεανιῶν *(chœur des jeunes gens).*

. . . .
Viennent maintenant les ennemis . . . . . .
. . . .
. . . .

Les poitrines des forts guerriers
Sont les tours qui gardent les villes.

γόν. (chœur des enfants ; car le poëte a mis en
abrégé γόνοι).

. . . .

παρθέν. (chœur des jeunes filles).

Le mauvais citoyen ne sera pas bien venu de nous... Pour lui
point d'amour... point de mariage...
Qu'il vive et meure seul...
Le lâche...
Qui veut être esclave lui-même,

Et mettre au jour des fils esclaves comme lui.

γόν. (chœur des enfants).

Mais c'est vous, jeunesse citoyenne, que récompenseront les
faveurs de ces vierges citoyennes ;
C'est aux grandes actions patriotiques
D'animer leur joue...
D'une douce chaleur d'amour ;
C'est pour vous que dans leurs bras, dans leurs seins délicats
La jeunesse, la santé nourrissent...
Fleurs d'amour et fruits d'hyménée...

ἀνδρῶν (chœur des hommes).

Pour vous seuls de leurs lits
S'ouvrira, se soulèvera la barrière... etc.
Votre retour verra ces fronts chastes et doux,

Ces primeurs du jardin de la fière patrie [1],
    Comme une guirlande fleurie
    Briller en cercle autour de vous ;
De vos fronts en sueur la poussière honorée
    S'essuyer sur leur belle main ;
Le sourire entr'ouvrir leur bouche désirée
    Et palpiter leur jeune sein.

IV*.

ἐπῳδ. (*épode*).

Salut ! déesse France, idole de nos âmes !
    Verse tes saintes flammes

· · · · · · · · · · · · · ieux.
    Sur ton front radieux
Luit un noble avenir de gloire et d'opulence :
    Salut ! déesse France,

· · · · · · · · · · · · · ieux.

    Fin.

1. L'auteur avait d'abord écrit : *de la* mère *patrie*, mais il a substitué *fière* à *mère* sans effacer toutefois cette dernière expression.

V*.

S. (Sieyès), père de la loi, père de la patrie.

.   .   .   .

.   .   .   .

Toi-même, Riquetti, flambeau de l'éloquence!
Si pour la liberté, pour les lois, pour la France,
Ce long amas d'écrits, de travaux, de combats,
Peut d'un voile d'oubli couvrir tes premiers pas.

.... *Vos bienfaits ont même fait commettre des crimes.*

Car le même soleil qui dore les moissons
Fait sortir la vipère et nourrit les poisons*.

VI.

A LA PAUVRETÉ.

...... *Tu as le regard noble et fier... tu as une âme tendre et
sensible... tu partages ton pain avec un autre indigent... couverte de haillons poudreux et troués, tu es belle et respectable...
tu ne gémis point... tu gardes le silence... tu n'accuses point les
dieux... Assise sur de la paille ou sur un fumier, tu es heureuse et*

tranquille... tu chantes... ta conscience pure fait reluire dans tes traits un calme sublime et ne trace aucun crime sur ton front... Tu ne reçois de bienfaits que des amisque tu estimes... Sur ton grabat, d'un regard tranquille et fier tu repousses bien loin le richard et son dédain stupide ou ses dons insolents... tu méprises la richesse infâme et qui trouble l'âme de remords... tu es toujours libre...

Ajouter à la pauvreté :

C'est toi qui, au nombre des trois cents Fabiens... toi qui rougis de sang carthaginois les flots de Sicile... toi qui dans Sparte... toi qui dans l'Helvétie...

VII.

A LA JUSTICE.

J'ai dit : O vierge adorée, en quels lieux te chercher !... (parler ensuite de ces innocents accusés et condamnés, des hommes éloquents qui les défendent et qui encourent l'inimitié des juges ignares et pervers). Finir par : Non, je ne veux plus vivre...

VIII.

A LA NÉCESSITÉ.

ἀναγκαίη μεγάλη θεός. *Callimaque in Del.* *

IX.

AU TEMPS.

(Ne point parler de sa faux, ni de tous ces autres emblèmes antiques... tâcher d'en inventer de nouveaux.) Tu révèles les crimes cachés, tu fais connaître l'innocence...

Finir en racontant l'histoire d'Ibycus et des oies *. Conscience, remords, dieux vengeurs, dieux secrets pour qui le crime n'est jamais absous, par qui il n'est pas possible d'être coupable en repos. Vous montrez à Néron sa mère... au féroce Richard, dans son sommeil, ses neveux, ses frères... vous enfermez le fils de Charles VII dans l'enceinte d'un palais... etc.*

X*.

Salut, divin triomphe! entre dans nos murailles ;
Rends-nous ces guerriers illustrés
Par le sang de Désille et par les funérailles *
De tant de Français massacrés.
Jamais rien de si grand n'embellit ton entrée ;
Ni quand l'ombre de Mirabeau
S'achemina jadis vers la voûte sacrée
Où la gloire donne un tombeau ;
Ni quand Voltaire mort et sa cendre bannie
Rentrèrent aux murs de Paris,
Vainqueurs du fanatisme et de la calomnie
Prosternés devant ses écrits.
Un seul jour peut atteindre à tant de renommée,
Et ce beau jour luira bientôt :
C'est quand tu conduiras Jourdan à notre armée[1],
Et Lafayette à l'échafaud.
Quelle rage à Coblentz! quel deuil pour tous ces princes,
Qui, partout diffamant nos lois,
Excitent contre nous et contre nos provinces

1. Le manuscrit porte cette variante :

*C'est quand tu porteras Jourdan à notre armée
Et Lafayette à l'échafaud*.

Et les esclaves et les rois!
Ils voulaient nous voir tous à la folie en proie.
Que leur front doit être abattu!
Tandis que parmi nous quel orgueil, quelle joie
Pour les amis de la vertu!
Pour vous tous, ô mortels, qui rougissez encore
Et qui savez baisser les yeux!
De voir des échevins que la Râpée honore
Asseoir sur un char radieux
Ces héros que jadis sur les bancs des galères
Assit un arrêt outrageant,
Et qui n'ont égorgé que très-peu de nos frères
Et volé que très-peu d'argent!
Eh bien, que tardez-vous, harmonieux orphées?
Si sur la tombe des Persans
Jadis Pindare, Eschyle ont dressé des trophées,
Il faut de plus nobles accents.
Quarante meurtriers, chéris de Robespierre,
Vont s'élever sur nos autels.
Beaux-arts qui faites vivre et la toile et la pierre,
Hâtez-vous, rendez immortels
Le grand Collot-d'Herbois, ses clients helvétiques,
Ce front que donne à des héros
La vertu, la taverne et le secours des piques.
Peuplez le ciel d'astres nouveaux,
O vous, enfants d'Eudoxe et d'Hipparque et d'Euclide,
C'est par vous que les blonds cheveux
Qui tombèrent du front d'une reine timide
Sont tressés en célestes feux;
Par vous l'heureux vaisseau des premiers Argonautes

Flotte encor dans l'azur des airs.
Faites gémir Atlas sous de plus nobles hôtes,
   Comme eux dominateurs des mers.
Que la nuit de leurs noms embellisse ses voiles.
   Et que le nocher aux abois
Invoque en leur galère, ornement des étoiles,
   Les Suisses de Collot-d'Herbois.

Au reste, puisque tous les magistrats de la capitale nous assurent que cette fête n'est rien qu'une fête privée et particulière, et qu'elle n'a aucun des caractères d'une fête publique, on ne peut rien faire de mieux que de les croire. Ainsi, il faut soigneusement prévenir tous les citoyens, qui pourraient s'égarer en s'abandonnant imprudemment à un peu de logique, il faut, dis-je, les prévenir de ne point manquer de foi; et que, malgré toutes les apparences, les ordres qui interrompent le cours habituel des choses, comme celui de ne point sortir en carrosse, de ne point porter d'armes, etc., ne sont point des caractères de fête publique.

Les discussions au sujet de cette fête, outre quelques lettres d'un magistrat qui égayeront un jour les lecteurs par leur bon sens et leur dialectique, ont du moins produit ce bien-ci : c'est de faire connaître, par la franchise et la vigueur avec lesquelles plusieurs citoyens ont défendu l'honnêteté publique, que des siècles d'esclaves, et les efforts sans nombre qu'on met tous les jours en œuvre pour corrompre et anéantir toutes les idées morales dans l'esprit de la nation, n'ont pas pu réussir à nous ôter le sentiment de ce qui est bon et vrai.

Il est bien fâcheux que l'on ne se soit pas arrêté dès l'origine à une fête en l'honneur de la liberté; fête avec laquelle les Suisses de Châteauvieux n'auraient rien eu de commun. Alors cette fête n'aurait point dû être et n'aurait point été une fête privée, mais publique. L'allégresse générale, l'assentiment de tous les citoyens le concours de toutes les autorités, les talents de David et des autres artistes, alors bien employés, lui auraient donné tout ce qu'elle devait avoir de grand et d'auguste; et tous les bons Français, en adorant la statue de leur déesse, n'auraient pas eu le chagrin de la voir en pareille compagnie.

ODES

ODES

—

I*.

L'auteur de ce poëme, en l'envoyant à M. Le Brun, n'est pas sans quelque inquiétude pour son amour-propre. Il n'est pas assez sûr de lui-même pour se présenter le front levé devant un juge aussi éclairé, et qui a certes acquis le droit d'être difficile. Il espère cependant qu'il lira cet ouvrage avec quelque bienveillance. M. Le Brun y pourra remarquer, du moins, le désir de bien faire et de se rapprocher un peu de cette belle poésie grecque, que l'auteur a cherché à imiter même dans la forme des strophes. Il voudrait bien n'être pas resté entièrement au-dessous de ce noble genre lyrique, que M. Le Brun a fait revivre dans toute sa grandeur et sa majesté. Il n'oublie pas de compter, parmi les études qui lui ont été le plus utiles pour développer en lui le peu d'instinct poétique que la nature a pu lui donner, la lecture souvent répétée des odes et des autres sublimes poésies que M. Le Brun lui a communiquées autrefois, et dont le recueil, glorieux pour notre langue et pour notre siècle, est trop longtemps envié aux regards du public. Il le prie d'agréer ses très-sincères compliments.

Ce mercredi, 2 mars 1791*.

LE JEU DE PAUME.

A Louis David, peintre.

I.

Reprends ta robe d'or, ceins ton riche bandeau,
 Jeune et divine poésie :
Quoique ces temps d'orage éclipsent ton flambeau,
Aux lèvres de David, roi du savant pinceau,
 Porte la coupe d'ambroisie.
La patrie, à son art indiquant nos beaux jours,
 A confirmé mes antiques discours :
Quand je lui répétais que la liberté mâle
 Des arts est le génie heureux ;
Que nul talent n'est fils de la faveur royale ;
 Qu'un pays libre est leur terre natale.
  Là, sous un soleil généreux,
Ces arts, fleurs de la vie et délices du monde,
 Forts, à leur croissance livrés,
 Atteignent leur grandeur féconde.
La palette offre l'âme aux regards enivrés.
Les antres de Paros de dieux peuplent la terre.
L'airain coule et respire. En portiques sacrés
 S'élancent le marbre et la pierre.

II.

Toi-même, belle vierge à la touchante voix,

Nymphe ailée, aimable sirène,
Ta langue s'amollit dans les palais des rois,
Ta hauteur se rabaisse, et d'enfantines lois
 Oppriment ta marche incertaine ;
Ton feu n'est que lueur, ta beauté n'est que fard.
 La liberté du génie et de l'art
T'ouvre tous les trésors. Ta grâce auguste et fière
 De nature et d'éternité
Fleurit. Tes pas sont grands. Ton front ceint de lumière
 Touche les cieux. Ta flamme agite, éclaire,
 Dompte les cœurs. La liberté,
Pour dissoudre en secret nos entraves pesantes,
 Arme ton fraternel secours.
 C'est de tes lèvres séduisantes
Qu'invisible elle vole ; et par d'heureux détours,
Trompe les noirs verrous, les fortes citadelles,
Et les mobiles ponts qui défendent les tours,
 Et les nocturnes sentinelles.

·III.

Son règne au loin semé par tes doux entretiens
 Germe dans l'ombre au cœur des sages.
Ils attendent son heure unis par tes liens,
Tous, en un monde à part, frères, concitoyens,
 Dans tous les lieux, dans tous les âges.
Tu guidais mon David à la suivre empressé* :
 Quand, avec toi, dans le sein du passé,
Fuyant parmi les morts sa patrie asservie,
 Sous sa main, rivale des dieux,

La toile s'enflammait d'une éloquente vie :
    Et la ciguë, instrument de l'envie,
        Portant Socrate dans les cieux * ;
Et le premier consul, plus citoyen que père,
        Rentré seul par son jugement,
        Aux pieds de sa Rome si chère
Savourant de son cœur le glorieux tourment ;
L'obole mendié, seul appui d'un grand homme ;
Et l'Albain terrassé dans le mâle serment
        Des trois frères sauveurs de Rome.

IV.

Un plus noble serment d'un si digne pinceau
        Appelle aujourd'hui l'industrie.
Marathon, tes Persans et leur sanglant tombeau
Vivaient par ce bel art. Un sublime tableau
        Naît aussi pour notre patrie.
Elle expirait : son sang était tari ; ses flancs
    Ne portaient plus son poids. Depuis mille ans
A soi-même inconnue, à son heure suprême,
        Ses guides tremblants, incertains
Fuyaient. Il fallut donc, dans le péril extrême *,
        De son salut la charger elle-même.
        Longtemps, en trois races d'humains,
Chez nous l'homme a maudit ou vanté sa naissance :
        Les ministres de l'encensoir,
        Et les grands, et le peuple immense.
Tous à leurs envoyés confieront leur pouvoir.
Versailles les attend. On s'empresse d'élire ;

On nomme. Trois palais s'ouvrent pour recevoir
    Les représentants de l'empire.

V.

D'abord pontifes, grands, de cent titres ornés,
    Fiers d'un règne antique et farouche,
De siècles ignorants à leurs pieds prosternés,
De richesses, d'aïeux vertueux ou prônés.
    Douce égalité, sur leur bouche,
A ton seul nom pétille un rire âcre et jaloux.
    Ils n'ont point vu sans effroi, sans courroux,
Ces élus plébéiens, forts des maux de nos pères,
    Forts de tous nos droits éclaircis,
De la dignité d'homme, et des vastes lumières
    Qui du mensonge ont percé les barrières.
    Le sénat du peuple est assis.
Il invite en son sein, où respire la France,
    Les deux fiers sénats; mais leurs cœurs
    N'ont que des refus. Il commence :
Il doit tout voir; créer l'État, les lois, les mœurs.
Puissant par notre aveu, sa main sage et profonde
Veut sonder notre plaie, et de tant de douleurs
    Dévoiler la source féconde.

VI.

On tremble. On croit, n'osant encor lever le bras,
    Les disperser par l'épouvante.
Ils s'assemblaient; leur seuil, méconnaissant leurs pas,

Les rejette. Contre eux, prête à des attentats,
    Luit la baïonnette insolente.
Dieu! vont-ils fuir? Non, non. Du peuple accompagnés,
  · Tous, par la ville, ils errent indignés :
Comme Latone enceinte, et déjà presque mère,
    Victime d'un jaloux pouvoir,
Sans asile flottait, courait la terre entière,
    Pour mettre au jour les dieux de la lumière.
    Au loin fut un ample manoir,
Où le réseau noueux en élastique égide,
    Arme d'un bras souple et nerveux,
    Repoussant la balle rapide,
Exerçait la jeunesse en de robustes jeux.
Peuple, de tes élus cette retraite obscure
Fut la Délos. O murs! temple à jamais.fameux!
    Berceau des lois! sainte masure!

VII.

N'allons pas d'or, de jaspe, avilir à grands frais
    Cette vénérable demeure;
Sa rouille est son éclat. Qu'immuable à jamais
Elle règne au milieu des dômes, des palais.
    Qu'au lit de mort tout Français pleure,
S'il n'a point vu ces murs où renaît son pays.
    Que Sion, Delphe, et la Mecque et Saïs
Aient de moins de croyants attiré l'œil fidèle.
    Que ce voyage souhaité
Récompense nos fils. Que ce toit leur rappelle
    Ce tiers état à la honte rebelle;

Fondateur de la liberté ;
Comme en hâte arrivait la troupe courageuse,
    A travers d'humides torrents
    Que versait la nue orageuse ;
Cinq prêtres avec eux ; tous amis, tous parents,
S'embrassant au hasard dans cette longue enceinte ;
Tous juraient de périr ou vaincre les tyrans* ;
    De ranimer la France éteinte ;

VIII.

De ne se point quitter que nous n'eussions des lois
    Qui nous feraient libres et justes.
Tout un peuple, inondant jusqu'aux faîtes des toits,
De larmes, de silence, ou de confuses voix,
    Applaudissait ces vœux augustes.
O jour ! jour triomphant ! jour saint ! jour immortel !
    Jour le plus beau qu'ait fait luire le ciel
Depuis qu'au fier Clovis Bellone fut propice !
    O soleil ! ton char étonné
S'arrêta. Du sommet de ton brûlant solstice
    Tu contemplais ce divin sacrifice !
    O jour de splendeur couronné !
Tu verras nos neveux, superbes de ta gloire,
    Vers toi d'un œil religieux
    Remonter au loin dans l'histoire.
Ton lustre impérissable, honneur de leurs aïeux,
Du dernier avenir ira percer les ombres.
Moins belle la comète aux longs crins radieux
    Enflamme les nuits les plus sombres.

IX.

Que faisaient cependant les sénats séparés?
    Le front ceint d'un vaste plumage,
Ou de mitres, de croix, d'hermines décorés.
Que tentaient-ils d'efforts pour demeurer sacrés?
    Pour arrêter le noble ouvrage?
Pour n'être point Français? pour commander aux lois?
    Pour ramener ces temps de leurs exploits,
Où ces tyrans, valets sous le tyran suprême,
    Aux cris du peuple indifférents,
Partageaient le trésor, l'État, le diadème?
    Mais l'équité dans leurs sanhédrins même
    · Trouve des amis. Quelques grands,
Et des dignes pasteurs une troupe fidèle,
    Par ta céleste main poussés,
    Conscience, chaste immortelle,
Viennent aux vrais Français, d'attendre enfin lassés,
Se joindre; à leur orgueil abandonnant des prêtres
D'opulence perdus, des nobles insensés
    Ensevelis dans leurs ancêtres.

X.

Bientôt ce reste même est contraint de plier.
    O raison, divine puissance!
Ton souffle impérieux dans le même sentier
Les précipite tous. Je vois le fleuve entier
    Rouler en paix son onde immense,
Et dans ce lit commun tous ces faibles ruisseaux

Perdre à jamais et leurs noms et leurs eaux.
O France!· sois heureuse entre toutes les mères.
    Ne pleure plus des fils ingrats,
Qui jadis s'indignaient d'être appelés nos frères;
    Tous revenus des lointaines chimères,
    La famille est toute en tes bras.
Mais que vois-je? ils feignaient? Aux bords de notre Seine
    Pourquoi ces belliqueux apprêts?
    Pourquoi vers notre cité reine
Ces camps, ces étrangers, ces bataillons français
Traînés à conspirer au trépas de la France?
De quoi rit ce troupeau d'eunuques du palais?
    Riez, lâche et perfide engeance.

XI.

D'un roi facile et bon corrupteurs détrônés,
    Riez; mais le torrent s'amasse.
Riez; mais du volcan les feux emprisonnés
Bouillonnent. Des lions si longtemps enchaînés
    Vous n'attendiez plus tant d'audace?
Le peuple est réveillé. Le peuple est souverain.
    Tout est vaincu. La tyrannie en vain,
Monstre aux bouches de bronze, arme pour cette guerre
    Ses cent yeux, ses vingt mille bras,
Ses flancs gros de salpêtre, où mugit le tonnerre:
    Sous son pied faible elle sent fuir sa terre;
    Et meurt sous les pesants éclats
Des créneaux fulminants, des tours et des murailles
    Qui ceignaient son front détesté.

Déraciné dans ses entrailles,
L'enfer de la Bastille à tous les vents jeté
Vole, débris infâme, et cendre inanimée;
Et de ces grands tombeaux, la belle liberté,
    Altière, étincelante, armée,

XII.

Sort. Comme un triple foudre éclate au haut des cieux,
    Trois couleurs dans sa main agile
Flottent en long drapeau. Son cri victorieux
Tonne. A sa voix, qui sait, comme la voix des dieux,
    En homme transformer l'argile,
La terre tressaillit. Elle quitta son deuil.
    Le genre humain d'espérance et d'orgueil
Sourit. Les noirs donjons s'écroulèrent d'eux-mêmes.
    Jusque sur les trônes lointains
Les tyrans ébranlés, en hâte à leurs fronts blêmes,
    Pour retenir leurs tremblants diadèmes,
    Portèrent leurs royales mains.
A son souffle de feu, soudain de nos campagnes
    S'écoulent les soldats épars,
    Comme les neiges des montagnes;
Et le fer ennemi tourné vers nos remparts,
Comme aux rayons lancés du centre ardent d'un verre,
Tout à coup à nos yeux fondu de toutes parts,
    Fuit et s'échappe sous la terre.

XIII.

Il renaît citoyen; en moisson de soldats

Se résout la glèbe aguerrie.
Cérès même et sa faux s'arment pour les combats.
Sur tous ses fils, jurant d'affronter le trépas,
    Appuyée au loin, ta patrie
Brave les rois jaloux, le transfuge imposteur,
    Des paladins le fer gladiateur,
Des Zoïles verbeux l'hypocrite délire.
    Salut, peuple français! ma main
Tresse pour toi les fleurs que fait naître la lyre.
    Reprends tes droits, rentre dans ton empire.
    Par toi sous le niveau divin
La fière égalité range tout devant elle.
    Ton choix, de splendeur revêtu,
    Fait les grands. La race mortelle
Par toi lève son front si longtemps abattu.
Devant les nations souverains légitimes,
Ces fronts, dits souverains, s'abaissent. La vertu
    Des honneurs aplanit les cimes

XIV.

O peuple deux fois né! peuple vieux et nouveau!
    Tronc rajeuni par les années!
Phénix sorti vivant des cendres du tombeau!
Et vous aussi, salut, vous porteurs du flambeau
    Qui nous montra nos destinées!
Paris vous tend les bras, enfants de notre choix!
    Pères d'un peuple! architectes des lois!
Vous qui savez fonder, d'une main ferme et sûre,
    Pour l'homme un code solennel,

Sur tous ses premiers droits, sa charte antique et pure ;
   Ses droits sacrés, nés avec la nature,
     Contemporains de l'Éternel.
Vous avez tout dompté. Nul joug ne vous arrête.
    Tout obstacle est mort sous vos coups.
    Vous voilà montés sur le faîte.
Soyez prompts à fléchir sous vos devoirs jaloux.
Bienfaiteurs, il vous reste un grand compte à nous rendre ;
Il vous reste à borner et les autres et vous ;
    Il vous reste à savoir descendre.

XV.

Vos cœurs sont citoyens. Je le veux. Toutefois
   Vous pouvez tout. Vous êtes hommes.
Hommes, d'un homme libre écoutez donc la voix.
Ne craignez plus que vous. Magistrats, peuples, rois,
   Citoyens, tous tant que nous sommes,
Tout mortel dans son cœur cache, même à ses yeux,
   L'ambition, serpent insidieux,
Arbre impur, que déguise une brillante écorce.
   L'empire, l'absolu pouvoir
Ont, pour la vertu même, une mielleuse amorce.
   Trop de désirs naissent de trop de force.
   Qui peut tout, pourra trop vouloir.
Il pourra négliger, sûr du commun suffrage,
   Et l'équitable humanité,
   Et la décence au doux langage.
L'obstacle nous fait grands. Par l'obstacle excité,
L'homme, heureux à poursuivre une pénible gloire,

Va se perdre à l'écueil de la prospérité,
    Vaincu par sa propre victoire.

XVI.

Mais au peuple surtout sauvez l'abus amer
    De sa subite indépendance.
Contenez dans son lit cette orageuse mer.
Par vous seuls dépouillé de ses liens de fer,
    Dirigez sa bouillante enfance.
Vers les lois, le devoir, et l'ordre, et l'équité,
    Guidez, hélas! sa jeune liberté.
Gardez que nul remords n'en attriste la fête.
    Repoussant d'antiques affronts,
Qu'il brise pour jamais, dans sa noble conquête,
    Le joug honteux qui pesait sur sa tête,
    Sans le poser sur d'autres fronts.
Ah! ne le laissez pas, dans la sanglante rage *
    D'un ressentiment inhumain,
    Souiller sa cause et votre ouvrage.
Ah! ne le laissez pas sans conseil et sans frein,
Armant, pour soutenir ses droits si légitimes,
La torche incendiaire et le fer assassin,
    Venger la raison par des crimes.

XVII.

Peuple! ne croyons pas que tout nous soit permis.
    Craignez vos courtisans avides,
O peuple souverain! A votre oreille admis,

Cent orateurs bourreaux se nomment vos amis.
    Ils soufflent des feux homicides.
Aux pieds de notre orgueil prostituant les droits,
    Nos passions par eux deviennent lois.
La pensée est livrée à leurs lâches tortures.
    Partout cherchant des trahisons,
A nos soupçons jaloux, aux haines, aux parjures,
    Ils vont forgeant d'exécrables pâtures.
        Leurs feuilles, noires de poisons,
Sont autant de gibets affamés de carnage.
        Ils attisent de rang en rang ›
        La proscription et l'outrage.
Chaque jour, dans l'arène, ils déchirent le flanc
D'hommes que nous livrons à la fureur des bêtes.
Ils nous vendent leur mort. Ils emplissent de sang ·
        Les coupes qu'ils nous tiennent prêtes.

XVIII.

Peuple, la liberté, d'un bras religieux,
        Garde l'immuable équilibre
De tous les droits humains, tous émanés des cieux.
Son courage n'est point féroce et furieux ;
        Et l'oppresseur n'est jamais libre.
Périsse l'homme vil ! périssent les flatteurs,
        Des rois, du peuple infâmes corrupteurs !
L'amour du souverain, de la loi salutaire,
        Toujours teint leurs lèvres de miel.
Peur, avarice ou haine est leur dieu sanguinaire
        Sur la vertu toujours leur langue amère

Distille l'opprobre et le fiel.
Hydre en vain écrasé, toujours prompt à renaître,
Séjans, Tigellins empressés
Vers quiconque est devenu maître;
Si, voués au lacet, de faibles accusés
Expirent sous les mains de leurs coupables frères;
Si le meurtre est vainqueur; si des bras insensés
Forcent des toits héréditaires;

XIX.

C'est bien. Fais-toi justice, ô peuple souverain,
Dit cette cour lâche et hardie.
Ils avaient dit : *C'est bien,* quand, la lyre à la main,
L'incestueux chanteur, ivre de sang romain,
Applaudissait à l'incendie.
Ainsi de deux partis les aveugles conseils
Chassent la paix. Contraires, mais pareils,
Dans un égal abîme, une égale démence
De tous deux entraîne les pas.
L'un, Vandale stupide, en son humble arrogance,
Veut être esclave et despote, et s'offense
· Que ramper soit honteux et bas.
L'autre arme son poignard du sceau de la loi sainte;
Il veut du faible sans soutien
Savourer les pleurs ou la crainte.
L'un du nom de sujet, l'autre de citoyen,
Masque son âme inique et de vice flétrie;
L'un sur l'autre acharnés, ils comptent tous pour rien
Liberté, vérité, patrie.

XX.

De prières, d'encens prodigue nuit et jour,
    Le fanatisme se relève.
Martyrs, bourreaux, tyrans, rebelles tour à tour ;
Ministres effrayants de concorde et d'amour,
    Venus pour apporter le glaive ;
Ardents contre la terre à soulever les cieux,
    Rivaux des lois, d'humbles séditieux,
De trouble et d'anathème artisans implacables...
    Mais où vais-je ? L'œil tout-puissant
Pénètre seul les cœurs à l'homme impénétrables.
    Laissons cent fois échapper les coupables
    Plutôt qu'outrager l'innocent.
Si plus d'un, pour tromper, étale un faux scrupule,
    Plus d'un, par les méchants conduit,
    N'est que vertueux et crédule.
De l'exemple éloquent laissons germer le fruit.
La vertu vit encore. Il est, il est des âmes
Où la patrie, aimée et sans faste et sans bruit,
    Allume de constantes flammes.

XXI.

Par ces sages esprits, forts contre les excès,
    Rocs affermis du sein de l'onde *,
Raison, fille du temps, tes durables succès
Sur le pouvoir des lois établiront la paix.
    Et vous, usurpateurs du monde,

Rois, colosses d'orgueil, en délices noyés,
  Ouvrez les yeux : hâtez-vous. Vous voyez
Quel tourbillon divin de vengeances prochaines
    S'avance vers vous. Croyez-moi,
Prévenez l'ouragan et vos chutes certaines.
  Aux nations déguisez mieux vos chaînes:
    Allégez-leur le poids d'un roi.
Effacez de leur sein les livides blessures,
    Traces de vos pieds oppresseurs.
    Le ciel parle dans leurs murmures.
Si l'aspect d'un bon roi peut adoucir vos mœurs;
Ou si le glaive ami, sauveur de l'esclavage,
Sur vos fronts suspendu, peut éclairer vos cœurs
    D'un effroi salutaire et sage ;

XXII.

Apprenez la justice : apprenez que vos droits
    Ne sont point votre vain caprice.
Si votre sceptre impie ose frapper les lois,
Parricides, tremblez; tremblez, indignes rois.
    La liberté législatrice,
La sainte liberté, fille du sol français,
    Pour venger l'homme et punir les forfaits,
Va parcourir la terre en arbitre suprême.
    Tremblez; ses yeux lancent l'éclair.
Il faudra comparaître et répondre vous-même ;
    Nus, sans flatteurs, sans cour, sans diadème,
    Sans gardes hérissés de fer.
La nécessité traîne, inflexible et puissante,

A ce tribunal souverain,
Votre majesté chancelante :
Là seront recueillis les pleurs du genre humain :
Là, juge incorruptible, et la main sur sa foudre,
Elle entendra le peuple ; et les sceptres d'airain
Disparaîtront, réduits en poudre.

II *.

La déesse aux cent voix bruyantes
A, du séjour sacré des âmes innocentes,
Percé les ténébreux chemins.
Là, du jeune La Barre un bois triste et nocturne
Voit à pas lents errer loin de tous les humains
L'ombre superbe et taciturne.
La nymphe ailée auprès de lui
Descend : « Viens, lui dit-elle, il est temps que ta haine
Pardonne à la race humaine ;
Ta patrie est juste aujourd'hui. »

III*.

I.

J'ai vu sur d'autres yeux, qu'amour faisait sourire,
    Ses doux regards s'attendrir et pleurer,
Et du miel le plus doux que sa bouche respire
    Une autre bouche s'enivre.

II.

Et quand sur mon visage, inquiet, tourmenté*,
    Une sueur involontaire
Exprimait le dépit de mon cœur agité,
Un coup d'œil caressant, furtivement jeté,
Tempérait dans mon sein cette souffrance amère.

III.

    Ah! dans le fond de ses forêts
    Le ramier, déchiré de traits,
    Gémit au moins sans se contraindre ;
    Et le fugitif Actéon,
    Percé par les traits d'Orion,
    Peut l'accuser et peut se plaindre.

IV*.

Précurseurs de l'automne, ô fruits nés d'une terre
Où l'art industrieux, sous ses maisons de verre,
Des soleils du Midi sait feindre les chaleurs,
Allez trouver Fanny, cette mère craintive.
A sa fille aux doux yeux, fleur débile et tardive,
    Rendez la force et les couleurs.

Non qu'un péril funeste assiége son enfance ;
Mais du cœur maternel la tendre défiance
N'attend pas le danger qu'elle sait trop prévoir.
Et Fanny, qu'une fois les destins ont frappée,
Soupçonneuse et longtemps de sa perte occupée,
    Redoute de loin leur pouvoir.

L'été va dissiper de si promptes alarmes.
Nous devons en naissant tous un tribut de larmes.
Les siennes ont déjà trop satisfait aux dieux.
Sa beauté, ses vertus, ses grâces naturelles,
N'ont point des dieux sans doute, ainsi que des mortelles,
    Armé le courroux envieux.

Belle bientôt comme elle, au retour d'Érigone
L'enfant va ranimer, nourrisson de Pomone,
Ce front que de Borée un souffle avait terni.
Oh ! de la conserver, cieux, faites votre étude ;

Que jamais la douleur, même l'inquiétude,
    N'approchent du sein de Fanny.

Que n'est-ce encor ce temps et d'amour et de gloire
Qui de Pollux, d'Alceste, a gardé la mémoire,
Quand un pieux échange apaisait les enfers!
Quand les trois sœurs pouvaient n'être point inflexibles,
Et qu'au prix de ses jours, de leurs ciseaux terribles
    On rachetait des jours plus chers!

Oui, je voudrais alors qu'en effet toute prête,
La Parque, aimable enfant, vînt menacer ta tête,
Pour me mettre en ta place et te sauver le jour;
Voir ma trame rompue à la tienne enchaînée,
Et Fanny s'avouer par moi seul fortunée,
    Et s'applaudir de mon amour.

Ma tombe quelque jour troublerait sa pensée.
Quelque jour, à sa fille entre ses bras pressée,
L'œil humide peut-être, en passant près de moi :
« Celui-ci, dirait-elle, à qui je fus bien chère,
Fut content de mourir, en songeant que ta mère
    N'aurait point à pleurer sur toi. »

V*.

Non, de tous les amants les regards, les soupirs
    Ne sont point des piéges perfides.
Non, à tromper des cœurs délicats et timides
    Tous ne mettent point leurs plaisirs.
    Toujours la feinte mensongère
Ne farde point de pleurs, vains enfants des désirs,
    Une insidieuse prière.

Non, avec votre image, artifice et détour,·
    Fanny, n'habitent point une âme ;
Des yeux pleins de vos traits sont à vous. Nulle femme
    Ne leur paraît digne d'amour.
    Ah ! la pâle fleur de Clytie
Ne voit au ciel qu'un astre ; et l'absence du jour
    Flétrit sa tête appesantie.

Des lèvres d'une belle un seul mot échappé
    Blesse d'une trace profonde
Le cœur d'un malheureux qui ne voit qu'elle au monde.
    Son cœur pleure en secret frappé,
    Quand sa bouche feint de sourire.
Il fuit ; et jusqu'au jour, de son trouble occupé,
    Absente, il ose au moins lui dire :

« Fanny, belle adorée, aux yeux doux et sereins,

Heureux qui n'ayant d'autre envie
Que de vous voir, vous plaire et vous donner sa vie,
    Oublié de tous les humains;
    Près d'aller rejoindre ses pères,
Vous dira, vous pressant de ses mourantes mains :
    Crois-tu qu'il soit des cœurs sincères? »

VI*.

Fanny, l'heureux mortel qui près de toi respire
Sait, à te voir parler, et rougir, et sourire,
De quels hôtes divins le ciel est habité.
La grâce, la candeur, la naïve innocence
        Ont, depuis ton enfance,
De tout ce qui peut plaire enrichi ta beauté.

Sur tes traits où ton âme imprime sa noblesse,
Elles ont su mêler aux roses de jeunesse
Ces roses de pudeur, charmes plus séduisants,
Et remplir tes regards, tes lèvres, ton langage,
        De ce miel dont le sage
Cherche lui-même en vain à défendre ses sens.

Oh! que n'ai-je moi seul tout l'éclat et la gloire
Que donnent les talents, la beauté, la victoire,

Pour fixer sur moi seul ta pensée et tes yeux !
Que, loin de moi, ton cœur soit plein de ma présence,
        Comme, dans ton absence,
Ton aspect bien-aimé m'est présent en tous lieux !

Je pense : Elle était là. Tous disaient : « Qu'elle est belle ! »
Tels furent ses regards, sa démarche fut telle,
Et tels ses vêtements, sa voix et ses discours.
Sur ce gazon assise, et dominant la plaine,
        Des méandres de Seine,
Rêveuse, elle suivait les obliques détours.

Ainsi dans les forêts j'erre avec ton image ;
Ainsi le jeune faon, dans son désert sauvage,
D'un plomb volant percé, précipite ses pas.
Il emporte en fuyant sa mortelle blessure ;
        Couché près d'une eau pure,
Palpitant, hors d'haleine, il attend le trépas.

VII˙.

I.

Mai de moins de roses, l'automne
De moins de pampres se couronne,
Moins d'épis flottent en moissons,

Que sur mes lèvres, sur ma lyre,
Fanny, tes regards, ton sourire,
Ne font éclore de chansons.

II.

Les secrets pensers de mon âme
Sortent en paroles de flamme,
A ton nom doucement émus :
Ainsi la nacre industrieuse
Jette sa perle précieuse,
Honneur des sultanes d'Ormuz.

III.

Ainsi sur son mûrier fertile
Le ver du Cathay mêle et file
Sa trame étincelante d'or.
Viens, mes Muses pour ta parure
De leur soie immortelle et pure
Versent un plus riche trésor.

IV.

Les perles de la poésie
Forment sous leurs doigts d'ambroisie
D'un collier le brillant contour.
Viens, Fanny; que ma main suspende
Sur ton sein cette noble offrande...

. . . .

VIII*.

Quelquefois un souffle rapide
Obscurcit un moment sous sa vapeur humide
L'or, qui reprend soudain sa brillante couleur :
Ainsi du Sirius, ô jeune bien-aimée !
    Un moment l'haleine enflammée
De ta beauté vermeille a fatigué la fleur.

    De quel tendre et léger nuage
Un peu de pâleur douce, épars sur ton visage,
Enveloppa tes traits calmes et languissants!
Quel regard, quel sourire, à peine sur ta couche
    Entr'ouvraient tes yeux et ta bouche !
Et que de miel coulait de tes faibles accents !

    Oh! qu'une belle est plus à craindre
Alors qu'elle gémit, alors qu'on peut la plaindre,
Qu'on s'alarme pour elle. Ah! s'il était des cœurs,
Fanny, que ton éclat eût trouvés insensibles,
    Ils ne resteraient point paisibles ·
Près de ton front voilé de ces douces langueurs.

    Oui, quoique meilleure et plus belle,
Toi-même cependant tu n'es qu'une mortelle ;
Je le vois. Mais du ciel, toi, l'orgueil et l'amour,
Tes beaux ans sont sacrés. Ton âme et ton visage

Sont des dieux la divine image ;
Et le ciel s'applaudit de t'avoir mise au jour.

Le ciel t'a vue en tes prairies
Oublier tes loisirs, tes lentes rêveries,
Et tes dons et tes soins chercher les malheureux,
Tes délicates mains à leurs lèvres amères
Présenter des sucs salutaires,
Ou presser d'un lin pur leurs membres douloureux.

Souffrances que je leur envie!
Qu'ils eurent de bonheur de trembler pour leur vie,
Puisqu'ils virent sur eux tes regrets caressants!
Et leur toit rayonner de ta douce présence,
Et la bonté, la complaisance,
Attendrir tes discours, plus chers que tes présents!

Près de leur lit, dans leur chaumière,
Ils crurent voir descendre un ange de lumière,
Qui des ombres de mort dégageait leur flambeau ;
Leurs cœurs étaient émus, comme aux yeux de la Grèce,
La victime qu'une déesse
Vint ravir à l'Aulide, à Calchas, au tombeau.

Ah ! si des douleurs étrangères
D'une larme si noble humectent tes paupières
Et te font des destins accuser la rigueur,
Ceux qui souffrent pour toi, tu les plaindras peut-être ;
Et les douleurs que tu fais naître
Ont-elles moins le droit d'intéresser ton cœur?

Troie, antique honneur de l'Asie,
Vit le prince expirant des guerriers de Mysie
D'un vainqueur généreux éprouver les bienfaits.
D'Achille désarmé la main amie et sûre
    Toucha sa mortelle blessure,
Et soulagea les maux qu'elle-même avait faits.

    A tous les instants rappelée,
Ta vue apaise ainsi l'âme qu'elle a troublée.
Fanny, pour moi ta vue est la clarté des cieux;
Vivre est te regarder, et t'aimer, te le dire*;
    Et quand tu daignes me sourire,
Le lit de Vénus même est sans prix à mes yeux.

IX*.

    O Versaille, ô bois, ô portiques,
    Marbres vivants, berceaux antiques,
Par les dieux et les rois Élysée embelli,
    A ton aspect, dans ma pensée,
Comme sur l'herbe aride une fraîche rosée,
    Coule un peu de calme et d'oubli.

    Paris me semble un autre empire,
    Dès que chez toi je vois sourire

Mes pénates secrets couronnés de rameaux,
    D'où souvent les monts et les plaines
Vont dirigeant mes pas aux campagnes prochaines,
    Sous de triples cintres d'ormeaux.

    Les chars, les royales merveilles,
    Des gardes les nocturnes veilles,
Tout a fui; des grandeurs tu n'es plus le séjour :
    Mais le sommeil, la solitude,
Dieux jadis inconnus, et les arts et l'étude,
    Composent aujourd'hui ta cour.

    Ah! malheureux! à ma jeunesse
    Une oisive et morne paresse
Ne laisse plus goûter les studieux loisirs.
    Mon âme, d'ennui consumée,
S'endort dans les langueurs. Louange et renommée
    N'inquiètent plus mes désirs.

    L'abandon, l'obscurité, l'ombre,
    Une paix taciturne et sombre,
Voilà tous mes souhaits, cache mes tristes jours,
    Et nourris, s'il faut que je vive*,
De mon pâle flambeau la clarté fugitive,
    Aux douces chimères d'amours.

    L'âme n'est point encor flétrie,
    La vie encor n'est point tarie,
Quand un regard nous trouble et le cœur et la voix.
    Qui cherche les pas d'une belle,

III.   32

Qui peut ou s'égayer ou gémir auprès d'elle,
De ses jours peut porter le poids.

J'aime; je vis. Heureux rivage!
Tu conserves sa noble image,
Son nom, qu'à tes forêts j'ose apprendre le soir,
Quand, l'âme doucement émue,
J'y reviens méditer l'instant où je l'ai vue,
Et l'instant où je dois la voir.

Pour elle seule encore abonde
Cette source, jadis féconde,
Qui coulait de ma bouche en sons harmonieux.
Sur mes lèvres tes bosquets sombres
Forment pour elle encor ces poétiques nombres,
Langage d'amour et des dieux.

Ah! témoin des succès du crime,
Si l'homme juste et magnanime
Pouvait ouvrir son cœur à la félicité,
Versailles, tes routes fleuries,
Ton silence, fertile en belles rêveries,
N'auraient que joie et volupté.

Mais souvent tes vallons tranquilles,
Tes sommets verts, tes frais asiles,
Tout à coup à mes yeux s'enveloppent de deuil.
J'y vois errer l'ombre livide

D'un peuple d'innocents qu'un tribunal perfide
Précipite dans le cercueil.

X*.

I.

Mais la haineuse ingratitude
A taire les bienfaits seule met son étude.
La reconnaissance aux doux yeux,
Au souris caressant, à la longue mémoire,
Parle, et des dieux chérie, est l'amour et la gloire
Des mortels semblables aux dieux.

II.

Quel fugitif, d'un pied colère,
Va renverser l'autel qui lui fut tutélaire?
Quel nageur sauvé du trépas
Brûle son bienfaiteur, le roseau du rivage?
Quel rossignol ne chante, à couvert de l'orage,
L'ormeau qui lui tendit les bras?

III.

Ainsi pour ces molles prairies

Que Versaille, au retour des Pléiades fleuries[1],
    Étendit sous mes pas errants ;
Pour ces zéphyrs, l'ombre fraîche et secrète,
Dont il a du lion, sur ma douce retraite,
    Tempéré les feux dévorants ;

    Ma muse en poétique offrande
Lui tressa l'amaranthe, immortelle guirlande.
D'où vient donc, etc....[2]

1. Le manuscrit porte :
  Que V... au retour des Pléiades fleuries.
L'auteur a écrit en marge de cette strophe :
Des Pl. Aratus v. 263. — Ce qui veut dire : des Pléiades,
voyez Aratus, vers 263. Puis il cite ainsi les vers du poëte
grec :

  αἱ μὲν ὁμῶς ὀλίγαι καὶ ἀφεγγίες, ἀλλ' ὀνομασταὶ
  ἦρι (leur lever) καὶ ἑσπέριαι, ζεὺς δ' αἴτιος, εἱλίσσονται,
  ὅ σφισι καὶ θέρεος καὶ πείματος ἀρχομένοιο
  σημαίνειν ἐκέλευσεν ἐπερχομένου τ' ἀρότοιο.
Et v. le scoliaste Théon, quoique interpolé.
Eratosth. Catart. v. πλειάς μεγίστην
  δ' ἔχουσι δόξαν ἔντοις ἀνθρώποις ἐπισήμωνοῦσαι
  καθ' ὥραν (de saison en saison).

2. Le manuscrit offre cette variante :
    Ma lyre, naïve interprète ,
  Ainsi chanta V. (Versaille) *et ma belle retraite.*
  D'où vient donc... etc....

Le poëte avait passé un trait vertical sur ces trois vers, et
les avait refaits ensuite plus bas tels qu'ils sont.

XI*.

A CHARLOTTE DE CORDAY,

Exécutée le 18 juillet 1793.

Quoi! tandis que partout, ou sincères ou feintes,
Des lâches, des pervers, les larmes et les plaintes
Consacrent leur Marat parmi les immortels,
Et que, prêtre orgueilleux de cette idole vile,
Des fanges du Parnasse un impudent reptile
Vomit un hymne infâme au pied de ses autels*,

La vérité se tait! dans sa bouche glacée,
Des liens de la peur sa langue embarrassée
Dérobe un juste hommage aux exploits glorieux!
Vivre est-il donc si.doux? De quel prix est la vie,
Quand, sous un joug honteux, la pensée asservie,
Tremblante au fond du cœur, se cache à tous les yeux?

Non, non, je ne veux point t'honorer en silence,
Toi qui crus par ta mort ressusciter la France
Et dévouas tes jours à punir des forfaits.
Le glaive arma ton bras, fille grande et sublime,
Pour faire honte aux dieux, pour réparer leur crime,
Quand d'un homme à ce monstre ils donnèrent les traits.

Le noir serpent, sorti de sa caverne impure,
A donc vu rompre enfin sous ta main ferme et sûre
Le venimeux tissu de ses jours abhorrés!
Aux entrailles du tigre, à ses dents homicides,
Tu vins redemander et les membres livides
Et le sang des humains qu'il avait dévorés!

Son œil mourant t'a vue, en ta superbe joie,
Féliciter ton bras et contempler ta proie.
Ton regard lui disait : « Va, tyran furieux,
Va, cours frayer la route aux tyrans tes complices.
Te baigner dans le sang fut tes seules délices,
Baigne-toi dans le tien et reconnais des dieux. »

La Grèce, ô fille illustre! admirant ton courage,
Épuiserait Paros pour placer ton image
Auprès d'Harmodius, auprès de son ami;
Et des chœurs sur ta tombe, en une sainte ivresse,
Chanteraient Némésis, la tardive déesse,
Qui frappe le méchant sur son trône endormi.

Mais la France à la hache abandonne ta tête.
C'est au monstre égorgé qu'on prépare une fête
Parmi ses compagnons, tous dignes de son sort.
Oh! quel noble dédain fit sourire ta bouche,
Quand un brigand, vengeur de ce brigand farouche,
Crut te faire pâlir aux menaces de mort!

C'est lui qui dut pâlir, et tes juges sinistres,
Et notre affreux sénat et ses affreux ministres,

Quand, à leur tribunal, sans crainte et sans appui,
Ta douceur, ton langage et simple et magnanime
Leur apprit qu'en effet, tout puissant qu'est le crime,
Qui renonce à la vie est plus puissant que lui.

Longtemps, sous les dehors d'une allégresse aimable,
Dans ses détours profonds ton âme impénétrable
Avait tenu cachés les destins du pervers.
Ainsi, dans le secret amassant la tempête,
Rit un beau ciel d'azur, qui cependant s'apprête
A foudroyer les monts, à soulever les mers.

Belle, jeune, brillante, aux bourreaux amenée,
Tu semblais t'avancer sur le char d'hyménée ;
Ton front resta paisible et ton regard serein.
Calme, sur l'échafaud, tu méprisas la rage
D'un peuple abject, servile et fécond en outrage,
Et qui se croit encore et libre et souverain.

La vertu seule est libre. Honneur de notre histoire,
Notre immortel opprobre y vit avec ta gloire ;
Seule, tu fus un homme, et vengeas les humains !
Et nous, eunuques vils, troupeau lâche et sans âme,
Nous savons répéter quelques plaintes de femme ;
Mais le fer pèserait à nos débiles mains.

Un scélérat de moins rampe dans cette fange.
La Vertu t'applaudit ; de sa mâle louange
Entends, belle héroïne, entends l'auguste voix.
O Vertu, le poignard, seul espoir de la terre,

Est ton arme sacrée, alors que le tonnerre
Laisse régner le crime et te vend à ses lois.

XII*.

Strophe première.

O mon esprit! au sein des cieux,
Loin de tes noirs chagrins, une ardente allégresse
   Te transporte au banquet des dieux,
   Lorsque ta haine vengeresse,
Rallumée à l'aspect et du meurtre et du sang,
Ouvre de ton carquois l'inépuisable flanc.
De là vole aux méchants ta flèche redoutée,
   D'un fiel vertueux humectée,
Qu'au défaut de la foudre, esclave du plus fort,
   Sur tous ces pontifes du crime,
Par qui la France, aveugle et stupide victime,
Palpite et se débat contre une longue mort,
   Lance ta fureur magnanime.

Antistrophe première.

Tu crois, d'un éternel flambeau
Éclairant les forfaits d'une horde ennemie,

Défendre à la nuit du tombeau
D'ensevelir leur infamie.
Déjà tu penses voir, des bouts de l'univers,
Sur la foi de ma lyre, au nom de ces pervers,
Frémir l'horreur publique ; et d'honneur et de gloire[1]
 Fleurir ma tombe et ta mémoire ;
Comme autrefois tes Grecs accouraient à des jeux,
 Quand l'amoureux fleuve d'Élide
Eut de traîtres punis vu triompher Alcide ;
Ou quand l'arc Pythien d'un reptile fangeux *
 Eut purgé les champs de Phocide.

Épode première.

Vain espoir ! inutile soin !
Ramper est des humains l'ambition commune ;
 C'est leur plaisir, c'est leur besoin.
Voir, fatigue leurs yeux ; juger, les importune ;
 Ils laissent juger la fortune,
Qui fait juste celui qu'elle fait tout-puissant.
Ce n'est point la vertu, c'est la seule victoire
 Qui donne et l'honneur et la gloire :
Teint du sang des vaincus, tout glaive est innocent.

Strophe deuxième.

Que tant d'opprimés expirants

1. La première pensée du poëte était celle-ci :
 Tonner *l'horreur publique ; et d'honneur et de gloire...*
Il substitua ensuite *frémir* au mot *tonner.*

Aillent aux cieux enfin réveiller le supplice*;
    Que sur ces monstres dévorants
    Son bras d'airain s'appesantisse;
Qu'ils tombent; à l'instant vois-tu leurs noms flétris,
Par leur peuple vénal leurs cadavres meurtris,
Et pour jamais transmise à la publique ivresse
    Ta louange avec leur bassesse?
Mais si Mars est pour eux, leurs vertus, leurs bienfaits,
    Sont bénis de la terre entière.
Tout s'obscurcit auprès de la splendeur guerrière;
Elle éblouit les yeux, et sur les noirs forfaits
    Étend un voile de lumière.

Antistrophe deuxième.

    Dès lors l'étranger étonné
Se tait avec respect devant leur sceptre immense;
    Leur peuple à leurs pieds enchaîné,
    Vantant jusques à leur clémence,
Nous voue à la risée, à l'opprobre, aux tourments;
Nous, de la vertu libre indomptables amants.
Humains, lâche troupeau!... mais qu'importent au sage
    Votre blâme, votre suffrage,
Votre encens, vos poignards, et de flux en reflux
    Vos passions précipitées?
Il nous faut tous mourir. A sa vie ajoutées[1],

---

1. Il existe une variante de la fin de cette antistrophe.
Voici la première pensée du poëte :
    Il sait qu'il doit *mourir. A sa vie ajoutées,*
    Quelques heures de plus au prix du déshonneur
        Lui sembleraient trop achetées.

Au prix du déshonneur, quelques heures de plus
Lui sembleraient trop achetées.

Épode deuxième.

Lui, grands dieux! courtisan menteur,
De sa raison céleste abandonner le faîte,
Pour descendre à votre hauteur!
En lui-même affermi, comme l'antique athlète,
Sur le sol où son pied s'arrête
Il reste inébranlable à tout effort mortel,
Et laisse avec dédain ce vulgaire imbécile [1],
Toujours turbulent et servile,
Flotter de maître en maître et d'autel en autel.

---

1. Le manuscrit porte les variantes que voici :

Il voit avec mépris le vulgaire imbécile,
Toujours turbulent et servile,
Flotter de maître en maître et d'autel en autel
Comme l'antique athlète
Sur le sol où son pied s'arrête,
Où ne peut l'ébranler nul effort d'un mortel.

Le poëte a rendu avec le mouvement et la vigueur d'Horace : *Odi profanum vulgus* (Odes, liv. III, Od. I).

Et chaque jour à la fortune
Demande à quel autel doit brûler son encens.

Comme...
Tel...
Sous le joug du mépris un coupable abattu
S'engourdit dans la honte; et son pied sans courage
Que n'enhardit aucun suffrage
Ne tente plus un pas qui mène à la vertu.

XIII.

ÉCRIT A SAINT-LAZARE.

. . . il demande du pain,
On lui donne du sang. Il voit tomber des têtes;
       Il chante et ne sent plus la faim*.

Byzance, mon berceau, jamais tes janissaires
Du musulman paisible ont-ils forcé le seuil?
Vont-ils jusqu'en son lit, nocturnes émissaires,
       Porter l'épouvante et le deuil*?

Son harem ne connaît, invisible retraite,
Le choix, ni les projets, ni le nom des vizirs.
Là, sûr du lendemain, il repose sa tête,
       Sans craindre, au sein de ses plaisirs*,

Que cent nouvelles lois qu'une nuit a fait naître,
De juges assassins un tribunal pervers,
Lancent sur son réveil, avec le nom de traître,
       La mort, la ruine, ou les fers.

Tes mœurs et ton Coran sur ton sultan farouche
Veillent, le glaive nu, s'il croyait tout pouvoir,

S'il osait tout braver, et dérober sa bouche
    Au frein de l'antique devoir.

Voilà donc une digue où la toute-puissance
Voit briser le torrent de ses vastes progrès.
Liberté qui nous fuis, tu ne fuis point Byzance ;
    Tu planes sur ses minarets.

XIV*.

ÉCRIT A SAINT-LAZARE.

Mon frère, que jamais la tristesse importune
    Ne trouble ses prospérités* !
Qu'il remplisse à la fois la scène et la tribune :
    Que les grandeurs et la fortune
Le comblent de leurs biens qu'il a tant souhaités* !

Que les muses, les arts, toujours d'un nouveau lustre
    Embellissent tous ses travaux* ;
Et que, cédant à peine à son vingtième lustre*,
    De son tombeau la pierre illustre*
S'élève radieuse entre tous les tombeaux !

Mais . . . .
    Infortune, honnêtes douleurs,

Souffrance, des vertus superbe et chaste fille,
        Salut. Mes frères, ma famille,
Sont tous les opprimés, ceux qui versent des pleurs;

Ceux que livre à la hache un féroce caprice;
        Ceux qui brûlent un noble encens
Aux pieds de la vertu que l'on traîne au supplice,
        Et bravent le sceptre du vice,
Ses caresses, ses dons, ses regards menaçants;

Ceux qui, devant le crime, idole ensanglantée,
        N'ont jamais fléchi les genoux,
Et soudain, à sa vue impie et détestée,
        Sentent leur poitrine agitée,
Et s'enflammer leur front d'un généreux courroux ".

XV.

LA JEUNE CAPTIVE.

Saint-Lazare.

L'épi naissant mûrit de la faux respecté;
Sans crainte du pressoir, le pampre tout l'été
    Boit les doux présents de l'aurore;
Et moi, comme lui belle, et jeune comme lui,
Quoi que l'heure présente ait de trouble et d'ennui,
    Je ne veux point mourir encore*.

Qu'un stoïque aux yeux secs vole embrasser la mort,
Moi je pleure et j'espère; au noir souffle du nord
    Je plie et relève ma tête.
S'il est des jours amers, il en est de si doux!
Hélas! quel miel jamais n'a laissé de dégoûts?
    Quelle mer n'a point de tempête?

L'illusion féconde habite dans mon sein.
D'une prison sur moi les murs pèsent en vain,
    J'ai les ailes de l'espérance :
Échappée aux réseaux de l'oiseleur cruel,
Plus vive, plus heureuse, aux campagnes du ciel
    Philomèle chante et s'élance.

Est-ce à moi de mourir? Tranquille je m'endors,
Et tranquille je veille, et ma veille aux remords
    Ni mon sommeil ne sont en proie.
Ma bienvenue au jour me rit dans tous les yeux;
Sur des fronts abattus, mon aspect dans ces lieux·
    Ranime presque de la joie.

Mon beau voyage encore est si loin de sa fin!
Je pars, et des ormeaux qui bordent le chemin
    J'ai passé les premiers à peine.
Au banquet de la vie à peine commencé,
Un instant seulement mes lèvres ont pressé
    La coupe en mes mains encor pleine.

Je ne suis qu'au printemps, je veux voir la moisson;
Et comme le soleil, de saison en saison,
    Je veux achever mon année.
Brillante sur ma tige et l'honneur du jardin,
Je n'ai vu luire encor que les feux du matin,
    Je veux achever ma journée.

O mort! tu peux attendre; éloigne, éloigne-toi;
Va consoler les cœurs que la honte, l'effroi,
    Le pâle désespoir dévore.
Pour moi Palès encore a des asiles verts,
Les amours des baisers, les Muses des concerts;
    Je ne veux point mourir encore.

Ainsi, triste et captif, ma lyre toutefois
S'éveillait, écoutant ces plaintes, cette voix,

Ces vœux d'une jeune captive ;
Et secouant le faix de mes jours languissants*,
Aux douces lois des vers je pliais les accents
    De sa bouche aimable et naïve.

Ces chants de ma prison témoins harmonieux,
Feront à quelque amant des loisirs studieux
    Chercher quelle fut cette belle :
La grâce décorait son front et ses discours,
Et, comme elle, craindront de voir finir leurs jours
    Ceux qui les passeront près d'elle.

ÏAMBES

ÏAMBES

I*.

—Sa langue est un fer chaud. Dans ses veines brûlées
    Serpentent des fleuves de fiel.
— J'ai, douze ans, en secret, dans les doctes vallées,
    Cueilli le poétique miel.
Je veux un jour ouvrir ma ruche tout entière.
    Dans tous mes vers on pourra voir
Si ma muse naquit haineuse et meurtrière.
    Frustré d'un amoureux espoir,
Archiloque aux fureurs du belliqueux ïambe
    Immole un beau-père menteur.
Moi, ce n'est point au col d'un·perfide Lycambe
    Que j'apprête un lacet vengeur[1].
Ma foudre n'a jamais tonné pour mes injures.
    La patrie allume ma voix;

---

1. L'auteur avait marqué ces deux rimes *menteur* et *vengeur* d'une petite croix pour indiquer qu'il n'en était pas content.

La paix seule aguerrit mes pieuses morsures * ;
　　Et mes fureurs servent les lois.
Contre les noirs Pithons et les hydres fangeuses
　　Le feu, le fer arment mes mains ;
Extirper sans pitié les bêtes venimeuses *,
　　C'est donner la vie aux humains.

II *.

Un vulgaire assassin va chercher les ténèbres [1] ;
　　Il nie, il jure sur l'autel ;
Mais nous, grands, libres, fiers, à nos exploits funèbres,
　　A nos turpitudes célèbres,
Nous voulons attacher un éclat immortel.

[1]. Voici ce que porte le manuscrit :

> *Un vulgaire ass. ss. va chercher les ténèbres ;*
> 　*Il nie, il jure sur l'autel ;*
> *Mais nous, grands, libres, fiers, à nos exploits fun.,*
> 　*A nos turp. t. d. célèbres*
> *Nous voulons attacher un éclat imm.*
>
> *De l'oubli tacit. et de son onde n.*
> 　*Nous savons détour. le cours.*
> *Nous appelons sur nous l'étern. m.m. ;*
> 　*Nos frf., notre unique hist.,*
> *Parent de nos cités les brillants carrefours.*

De l'oubli taciturne et de son onde noire
    Nous savons détourner le cours.
Nous appelons sur nous l'éternelle mémoire ;
    Nos forfaits, notre unique histoire,
Parent de nos cités les brillants carrefours.

O gardes de Louis, sous les voûtes royales **1**
    Par nos ménades déchirés,
Vos têtes sur un fer ont, pour nos bacchanales,
    Orné nos portes triomphales.
A ces bronzes hideux, nos monuments sacrés *,

Tout ce peuple hébété que nul remords ne touche,
    Cruel, même dans son repos,
Vient sourire aux succès de sa rage farouche,
    Et, la soif encore à la bouche,
Ruminer tout le sang dont il a bu les flots.

1. Le texte du manuscrit est ainsi :

δοροφορ.

  O. g.—d. de L. Sous les voûtes royales
    Par nos μαιναδ. *déchirés,*
Vos têtes sur un fer ont, pour nos bacch.,
    Orné nos portes τριομφ. *

A ces bronzes hideux, nos mon.m. sacrés.

  Tout ce δημος *hébété que nul rem. ne touche,*
    Cruel, même dans son ἡσυχ.
Vient sourire aux succès de sa r. f.
    Et, la soif encore à la bouche,
*Ruminer tout l'*αἱμα *dont il a bu les flots.*

Arts dignes de nos yeux! pompe et magnificence[1]
    Dignes de notre liberté,
Dignes des vils tyrans qui dévorent la France,
    Dignes de l'atroce démence
Du stupide David qu'autrefois j'ai chanté!

De Barca, du Niger les désertes arènes
    Nourrissent cérastes ardents[2],
Tigres à l'œil de flamme, implacables hyènes;
    Le bitume flotte en leurs veines;
Une rage homicide aiguillonne leurs dents.

A de tels compagnons votre juste message
    Devait ouvrir votre cité.
Se jeter sur le faible est aussi leur courage.
    Ils vivent aussi de carnage;
Voir du sang est aussi leur seule volupté.

Mais n'osez plus flétrir de votre ignare estime
    Des mortels semblables aux dieux.
Dans leurs mâles écrits quel foudre magnanime
    Tonne sur vous et sur le crime!
Ah! si le crime et vous pouviez baisser les yeux!..

1. Le manuscrit porte :
    Arts dignes de nos yeux ! pompe et magnif.
        Dignes de notre ἐλευθερία.,
    Dignes des vils τυρ. *qui dév. la Fr.,*
        Dignes de l'atroce démence
    Du stupide D. qu'autrefois j'ai chanté.
2. Vipère d'Égypte.

> . . . . . . *Je ne vois plus*
> Des bras nus pour le meurtre [1].

La honte en vain lui tend les bras.
Il ne fuit point la mort dans cet horrible asile [2].

A NÉMÉSIS.

Pourquoi, sur l'humble sol traînant toujours tes pas,
    Laisses-tu reposer tes ailes ?

> · . . . . *Si l'Etna n'opprimait plus Typhée,*
> *Il serait moins soulagé.* . . . .

οἱ ἀπόστολοι καὶ πρέσβεις *hinc inde discurrentes*
διὰ τῆς χώρας ἁπάσης, καὶ τῷ λοιμῷ
πάντως ὅμοιοι, *mentre passa* πολλάς τοῦ δήμου
μυριάδας ἀφαιρέοντι [3]

---

1. Allusion aux massacres des prisons.
2. Variantes :

> *Ni l'effroi, ni la mort*
> *La crainte de la mort*   ⎫
> *Le glaive ni la mort*   ⎬ *vers cet horrible asile*
> *Le glaive nu, la mort*   ⎭

> *Ne précipitent point*
> *Ne précipiteront*   ⎬ *ses pas.*
> *Ne tourneront jamais.*

3. L'auteur pensait aux Députés en mission, parcourant

III*.

Voûtes du Panthéon, quel mort illustre et rare
    S'ouvre vos dômes glorieux?
Pourquoi vois-je David qui larmoie et prépare
    Sa palette qui fait des dieux?
O ciel! faut-il le croire! ô destins! ô fortune!...
    O cercueil arrosé de pleurs!
O que ne puis-je ouir Barère à la tribune,
    Gros de pathos et de douleurs!
Quelle nouvelle en France! et quel canon d'alarmes
    Dans tous les cœurs a retenti!
Les fils des Jacobins leur adressent des larmes.
    Brissot, qui n'a jamais menti,
Dit avoir vu dans l'air d'exhalaisons impures
    Un noir nuage tournoyer
Du sang, et de la fange, et toutes les ordures
    Dont se forme un épais bourbier;
Et soutient que c'était la sale et vilaine âme
    Par qui Marat avait vécu.
De ses jours florissants, par la main d'une femme,

la France tout entière, et, *à la peste* en tout semblables,
dépeuplant, sur leur passage, toutes les provinces.

    Pour rendre sa pensée moins facile à pénétrer, il a intercalé trois mots latins et deux expressions italiennes parmi les termes grecs.

Ce lien aimable est rompu!
Le Calvados en rit; mais la potence pleure.
        Déjà par un fer meurtrier
Pelletier fut placé dans l'auguste demeure.
        Marat vaut mieux que Pelletier.
Nul n'aima tant le sang, n'eut tant de soif des crimes.
        Qu'on parle d'un vil scélérat,
Bien que Lacroix, Bourdon, soient des mortels sublimes,
        Nous ne pensons tous qu'à Marat.
Il était né de droit vassal de la potence;
        Il était son plus cher trésor.
Console-toi, Gibet, tu sauveras la France!
        Pour tes bras la Montagne encor
Nourrit bien des héros dans ses nobles repaires,
        Le Gendre *élève de Caton*,
Le grand Collot d'Herbois, fier *patron* des galères,
        Plus d'un Robespierre, et Danton,
Thuriot, et Chabot; enfin toute la bande;
        Et club, commune, tribunal.
Mais qui peut les compter? Je te les recommande;
        Tu feras l'appel nominal.
Pour chanter à ces saints de dignes litanies,
        L'un demande Anacharsis Clotz;
L'autre veut Cabanis, ou d'autres grands génies;
        Et qui Grouvelle, et qui Laclos.
Mais non, nous entendrons ces oraisons funèbres,
        De la bouche du bon Garat;
Puis tu les enverras tous au fond des ténèbres
        Lécher le c... du bon Marat.
Que la tombe sur vous, sur vos reliques chères,

Soit légère, ô mortels sacrés !
Pour qu'avec moins d'efforts, par les dogues vos frères,
.Vos cadavres soient déchirés.

Par le citoyen Archiloque Mastigophore.

IV.

Grâce à notre sénat le ciel n'est donc plus vide !
De ses fonctions suspendu,
Dieu. . . . .
Au siége éternel est rendu.
Il va reprendre en main les rênes de la terre.

*Il faut espérer qu'après un exil de plusieurs mois il se con-
duira mieux... et que sa première marque de repentance sera de
punir ses nouveaux adorateurs... Quoi! Dieu tout-puissant, tu
souffres que de pareils personnages te louent et t'avouent! Tu
endures la dérision avec laquelle ils te bravent, et croient que tu
existes quand ils vivent !*

Tu ne crains pas qu'au pied de ton superbe trône,
Spinosa, te parlant tout bas,
Vienne te dire encore : Entre nous, je soupçonne,
Seigneur, que vous n'existez pas.

*Que croiront les mortels, quand ils verront que, sous tes yeux,
le nom de vertu est prononcé par des bouches qui;... de probité,
par des bouches qui;... d'humanité, par des bouches qui;... et
que tout est le sujet de leur basse et dérisoire hypocrisie!...*

Quoi! ton œil qui voit tout, sans les réduire en cendre,

pénètre dans les antres affreux où les C, les L. Q*, couchés sur des cadavres, rongent des ossements humains! Quoi ! tu ne fais point éclater la foudre, lorsque des hommes entassés sont écrasés sous leurs prisons par l'explosion du canon! Tu contemples la Loire, le Rhône, la Charente...

Ton œil de leurs pensers sonde les noirs abîmes,
    Ces lacs de soufre et de poisons,
Ces océans bourbeux où fermentent les crimes,
    Que de ses plus ardents tisons

dévore la plus lâche Euménide... car tu n'es pas réduit, comme nous, à reconnaître un Couth. à ses actions et à la bassesse de son affreux visage... Tu vois, au lieu d'un cœur, bouillir dans sa poitrine un fétide mélange de bitume, de rage, de haine pour la vertu, de vol, de calomnie et de m... et de fange... d'où, par sa bouche impure, s'exhale la mort des gens de bien, etc. Et tu ne tonnes pas! et les cris de tant d'infortunés ne montent point jusqu'à toi! et tu laisses un pauvre diable de poëte se charger de leur vengeance et tonner seul sur ces scélérats et sur l'horrible dicast... et jur.*... etc.!

Ils croyaient se cacher dans leur bassesse obscure.

    . . . .

Sur ses pieds inégaux l'épode vengeresse
    Saura les atteindre pourtant.
Diamant ceint d'azur, Paros, œil de la Grèce,
    De l'onde Égée astre éclatant !
Dans tes flancs où nature est sans cesse à l'ouvrage,
    Pour le ciseau laborieux,
Germe et blanchit le marbre honoré de l'image [1]

1. Variante :

  Vit *et blanchit le marbre* illustre *de l'image.*

Et des grands hommes et des dieux.
Mais pour graver aussi la honte ineffaçable,
    Paros de l'ïambe acéré
Aiguisa le burin brûlant, impérissable.
    Fils d'Archiloque, fier André,
Ne détends point ton arc, fléau de l'imposture.
    Que les passants pleins de tes vers,
Les siècles, l'avenir, que toute la nature
    Crie à l'aspect de ces pervers :
« Hou, les vils scélérats ! les monstres, les infâmes !
    De vol, de massacres nourris !
Noirs ivrognes de sang, lâches bourreaux de femmes
    Qui n'égorgent point leurs maris ;
Du fils tendre et pieux, et du malheureux père
    Pleurant son fils assassiné ;
Du frère qui n'a point laissé dans la misère
    Périr son frère abandonné ;
Vous n'avez qu'une vie... ô Vampires !.....
    Et vous n'expierez qu'une fois
Tant de morts et de pleurs, de cendres, de décombres,
    Qui contre vous lèvent la voix !
Ils vivent cependant, et de tant de victimes
    Les cris ne montent point vers toi !
C'est un pauvre poëte, ô grand Dieu des armées!
    Qui seul, captif, près de la mort,
Attachant à ses vers les ailes enflammées
    De ton tonnerre qui s'endort,
De la vertu proscrite embrassant la défense,
    Dénonce aux juges infernaux
Ces juges, ces jurés qui frappent l'innocence,

Hécatombe à leurs tribunaux. »
Eh bien, fais-moi donc vivre, et cette horde impure
    Sentira quels traits sont les miens.
Ils ne sont point cachés dans leur bassesse obscure*,
    Je les vois, j'accours, je les tiens.
Diamant ceint d'azur, etc... O Dieu, la vertu... *la fille*
    L'innocence, la probité, etc., *ta famille...*

V *.

Vingt barques, faux tissus de planches fugitives,
    S'entr'ouvrant au milieu des eaux,
Ont-elles, par milliers, dans les gouffres de Loire
    Vomi des Français enchaînés[1],
Au proconsul Carrier, implacable après boire,
    Pour son passe-temps amenés?
Et ces porte-plumets, ces commis de carnage,
    Ces noirs accusateurs Fouquiers,
Ces Dumas, ces jurés, horrible aréopage
    De voleurs et de meurtriers,
Les ai-je poursuivis jusqu'en leurs bacchanales,
    Lorsque, les yeux encore ardents,

1. Le poëte a écrit cette variante :
    Vomi des captifs *enchaînés.*

Attablés, le bordeaux de chaleurs plus brutales
 ، Allumant leurs fronts impudents,
Ivres et bégayant la crapule et les crimes,
        Ils rappellent avec des ris,
Leurs meurtres d'aujourd'hui, leurs futures victimes;
        Et parmi les chansons, les cris,
Trouvent deçà, delà, sous leur main, sous leur bouche,
        De femmes un vénal essaim,
Dépouilles du vaincu, transfuges de sa couche,
        Pour la couche de l'assassin;
Car ce sexe ébloui de tout semblant de gloire,
        Né l'héritage du plus fort[1],
Quel que soit le vainqueur suit toujours la victoire;
        D'une lèvre arbitre de mort
Étale le baiser, le brigue avec audace;
        Et pour nulle oppressive main
Leur jupe n'est pesante, et l'épingle tenace
        N'a de pointe autour de leur sein.
Le remords est, dit-on, l'enfer où tout s'expie.
        Quel remords agite le flanc,
Tourmente le sommeil du dicastère* impie
        Qui mange, boit, rote du sang*?
Car qui peut noblement de leur bande perverse
        Rendre les attentats fameux?
Ces monstres sont impurs, la lance qui les perce
        Sort impure, infecte comme eux.

    1. L'auteur a d'abord écrit :
        Héritage-né *du plus fort.*

VI*.

A.

Gynnis étant capitan de la horde*,
Avec eux tous je fus danseur de corde.

B.

Quoi sur la corde?

A.

Eh oui.

B.

Mais, mon garçon,
Tu sais qu'on l'est de plus d'une façon.

A.

Comment? dis-nous un peu l'autre manière.

B.

A tes pareils elle est très-familière.
Toi, ton Gynnis, sous la corde à midi,
Et tout ce monde avec vous applaudi,
A quinze pieds, élevés sur la place,
Vous auriez tous eu la meilleure grâce;
Et si j'en crois *mes vœux et mon amour*,
Danseurs de corde ainsi serez un jour.

(*Trad. de Crat.*.*)

A

Qu'est-ce qu'un Gloutaneime *?

B.

En deux mots c'est celui
Qui n'a rien, mais qui veut avoir le bien d'autrui.

A.

C'est ça, par Dieu!

KH *.

Le drôle est au fait du mystère.
Mais ce n'est pas là tout. Un bon initié
Ne doit rien savoir à moitié.
Tourne un peu la médaille antecépiendaire *.

A.

Le Batrakhite... *

B.

Ah fi!

A.

Quel est-il?

B.

Celui-là
A quelque chose et veut conserver ce qu'il a.
C'est un abus criant qu'il faut que l'on réprime.

A.

Fort bien.

KH.

Cet homme est juste.

A.

Il abhorre le crime.
(*Trad. des Baptes d'Eup.*.*)

VII.

Quand au mouton bêlant la sombre boucherie
  Ouvre ses cavernes de mort,
Pâtres, chiens et moutons, toute la bergerie*
  Ne s'informe plus de son sort.
Les enfants qui suivaient ses ébats dans la plaine,
  Les vierges aux belles couleurs
Qui le baisaient en foule, et sur sa blanche laine
  Entrelaçaient rubans et fleurs,
Sans plus penser à lui, le mangent s'il est tendre.
  Dans cet abîme enseveli
J'ai le même destin. Je m'y devais attendre.
  Accoutumons-nous à l'oubli.
Oubliés comme moi dans cet affreux repaire,
  Mille autres moutons, comme moi,
Pendus aux crocs sanglants du charnier populaire,
  Seront servis au peuple-roi.
Que pouvaient mes amis? Oui, de leur main chérie
  Un mot à travers ces barreaux
Eût versé quelque baume en mon âme flétrie* ;

De l'or peut-être à mes bourreaux...
Mais tout est précipice. Ils ont eu droit de vivre.
    Vivez, amis; vivez contents.
En dépit de - - soyez lents à me suivre*.
    Peut-être en de plus heureux temps
J'ai moi-même, à l'aspect des pleurs de l'infortune,
    Détourné mes regards distraits;
A mon tour aujourd'hui; mon malheur importune :
    Vivez, amis; vivez en paix*.

VIII*.

J'ai lu qu'un batelier, entrant dans sa nacelle,
    Jetait à l'eau son aviron;
J'ai lu qu'un écuyer noble et fier sur la selle,
    Bien armé d'un double éperon,
D'abord ôtait la bride à son coursier farouche;
    J'ai lu qu'un sage renommé,
Avant de s'endormir, dans le fond de sa couche
    Plaçait un tison allumé;
J'ai lu que, pour franchir des routes difficiles,
    Un Automédon pétulant
Enlevait les écrous des quatre orbes agiles
    Qui roulaient sous son char brillant;

J'ai lu qu'un Actéon, à son tour, sur l'arène,
    Assouvit la rage et la faim
De ses chiens, par lui seul, comme instrument de haine [1],
    Accoutumés au sang humain.
L'Automédon meurtri devint un Hippolyte,
    Le sage. . . . .
... l'écuyer à pied descendit au Cocyte.
    Le nocher. . . . .
Un sot enfant jouait avec des grains de poudre

    . . . .

. . . .

    . . . .

Un docte à grands projets rassembla des vipères,
    Et leur prêchait fraternité.
Mais, déchiré bientôt par ce peuple de frères,
    Il dit : — « Je l'ai bien mérité. »
Un seul de ces serpents qui se cache sous l'herbe
    Est terrible; et moi. . . . .
Je les réunis tous. Je joins. . . . . superbe
    Et l'audace aux mauvais penchants.
J'ai lu maints autres faits, tous fort bons à redire;
    Et tous ces beaux faits que j'ai lus,
Barnave, Chapelier, Duport les devaient lire :
    Ceux-ci ne lisent pas non plus.

---

1. Le manuscrit porte cette autre version ajoutée après celle que je viens de donner :

    De ses chiens, par lui seul, pour bien servir sa haine...

IX*.

. . . .

On vit; on vit infâme. Eh bien? il fallut l'être;
    L'infâme, après tout, mange et dort.
Ici, même, en ces parcs où la mort nous fait paître,
    Où la hache nous tire au sort [1],
Beaux poulets sont écrits; maris, amants sont dupes.
    Caquetage, intrigues de sots.
On y chante; on y joue; on y lève des jupes;
    On y fait chansons et bons mots;
L'un pousse et fait bondir sur les toits, sur les vitres,
    Un ballon tout gonflé de vent,
Comme sont les discours des Heftsad, plats bélîtres,
    Dont... Jls est le plus savant*.
L'autre court; l'autre saute; et braillent, boivent, rient,
    Politiqueurs et raisonneurs;
Et sur les gonds de fer soudain les portes crient,
    Des juges tigres nos seigneurs
Le pourvoyeur paraît. Quelle sera la proie
    Que la hache appelle aujourd'hui?
Chacun frissonne, écoute; et chacun avec joie
    Voit que ce n'est pas encor lui.
Ce sera toi demain, insensible imbécile *.

1. L'auteur a rayé les mots : *la hache,* mais ne les a point
remplacés. Il s'est borné à indiquer que ces expressions ne lui
convenaient pas et ne rendaient pas exactement sa pensée.

X*.

Comme un dernier rayon, comme un dernier zéphire
    Animent la fin d'un beau jour,
Au pied de l'échafaud j'essaye encor ma lyre.
    Peut-être est-ce bientôt mon tour.
Peut-être avant que l'heure en cercle promenée
    Ait posé sur l'émail brillant,
Dans les soixante pas où sa route est bornée,
    Son pied sonore et vigilant,
Le sommeil du tombeau pressera ma paupière.
    Avant que de ses deux moitiés
Ce vers que je commence ait atteint la dernière,
    Peut-être en ces murs effrayés
Le messager de mort, noir recruteur des ombres,
    Escorté d'infâmes soldats,
Emplissant de mon nom ces longs corridors sombres [1],
    Où seul, dans la foule à grands pas
J'erre, aiguisant ces dards persécuteurs du crime,
    Du juste trop faibles soutiens,

---

1. L'auteur en faisant ce vers pensa à une autre expression ; car il écrivit immédiatement le mot *ébranlant* qui donne la version suivante :

    Ébranlant *de mon nom ces longs corridors sombres.*

Le premier éditeur et ceux qui l'ont copié, voulant terminer là ce morceau, ont arrangé ainsi ce vers :

    Remplira *de mon nom ces longs corridors sombres.*

Sur mes lèvres soudain va suspendre la rime;
 Et, chargeant mes bras de liens,
Me traîner, amassant en foule à mon passage
 Mes tristes compagnons reclus
Qui me connaissaient tous avant l'affreux message,
 Mais qui ne me connaissent plus.
Eh bien! j'ai trop vécu. Quelle franchise auguste *,
 De mâle constance et d'honneur
Quels exemples sacrés doux à l'âme du juste,
 Pour lui quelle ombre de bonheur,
Quelle Thémis terrible aux têtes criminelles,
 Quels pleurs d'une noble pitié,
Des antiques bienfaits quels souvenirs fidèles,
 Quels beaux échanges d'amitié,
Font digne de regrets l'habitacle des hommes?
 La peur blême et louche est leur Dieu [1],
La bassesse, la feinte. Ah! lâches que nous sommes [2]!
 Tous, oui, tous. Adieu, terre, adieu.
Vienne, vienne la mort! que la mort me délivre!...

1. L'auteur en écrivant ce vers en a donné trois variantes ;
d'abord, sa première pensée fut :

  La peur tortueuse *est leur Dieu.*

 Puis il mit au-dessus :

  La peur blême et louche *est leur Dieu.*

 Et enfin il écrivit au-dessous :

  La peur fugitive *est leur Dieu.*

. 2. Le manuscrit offre cette variante :

 Le désespoir, ⎫
 La bassesse, ⎬ *la feinte, ah! lâches que nous sommes !*

Ces deux expressions ont été écrites en même temps :

Ainsi donc, mon cœur abattu
Cède au poids de ses maux! — Non, non, puissé-je vivre !
Ma vie importe à la vertu.
Car l'honnête homme enfin, victime de l'outrage,
Dans les cachots, près du cercueil,
Relève plus altiers son front et son langage,
Brillant d'un généreux orgueil.
S'il est écrit aux cieux que jamais une épée
N'étincellera dans mes mains;
Dans l'encre et l'amertume une autre arme trempée
Peut encor servir les humains.
Justice, vérité, si ma main, si ma bouche *,
Si mes pensers les plus secrets
Ne froncèrent jamais votre sourcil farouche,
Et si les infâmes progrès,
Si la risée atroce, ou, plus atroce injure*,
L'encens de hideux scélérats,
Ont pénétré vos cœurs d'une longue blessure,
Sauvez-moi. Conservez un bras
Qui lance votre foudre, un amant qui vous venge.
Mourir sans vider mon carquois !
Sans percer, sans fouler, sans pétrir dans leur fange
Ces bourreaux barbouilleurs de lois !
Ces vers cadavéreux de la France asservie*,

l'auteur n'ayant point fixé son choix. Le mot *la honte* est surchargé et on lit *la feinte.* Le premier éditeur, en 1819, a mis:

Le désespoir !... Le fer. *Ah! lâches que nous sommes!*

Toutes les éditions ont répété cette version inexacte, ainsi que l'édition critique de 1862 et même la deuxième édition critique de 1872.

Égorgée ! ô mon cher trésor,
O ma plume, fiel, bile, horreur, dieux de ma vie !
    Par vous seuls je respire encor :
Comme la poix brûlante agitée en ses veines *
    Ressuscite un flambeau mourant.
Je souffre ; mais je vis. Par vous, loin de mes peines,
    D'espérance un vaste torrent
Me transporte. Sans vous, comme un poison livide,
    L'invincible dent du chagrin,
Mes amis opprimés, du menteur homicide *
    Les succès, le sceptre d'airain,
Des bons proscrits par lui la mort ou la ruine,
    L'opprobre de subir sa loi,
Tout eût tari ma vie, ou contre ma poitrine
    Dirigé mon poignard. Mais quoi !
Nul ne resterait donc pour attendrir l'histoire *
    Sur tant de justes massacrés !
Pour consoler leurs fils, leurs veuves, leur mémoire !
    Pour que des brigands abhorrés
Frémissent aux portraits noirs de leur ressemblance,
    Pour descendre jusqu'aux enfers
Nouer le triple fouet, le fouet de la vengeance *
    Déjà levé sur ces pervers !
Pour cracher sur leurs noms, pour chanter leur supplice !...
    Allons, étouffe tes clameurs ;
Souffre, ô cœur gros de haine, affamé de justice.
    Toi, vertu, pleure si je meurs.

XI'.

Mais quel est ce grand brun (décrit en quatre, six ou au plus huit vers)? ne l'ai-je pas connu jadis, le dos couvert de longs cheveux dont il poudrait les fauteuils de Damas, et ricanant et ne disant rien et ambitionnant le nom d'homme d'esprit, etc.? Et vraiment c'est H... C'est lui-même réputé Cicéron chez toute la bazoche*

Et bel esprit chez les catins.

Oh! qu'il se rend bien justice quand il se met au dernier rang des valets, etc. Tu te croyais trop vil pour avoir rien à craindre,

Et que je ne te verrais pas,
Et peut-être, en effet, il eût mieux valu feindre,
Et ne point descendre si bas.

XII.

Τρυγ*.

SYC.*

Le perfide a pleuré.
— C'est faux : j'ai ri. Les voisins m'ont vu rire.
Je suis navré de voir comme on déchire

Les hommes purs. Appelez mon portier ;
Informez-vous de quartier en quartier,
Comme Phœax* marmottant vos louanges
Le nez en l'air j'allais riant aux anges.

EPIST.*

— L'a-t-ou vu rire? est-il vrai qu'il ait ri?

(ἐκ τῶν τοῦ E. β.*)

. Ce n'est pas ainsi qu'écrivait Mo... toujours des nouveautés, etc. Toutes objections, critiques, jugements, qui pleuvront de tous côtés. Qu'a besoin pour les faire ni de savoir, ni d'esprit, ni de réflexion, ni de goût : il ne faut qu'être sot ; et les sots abondent cette année.

Ἴζω νῦν, θεῶν ὅρκος, etc.

Recevez tous ce serment, que je renonce à la paix, etc... que toute ma vie je combattrai, etc..

NOTES

NOTES

ÉLÉGIES

ÉLÉGIE I, *page 9.*

Le manuscrit confié au premier éditeur en 1819 n'a poin
été rendu.

Page 9, vers 1.

Sous le nom d'Abel, c'est du chevalier, devenu depuis marquis de Pange (Marie-François-Denis), qu'il veut parler,
celui des trois frères de Pange qui écrivait dans le *Journa*
de Paris en 1791, et signait François de Pange.

ÉLÉGIE II, *page 10.*

Cette élégie n'est pas une simple imitation de Bion ; c'est
la paraphrase de la IIIᵉ Idylle de ce poëte, dans les *Ana-*
lecta de Brunck, t. I, p. 387, et la Vᵉ dans la collection

grecque de Didot. Le manuscrit de cette pièce n'a pas été rendu.

ÉLÉGIE III, *page 11.*

Cette élégie était composée de plusieurs morceaux que le premier éditeur a réunis, mais qu'il n'a pas rendus.

Page 12, vers 14.

Contrairement à l'édition de 1819, conforme au manuscrit et à toutes les éditions postérieures, celle de 1862 veut que le vers soit ainsi fait :

Et les chœurs d'Apollon méconnaissent *sa* voix.

Ce n'est pas la voix de la lyre qui chante dans les chœurs d'Apollon, mais celle du poëte, et c'est bien ainsi que l'auteur a entendu l'exprimer.

Page 13, vers 2.

Le manuscrit et toutes les éditions portent ce vers tel qu'il est ici. L'édition de 1862 est la seule où l'on dit que l'inversion rend la pensée obscure; l'éditeur, pour la rendre plus claire, proposerait de faire ainsi le vers :

Amer est de pleurer *pour une belle absente.*

Correction heureuse, comme on peut le voir, et d'une harmonie poétique à la manière de Ronsard.

Page 13, vers 17.

Le premier éditeur, dans les éditions postérieures à celle de 1819, a cru pouvoir corriger ce vers et mettre :

De ta chère beauté sécher toute la fleur.

Les éditeurs n'étaient pas *heureux* dans leurs corrections.

ÉLÉGIE IV, *page 14.*

Manuscrit non restitué.

Page 16, vers 21.

Dans les éditions postérieures à celle de 1819, le premier
éditeur a changé le vers ainsi :

Je suis là. C'est moi seul qui d'un *transport soudain.*

ÉLÉGIE V, *page 17.*

Manuscrit non restitué.

ÉLÉGIE VI, *page 18.*

Manuscrit non restitué. Cette élégie fut écrite pendant la
maladie de l'auteur et avant son départ pour la Suisse.

Le manuscrit ne porte aucun titre. Le premier éditeur en
a ajouté un aux éditions postérieures à celle de 1819, en
mettant : *Aux frères de Pange.*

ÉLÉGIE VII, *page 20.*

Manuscrit non restitué. André avait vingt-deux ans lorsqu'il composa cette élégie, au printemps de 1784, en partant
pour la Suisse et l'Italie avec les deux frères Trudaine, ses
amis d'enfance.

Le manuscrit ne porte point de titre. Le premier éditeur
en a ajouté un aux éditions postérieures à celle de 1819, parce
que c'est aux frères de Pange qu'elle s'adresse.

Page 20, vers 8.

Le premier éditeur a fait ainsi ce vers dans les éditions postérieures à celle de 1819 :

Biens *sans qui tous les biens* n'offrent point *de douceurs.*

Page 21, vers 1.

André venait d'éprouver une grave attaque de la maladie dont il était atteint. (Voy. la notice.)

Page 21, vers 21.

Les jeunes voyageurs se promettaient de visiter la Grèce et Constantinople, qu'André a désiré toute sa vie revoir ; mais ces beaux projets de voyage ne se sont point réalisés. André n'est point allé en Grèce et n'est point retourné à Byzance où il était né. Après avoir parcouru la Suisse et l'Italie, il revint à Paris avec ses amis Trudaine.

Page 21, vers 26.

Les éditions postérieures à celle de 1819 portent, contrairement au manuscrit :

Ce que lui porte l'heure ou *l'instant qui va naître ?*

Page 22, vers 9.

MM. Trudaine et André devaient employer deux années à accomplir le voyage dont ils avaient ensemble dressé le plan. On devait passer un an en Suisse et surtout en Italie, puis la seconde année voir toute la Grèce et Constantinople. Ce dernier voyage ne s'est jamais effectué.

Page 22, vers 21.

Les éditions postérieures à celle de 1819 donnent, par erreur, le vers ainsi fait :

Nous renvoyait chercher la ville et les *plaisirs.*

Page 22, vers 24.

On ne s'explique pas que le premier éditeur, dans les éditions postérieures à celle de 1819, ait voulu, contrairement au manuscrit, imprimer :

Nous disputions encor, *de la gloire et des belles.*

ÉLÉGIE VIII, *page 23.*

Manuscrit non restitué. Cette élégie a été composée au retour du voyage de Suisse et d'Italie.

Page 24, vers 19.

Malgré l'édition de 1819, qui est conforme au manuscrit, le premier éditeur a refait comme il suit ce vers dans les éditions postérieures :

A laquelle, *au hasard, sans crainte, sans apprêt.*

Page 24, vers 21.

Ce vers a été arrangé de cette manière par le premier éditeur :

On puisse *dévoiler son âme tout entière.*

ÉLÉGIE IX, *page 25.*

Manuscrit non restitué.
Cette pièce ne porte pas de titre.

Page 27, vers 12.

Ce vers tel qu'il est ici a été ainsi modifié dans les éditions postérieures à celle de 1819 :

> *Mollement, sans apprêt; et la gaze ou le lin.*

Page 27, vers 25.

Après l'édition de 1819, le vers a été ainsi changé :

> Non : *en la dépouillant de ses cordes guerrières.*

———

ÉLÉGIE X, *page 23.*

Manuscrit non restitué. Il ne portait aucun titre.

Page 23, vers 12.

Les éditions postérieures à celle de 1819 portent :

> *Où de jeunes rosiers,* etc.

Page 29, vers 16.

Les éditions postérieures à celle de 1819 donnent :

> . . . . . *un matin de printemps.*

———

ÉLÉGIE XI, *page 32.*

Manuscrit non restitué.

Page 32, vers 15.

Le premier éditeur, en 1819, a mal lu et n'a pas compris
la pensée; il a fait imprimer :

Mais présent, *à ses pieds,* etc.

Il faut présente, qui fait antithèse avec absente, du vers précédent, et qui se rapporte à Camille et non pas au poëte.

C'est avec raison que les éditions postérieures à 1819 ont mis *présente.*

Page 32, vers 16.

En 1819, le premier éditeur a lu *des* au lieu de *les.* Ce sont les songes vains dont il vient de parler, et non pas des songes vains, en général. C'est bien à dessein que l'auteur a écrit *les* songes vains.

ÉLÉGIE XII, *page 33.*

Manuscrit non restitué.

ÉLÉGIE XIII, *page 35.*

Manuscrit non restitué. Le premier éditeur avait d'abord ndiqué que cette élégie était imitée d'une Idylle de Moschus. Plus tard, en 1841, il corrigea cette erreur en disant que c'était la XVIe *Idylle* de Bion. C'est la XIe et non la XVIe. André avait sous les yeux l'édition de Brunck, t. I, p. 392. C'est la IXe dans l'édition de Didot.

ÉLÉGIE XIV, *page 35.*

Manuscrit non restitué.

Page 36, vers 5.

Cette élégie fut composée après le retour de Londres dans les premiers mois de l'été de 1791.

Page 38, vers 5.

Julie. — *Héloïse* de J. J. Rousseau. *Clarisse Harlowe,* de Richardson. *Clémentine,* du roman de Charles Grandisson, du même Richardson. Ces deux romans anglais étaient fort à la mode à la fin du xviiie siècle.

ÉLÉGIE XV, *page 39.*

Manuscrit non restitué.

ÉLÉGIE XVI, *page 41.*

Manuscrit non restitué.

Page 41, vers 6.

Après 1819, le premier éditeur a fait cette correction :
Hélas ! bientôt le char des rapides années.

Page 42, vers 10.

Montigny, terre de la famille Trudaine, à quinze lieues de Paris. Ses bois antiques, ses beaux ombrages ont disparu. Cette belle propriété, passée à la mort des deux frères Trudaine, immolés le 8 thermidor an II (1794), entre les mains de la famille Courbeton, a été vendue, acquise par lord Stacpool, puis revendue et démembrée ; elle n'existe plus.

Page 42, vers 11.

Mareuil. Cette terre appartenait à la famille de Pange. Comme elle n'avait été ni confisquée, ni vendue pendant l'émigration, elle fut rendue, sous la Restauration, au marquis de Pange (Marie-Jacques-Thomas, le plus jeune des trois frères), qui la vendit pour racheter la terre de Pange près Metz, aliénée à titre de bien national d'émigré. Cette terre de Mareuil était un bien propre à M. de Pange le père. Il y avait non loin de là, de l'autre côté de Châlons-sur-Marne, une autre terre qui appartenait en propre à Mme de Pange, la mère, née demoiselle d'Espinoy, et où les enfants et André allaient quelquefois, mais plus rarement qu'à Mareuil. Cette terre s'appelait Songy. Le plus jeune des trois frères était désigné sous le nom de chevalier de Songy.

Page 42, vers 15.

Ces vers sont gravés sur le devant du buste d'André, fait par David d'Angers.

Page 42, vers 28.

Dans l'édition de 1833, l'éditeur a mis :

Où l'on coule une vie innocente et facile.

Page 43, vers 1.

Le premier éditeur a refait ainsi ce vers :

A *l'amitié* sincère, à de tendres *faiblesses.*

Page 43, vers 26.

Dans les éditions postérieures à celle de 1819, le premier éditeur a cru devoir modifier ce vers de cette manière :

Dont l'or n'achète point l'amour et les caresses.

Page 44, vers 7.

Abel, le second des trois frères de Pange.

Page 44, vers 22.

Le premier éditeur, dans les éditions postérieures à celle de 1819, a changé la pensée de l'auteur, en mettant :
Qui m'écoute ou qui m'aime, ou qui me laisse aimer.

ÉLÉGIE XVII, page 44.

Manuscrit non restitué.

Page 45, vers 19.

Le premier éditeur, après avoir exactement imprimé ce vers en 1819, plus tard l'a corrigé ainsi :
Car, dans cette saison de chaleur *étouffée,*
prêtant à l'auteur une pensée qu'il n'a pas eue et lui imputant une faute de français. On ne dit pas une *chaleur étouffée,* mais bien une chaleur étouffante, tandis que l'on peut dire poétiquement une saison de chaleurs étouffée.

ÉLÉGIE XVIII, page 46.

Manuscrit non restitué.

ÉLÉGIE XIX, page 48.

Manuscrit non restitué. Ce n'est que dans les éditions postérieures à celles de 1819 et 1833 que l'éditeur a mis en tête : *Au marquis de Brazais.* — Il n'y a aucun titre.

Page 49, vers 10.

L'édition critique de 1862 croit voir, dans ce vers, une allusion à une épigramme de Sappho que l'auteur aurait traduite en vers. Le premier éditeur a prétendu que c'était une ode. (Voy. la notice.)

Page 50, vers 9.

·L'édition critique de 1862 a détaché les vingt premiers vers de cette pièce pour les annexer aux fragments du poëme de l'*Art d'aimer.* Dans cette édition, on accuse ·le premier éditeur d'avoir fait *cette couture.* C'est à tort; ici le premier éditeur n'a rien mêlé; il a mis à la fin de cette élégie, dont l'édition critique fait une épître, les vingt vers que l'auteur lui-même avait écrits à la suite, et qu'il entendait mettre dans cette pièce marquée par lui du signe non douteux ἴλεγ. La confusion, cette fois, ne vient pas du premier éditeur. L'édition critique se fait remarquer par une classification qui lui est particulière et qui est plus contraire encore au plan de l'auteur que tout ce qu'a fait le premier éditeur.

ÉLÉGIE XX, *page 51.*

Manuscrit non restitué.

Page 51, vers 19.

Allusion à la maladie dont l'auteur était atteint.

ÉLÉGIE XXI, *page 52.*

Manuscrit non restitué.

Page 53, vers 19.

L'édition critique de 1862 signale l'édition de 1839 comme donnant ce vers :

Laisse couler sa vie et n'y pense jamais.

Ce doit être une faute typographique, car l'édition de 1841 donne le vers tel qu'il est ici.

Page 55, vers 5.

Après l'édition de 1819, le premier éditeur a corrigé ainsi ce vers :

Elle entendra mes cris, etc.

ÉLÉGIE XXII, *page 55, vers 7.*

Le premier éditeur a mis ici le nom de Camille :

Tu dors, belle Camille, et c'est toi mon amour.

Page 56, vers 3.

Le premier éditeur, après avoir imprimé ce vers exactement en 1819, l'a reproduit de cette manière en 1833 et 1841 :

Tu verras, comme moi, si mon cœur est paisible.

Ce qui est un contre-sens.

Page 56, vers 9.

Le premier éditeur a arrangé ce vers pour continuer d'employer le nom de Camille :

O Camille, *tu dors ! tes* doux *yeux sont fermés.*

Page 36, vers 23.

L'éditeur, en 1841, a changé ainsi ce vers :
Pourquoi ce cœur est-il si facile *aux blessures?*
Il l'avait imprimé exactement en 1819 et 1833.

Page 57, vers 7.

Le premier éditeur avait d'abord modifié ce vers en 1819 :
Celle qu'on ne voit point sans dire : « Qu'elle est belle ! »
Puis, en 1841, il a fait cette nouvelle correction :
Celle qu'on ne voit pas sans dire : « Qu'elle est belle! »

Page 58, vers 2.

Le premier éditeur avait imprimé en 1819 :
Qu'est-ce enfin qu'un de moins dans un *peuple d'amants ?*
On brigue ses regards, elle s'aime et s'admire.
En 1839, il a mis :
Qu'est-ce alors qu'un de moins dans un *peuple d'amants?*
On brigue ses regards, elle s'aime, s'admire.

Page 58, vers 4.

Ces vers ont été retranchés par le premier éditeur en 1819 :
ils manquent dans toutes les éditions publiées postérieure-
ment.

Page 58, vers 14.

Le premier éditeur, en 1839, avait rattaché ces vers à
l'Élégie III, sans rétablir les dix vers qui les précèdent.

ÉLÉGIE XXIII, *page 59.*

Manuscrit non restitué.

Page *59, vers 11.*

Après avoir exactement imprimé ce vers en 1819, le premier éditeur a trouvé plus poétique de le corriger de cette manière :

En ses brillantes *nuits Cithéron n'a jamaïs.*

Il semble n'avoir pas senti que l'épithète *bruyante* se rapporte aux mystères de Bacchus.

Page 60, *vers 18.*

Après avoir fait imprimer en 1819 ce vers exactement, le premier éditeur l'a refait en mettant :

Et toujours pardonner en demandant *pardon.*

Ce qui ressemble à un jeu de mots, et rappelle le sonnet 'Oronte, dans *le Misanthrope :*

*Belle Philis, on désespère
Alors qu'on* espère toujours.

ÉLÉGIE XXIV, *page 61.*

Toutes les éditions publiées ont retranché les dix premiers vers.

Page 61, *vers 11.*

Le premier éditeur avait fait ainsi ce vers :

Reine de mes banquets, que Lycoris y vienne.

Page 61, vers 21.

Le premier éditeur avait imprimé :
Que Phryné *sans réserve,* etc.

Page 62, vers 6.

Le premier éditeur a imprimé :
Du mobile *univers,* etc.

Page 63, vers 28.

Ici s'arrêtent les 90 vers dont André fit l'analyse critique qui suit.

La première partie du manuscrit n'a point été rendue ; celle que j'ai porte les dix premiers vers, puis reprend au 53ᵉ, et donne le reste des 90, chiffrés par André lui-même de cinq en cinq vers.

Toutes les éditions se terminent par huit vers qui sont sur le manuscrit non restitué.

Page 64, ligne 2 de l'analyse.

Vers 41, page 265, de l'édition de *Properce* de Broukhusius, 1727, in-4°. C'est le livre même que possédait André et que je possède aujourd'hui.

Page 64, ligne 13.

Le vers d'Ovide est :
Si vox est, canta : si mollia brachia, salta.
De arte amandi, lib. I, v. 595.

Page 64, ligne 15.

Properce, liv. III, Élég. III, v. 42-43.

Page 64, ligne 19.

Ce vers est le premier de l'Élégie XXIV des éditions de 1819 et de 1841, mais le premier éditeur a cru pouvoir y faire ce changement:

Reine de mes banquets, que Lycoris y vienne.

Je ne puis expliquer et pourquoi ce changement et pourquoi il a omis les vers qui précèdent, lesquels étaient la traduction de ces deux vers de Properce:

Me juvat in primâ coluisse Helicona juventâ,
Musarumque choris implicuisse manus.

Page 65, ligne 5.

Properce, vers 21 et 22.

Page 65, ligne 6.

N'est point dans l'Élégie imprimée; c'est la première pensée de l'auteur.

Page 65, ligne 9.

N'est point dans l'Élégie imprimée; c'est la première pensée de l'auteur.

Page 65, ligne 24.

Le premier éditeur, en 1819 comme dans les autres éditions postérieures, a mis le nom de Phryné au lieu de celui de Laïs.

Page 66, ligne 11.

Le premier éditeur a changé le commencement du premier vers et il a mis:

Du mobile univers, etc.

Page 66, ligne 14.

Properce, lib. III, Élég. III, v. 47-48.

Page 66, ligne 21.

Ovid., *Métamorph.*, liv. I, v. 13-14.

Page 66, ligne 23.

Virg., *Géorg.*, lib. II, v. 479-480.

Page 67, ligne 3.

Virg., *Géorg.*, lib. III, v. 107.

Page 67, ligne 4.

Properce, lib III, Élég. III, v. 13.

Page 67, ligne 10.

Virg., *Géorg.*, lib. I, v. 246.

Page 67, ligne 16.

Virg., *Géorg.*, lib. I, v. 404 et seq.

Page 67, ligne 17.

Prédiction des tempêtes.

Page 67, ligne 23.

Virg., *Géorg.*, lib. I, v. 2.

Page 67, ligne dernière.

Virg. *Géorg.*, lib. I, v. 53-54.

Page 68, ligne 5.

Virg., *Églog.*, I, ɤ. 53.

Page 68, ligne 9.

Les seuls passages de Tibulle auxquels ressemblent les vers dont parle André sont ceux-ci :

> . . . . . *Ut autumno candida mala rubent.*

Lib. III, Élég. IV, v. 34, page 319.

Talis in æterno felix Vertumnus Olympo
Mille habet órnatus, mille decenter habet.

Lib. IV, Carm. II, v. 13-14, page 386, édit. in-4°, 1708.

Page 68, ligne 11.

Cette analyse critique fait vivement regretter le complément de ces 90 vers dont le premier éditeur n'a inséré que des lambeaux dans l'Élégie XXV de l'édition de 1819 et XXIV de celle de 1839, lambeaux reproduits ensuite dans les éditions postérieures.

ÉLÉGIE XXV, *page 68.*

Le premier éditeur a choisi et imprimé un seul fragment de cette Élégie qui en a plusieurs.

Page 68, vers 1.

Après l'édition de 1819, conforme au manuscrit, le même éditeur a mis dans les éditions postérieures :

> *S'ils n'ont point de bonheur, en est-il sur la terre ?*

Page 69, vers 2.

Le premier éditeur a changé le premier hémistiche de ce

vers, en le remplaçant par le dernier hémistiche de l'un des deux vers supprimés par lui.

Page 70, vers 5.

Ce vers et celui qui le précède sont ceux que le premier éditeur a supprimés. Ils forment ici une seconde version du même sujet. La suppression n'avait été opérée que pour ne point laisser de lacune entre les différents fragments dont cette pièce se compose.

Page 70, vers 7.

C'est pour faire disparaître la lacune dont on vient de parler que le premier éditeur a arrangé ainsi ces vers :

Flore embaume les airs ; ils n'ont que de beaux cieux.
Aux plus arides bords Tempé rit à leurs yeux.

ÉLÉGIE XXVI, page 72.

Manuscrit non restitué. — Cette Élégie fut composée après le retour d'Italie, vers la fin de 1785 ou le commencement de 1786.

Page 73, vers 4.

Le premier éditeur, en 1839, a imprimé :

Peu contente *le pauvre,* etc.

ÉLÉGIE XXVII, page 73.

Manuscrit non restitué.

ÉLÉGIE XXVIII, *page 76.*

Manuscrit non restitué.

ÉLÉGIE XXIX, *page 78.*

Manuscrit non restitué. — Cette pièce ne porte aucun titre. Vers 5, il s'agit du troisième frère de Pange, celui qui est mort le 5 octobre 1850 et qui avait les prénoms de Marie-Jacques-Thomas.

Page 78, dernier vers.

Le premier éditeur a lu ainsi ce vers :

Nous répétons à peine un *maître* et *ses leçons.*

ÉLÉGIE XXX, *page 79.*

Manuscrit non restitué.
Cette Élégie a été imprimée sans titre en 1819. C'est depuis que l'on avait cru devoir mettre en tête : *A Lebrun.*

Page 81, vers 27.

Les éditions postérieures à celle de 1819 portent :

Lassés de leurs plaisirs, qu'aux feux de mes pinceaux.

ÉLÉGIE XXXI, *page 82.*

Manuscrit non restitué.
L'auteur n'a point mis de titre.

Page 82, vers 3.

Les éditions postérieures à celle de 1819 donnent ainsi ce vers et le suivant :

N'a besoin ni *du fer qui veille autour des rois,*
Ni *des* traits *dont le Scythe a rempli son carquois.*

ÉLÉGIE XXXII, *page 84.*

Manuscrit non restitué.

Cette pièce a été imprimée sans titre dans les éditions de 1819 et de 1833. Dans les éditions postérieures, on a mis : *A Lebrun.*

L'édition critique a placé cette pièce aux épîtres. L'auteur a mis sur son manuscrit ἡλιγ. Signe certain pour connaître sa pensée.

Page 85, vers 25.

Le premier éditeur, après avoir imprimé en 1819 et en 1833 ces deux vers tels qu'ils sont ici, les a refaits de cette manière :

De cygnes dont Vénus égaye *ses rivages*
Et se plait à parer *les eaux de ses bocages.*

Il a cru devoir corriger pour faire disparaître la licence qu'André s'est permise en mettant : se *plaire de,* au lieu de : se *plaire d.*

Page 86, vers 12.

Dans les éditions postérieures à celles de 1819 et 1833, l'éditeur a changé de cette façon ces deux vers :

C'est celui *qui bientôt, loin des yeux du vulgaire,*
Va graver *sa mémoire aux fastes d'Hélicon.*

Page 86, dernier vers.

Œuvres de Lebrun, liv. III, Ode IX.

Page 87, vers 6.

Ibid. liv. V, Ode XV.

Page 87, vers 8.

Ibid. liv. I, Épît. I.

ÉLÉGIE XXXIII, *page 88.*

Manuscrit non restitué.

Cette Élégie est une imitation de la troisième Ode d'Ana-
créon.

> *Analecta vet. poet. græc.* de Brunck, t. I, p. 80.

Page 88, vers 2.

L'édition critique de 1862 fait très-judicieusement remarquer que cette pièce n'est point adressée à Daphné, comme
l'a mis le premier éditeur; mais elle ajoute : *Partout où
M. de Latouche a mis Daphné, nous avons rétabli d'—r...(d'Arcy)
d'après le manuscrit, dont on peut voir un fac-simile au premier
volume des œuvres de M. J. Chénier, édition de 1824 et 1826.*
Précisément, c'est jouer de malheur pour l'édition critique :
le fac-simile, qui est la reproduction exacte du manuscrit, ne
porte pas D'.r... mais bien D'.z... et le z est tellement net,
qu'il n'y pas possibilité de s'y méprendre pour ceux qui
savent lire l'écriture d'André. Ainsi voilà encore le nom de
d'Arcy renversé une fois. Ce n'est pas de cette dame, que la
seconde édition critique de 1872 appelle d'Arcy, immolée
gratuitement et sans raison à la curiosité anecdotique des

fureteurs d'aventures galantes, qu'il s'agit ici, mais bien
d'une autre, Anglaise d'origine, dans le nom de laquelle il
entre un z.

Voilà un bien intéressant problème à résoudre!... bien
important surtout!

Page 89, vers 3.

Le premier éditeur, n'ayant pas voulu laisser une initiale a
mis le nom de Daphné.

Page 89, vers 19.

Même observation que ci-dessus.

Page 90, vers 4 et 10.

Même observation que ci-dessus.

ÉLÉGIE XXXIV, page 90.

Manuscrit non restitué.

ÉLÉGIE XXXV, page 91.

Manuscrit non restitué.

ÉLÉGIE XXXVI, page 94.

Le premier éditeur a choisi le plus grand des fragments
dont se compose cette Élégie et ne l'a point restitué.

L'auteur n'a mis aucun titre. Le premier éditeur a d'abord
mis : *Imité d'Asclépiade,* puis, en 1841, il a donné pour titre :
La Lampe.

Les différents fragments qui composent cette Élégie, presque entièrement puisée dans Asclépiade, n'ont pu être exactement liés entre eux par le premier éditeur, qui n'a pas saisi
les signes de reconnaissance. Ce manuscrit offre, en plusieurs
endroits, des interruptions dans les vers. La suite ne se rencontre qu'après des citations d'Asclépiade, placées de manière,
quand on n'y regarde pas avec une grande attention, à faire
croire qu'il ne s'agit pas du même sujet. Cependant des
lettres alphabétiques, ou un chiffre, révèlent la pensée de
l'auteur et font suivre ses idées. Un morceau qui se trouve
sur l'autre côté de la même feuille et qui porte ces mots de
convention : ἐλεγ. in προθυραίας μ... ou bien : μελοθεσίας,
indique qu'il appartient au commencement de cette Élégie.
Enfin, le complément en prose intercalé dans les vers présente l'ensemble exact de cette pièce où André a imité admi-
rablement le poëte grec.

Les cinq vers qui terminent cette Élégie ont été placés
par le premier éditeur, en 1841, parmi les poésies diverses.

Page 95, vers 4.

Le premier éditeur a imprimé :

L'ingrate s'est livrée aux bras *d'un autre amant.*

Page 96, vers 2 et 3.

Le premier éditeur, en 1819, avait mis :

De ta prison de verre éclairais nos tendresses,
C'est toi qui *fus témoin de ses douces* promesses.

Page 96, vers 8.

Le premier éditeur a fait cette inversion :

Près de son lit, c'est moi *qui fis veiller les feux.*

Page 96, vers 14.

Le premier éditeur a refait ce vers ainsi :

Montrant à d'autres *yeux que tu guides sur elle.*

Page 97, vers 25.

Le premier éditeur avait imprimé :

La vit sous tes baisers dormir et *s'éveiller.*

Page 98, vers 5.

Le premier éditeur a mis :

Du moins, pour réveiller dans leur profane sein.

Page 98, vers 14.

Les quatre vers qui suivent avaient été retranchés par le premier éditeur : ils manquent dans toutes les éditions postérieures.

ÉLÉGIE XXXVII, page 99.

Manuscrit non restitué.

Page 100, vers 7.

Le premier éditeur n'a pas pu lire l'*n* qui commence le vers, et il l'a imprimé ainsi :

Était-ce rien qu'un piége ? etc.

Ce qui a fourni à l'édition critique de 1862 la matière d'une observation, et l'occasion de créer le verbe *ellipser* qui n'existe pas dans la langue française. L'édition de 1872, ne maintient pas la création.

Page 102, dernier vers.

L'éditeur de 1819 et de 1833 a imprimé ce vers tel qu'il
est ici. L'édition critique de 1862 relève avec raison la
correction malheureuse faite par l'éditeur de 1826, mais ne
parle pas de l'édition de 1841, dans laquelle on trouve, comme
en 1826, le vers avec ce contre-sens :

Sans même les entendre, et rirai *de vos pleurs.*

ÉLÉGIE XXXVIII, *page 103.*

Manuscrit non restitué. Cette élégie est du mois d'avril
1789. André était alors secrétaire de M. de la Luzerne et à
Londres.

Page 104, vers 8.

Le premier éditeur, après avoir, en 1819 et 1833, imprimé
exactement ce vers, l'a refait ainsi en 1841 :

Ah! je voudrais jamais n'avoir *reçu le jour.*

Page 104, vers 15.

André rappelle à ses amis les lieux qu'ils ont visités
ensemble lors de leur voyage en Suisse et en Italie en 1785.

Page 104, vers 22.

L'auteur a écrit Hasly; le premier éditeur a mis : *Assly.*

Page 105, vers 2.

En 1833, l'éditeur a mis :

Ou de son flanc presser l'herbe odoriférante.

En 1841, il s'aperçut que sa correction n'était pas heureuse
et il rétablit le vers tel qu'il est.

Page 105, vers 23.

L'auteur était alors en Angleterre et il écrivait ces vers en avril 1789.

Page 105, vers 25.

Après avoir imprimé en 1819 et en 1833 ce vers tel qu'il est page 105, on ne comprend pas pourquoi, en 1841 on a donné ce vers ainsi fait :

J'irai : je veux encor revoir *ce rivage.*

Le sens est contraire à celui de l'auteur et, en outre, ce vers a cessé d'en être un.

ÉLÉGIE XXXIX, *page 106.*

Imité d'Ovide, Élég. X, lib. II *Amorum,* v. 29 et seq.

ÉLÉGIE XL, *page 107.*

Manuscrit non restitué.

Le premier éditeur a fait comprendre ce morceau en 1819; il l'a fait réimprimer en 1833 et partout le troisième vers est exactement tel qu'il est ici. C'est à tort que l'édition critique de 1862 prétend que l'édition de 1833 donne ainsi ce vers:

Je devais une fois au *moins pour la punir.*

Cette édition porte *du* moins et non pas *au* moins.

Page 108, vers 4.

En 1833, le premier éditeur a bien lu et fait imprimer ce vers comme en 1819:

Je viens lui pardonner, et c'est moi qu'elle accuse.

C'est à tort que l'édition critique prétend qu'il y a : Je

veux. L'édition de 1833 ne contient pas l'erreur qu'on lui reproche.

Page 108, vers 9.

On ignore où l'édition critique de 1862 a puisé le texte de ces deux vers qu'elle donne ainsi :

Et pour la paix il faut que *d'avoir eu raison,*
Confus et repentant je demande *pardon.*

L'édition de 1839 contient ce dernier hémistiche :

O Camille ! Camille !

inventé par le premier éditeur. L'édition de 1833 ne le porte point.

ÉLÉGIE XLI, *page 108, vers avant-dernier.*

L'auteur a écrit à la suite de cette Élégie ces mots pour indiquer où il a puisé ces jolis vers :

Ad imitationem Callimachi quodam modo compositum, dum in fragmentum incido ex elegis venustissimum, quod est in collectione Bentleiana 67.

Ce fragment d'Élégie de Callimaque se trouve dans l'édition de ce poëte grec donnée par Ernesti, 1761, t. I, p. 440, où sont réunis, par Bentley, tous les fragments d'élégies.

ÉLÉGIE XLII, *page 109, vers 4.*

Les éditions critiques placent ce morceau aux poésies diverses.

Le premier éditeur, en 1819, ayant changé ce vers et mis :

D'un douloureux affront ne peuvent nous *défendre,*

toutes les éditions subséquentes portent *nous* au lieu de *le.*

Page 109, vers dernier.

Ce vers et celui qui le précède ont été retranchés dans toutes les éditions.

———

ÉLÉGIE XLIII, *page 110.*

Manuscrit non restitué.

———

ÉLÉGIE XLIV, *page 110.*

Manuscrit non restitué.

———

ÉLÉGIE XLV, *page 111.*

Manuscrit non restitué.

———

ÉLÉGIE XLVI, *page 112, vers 5.*

L'éditeur, en donnant pour la première fois ce morceau dans l'édition de 1841, a mal lu ce vers; il a mis :

Le même, *en cette grotte, où l'autre jour au frais.*

Ce qui n'offre aucun sens : il y a dans le manuscrit:

La mène, etc.

Page 112, vers 8.

Le manuscrit porte *d'où,* mais c'est par une inadvertance de l'auteur qui crut écrire *dont.*

ÉLÉGIE. XLVII, *page 112, vers 12.*

Le premier éditeur a publié, pour la première fois, ce morceau dans l'édition de 1841, en retranchant ce vers. Il indique, par une ligne de points, une lacune qui n'existe pas.

Sans le vers supprimé, la pensée est incomplète. Il est évident qu'après avoir flatté, gémi, pleuré, prié, pressé, il aurait été amené à dire qu'il avait tort de se plaindre et que c'était lui le coupable. Cet ordre d'idées conduit naturellement à cette réflexion :

Que l'amour au plus sage inspire de folie!

ÉLÉGIE XLVIII, *page 113.*

Au second vers de cette Élégie, le premier éditeur a lu et imprimé :

Je suis vaincu; je suis au joug d'une cruelle.

Page 113, vers 8.

Après ce vers, il y a, dans le manuscrit, une lacune pour des vers que l'auteur n'a point faits et qui se seraient liés aux quatre derniers.

ÉLÉGIE XLIX, *page 114, vers 1.*

Le premier éditeur a imprimé, en 1841:

Eh! *le pourrais-je au moins?* etc.

ÉLÉGIE L, *page 115, vers 3 et 4.*

Le premier éditeur, en imprimant ce morceau, pour la première fois en 1841, a supprimé le premier hémistiche et mis après des points :

.   .   .   *ainsi l'Allobroge recèle,*
Sur ses monts, de l'hiver la patrie éternelle.

Ce qui n'a aucun sens avec le vers qui suit et le reste du morceau.

Page 115, vers 6.

Le même éditeur a aussi imprimé :

Sur d'arides sommets le voyageur poiré.

ÉLÉGIE LI, *page 116, ligne 2.*

L'auteur avait d'abord fait cette phrase ainsi :

O! terres favorables aux arts, aux vertus!

Page 116, vers 1.

Ce vers, dont le premier hémistiche a un pied de moins, a été complété par le premier éditeur en 1841 ; il a ajouté la conjonction *et* au commencement.

Page 116, vers 10.

L'éditeur de 1839 a complété ce vers de cette manière :

Et son chant retentit dans le fond de mon cœur.

Ces dix vers sont écrits à la suite les uns des autres comme de la prose. L'auteur, en esquissant ce canevas d'une pièce qu'il n'a point achevée, les a faits, pour ainsi dire, sans s'en douter. Il voulait seulement consigner ses pensées dans une note et les vers sont tombés de sa plume. Ce qui prouve l'exactitude de cette observation, c'est le premier et le dernier vers, qui sont imparfaits; puis, après ce dernier vers, il a écrit, à la suite, et sans aucune interruption, les lignes qui sont rapportées :

Alors mon visage s'enflamme, etc.

Page 117, ligne 4.

L'éditeur, en 1841, a cru devoir retrancher tout ce qui est compris entre ces mots :

Je n'aurais point fait des arts d'aimer ; et ceux-ci : *Je serais mort à Utique d'un coup de poignard,* parce qu'il a pensé, sans doute, que les vingt vers commençant ainsi :

Des belles voluptés la voix enchanteresse, etc.,

n'étant que l'exécution de ce canevas, il devenait inutile de reproduire le thème en prose. Cependant cela était d'autant plus nécessaire, que l'auteur y fait connaître toute sa pensée, et que cette esquisse, tracée en 1784, révèle les idées qui préoccupaient le jeune poëte. André rêvait alors au voyage d'Italie et de Grèce avec les deux frères Trudaine. Son imagination le transportait déjà, non-seulement en Italie, mais en Grèce, où il n'alla point.

Page 117, ligne 18.

Ce dernier vers fut rayé, sur le manuscrit, par Mᵐᵉ de Chénier la mère, peu de mois après la mort d'André, alors qu'elle était encore sous l'influence des idées qui accusaient David d'avoir contribué à la persécution dont fut victime le jeune poëte qui lui avait dédié *le Jeu de paume.*

Page 117, ligne 19.

Après le vers relatif à David, vient une lacune, puis les vingt derniers vers de ce morceau dont le plan est indiqué par le canevas en prose. La pièce devait *être faite de verve sur les lieux,* c'est ce qui a induit en erreur l'éditeur de 1839, qui présumait que l'auteur écrivait son canevas en Italie, tandis qu'il se promettait seulement de le mettre à exécution lorsqu'il serait sur les lieux.

ÉLÉGIE LII, *page 118, vers 1.*

L'édition critique de 1862 a voulu aller plus loin que toutes les autres éditions dans les conjectures hasardées; elle suppose qu'il s'agit de Saint-Domingue, et elle donne ce nom. L'auteur n'a mis que des points.

Page 118, vers 9.

Le premier éditeur, en imprimant ce morceau en 1839 pour la première fois, a imaginé ici le nom de *Fanny* au lieu de celui de la même personne que le poëte désigne par D'...z...n, ou D'...z, ou D'... Ici les faiseurs d'anecdotes sont singulièrement en défaut. Les manuscrits n'ont jamais porté D'..r., mais D'...z...n ou D'..z.. ou D'.... Il faut donc renoncer au nom de Mᵐᵉ d'Arcy ou d'Arsy, jeté si légèrement en pâture à la curiosité malsaine du public.

ÉLÉGIE LIII, *page 119.*

L'édition critique de 1862 a ajouté à la confusion déjà introduite par les éditions du premier éditeur. Il a mêlé ces douze vers à ceux de l'Élégie XX, à laquelle ils ne se lient point d'après la pensée de l'auteur. C'est bien un fragment d'élégie à part.

ÉLÉGIE LIV, *page 120.*

Manuscrit non restitué.

Page 121, vers 2.

Les vers qui suivent sont une sorte de variante de la première partie de cette élégie.

ÉLÉGIE LV, *page 122.*

André n'abandonnait pas l'ordre d'idées dans lequel son esprit était entré, sans avoir esquissé plusieurs espèces de compositions de même nature. Il vient de peindre une mère au désespoir d'avoir perdu son enfant ; il va maintenant parler d'hyménée et ensuite d'épouse pleurant sur le tombeau de son mari.

Page 122, vers 10.

Ce fragment et ceux qui le suivent auraient été réliés entre eux pour former une élégie sur l'hyménée où l'auteur aurait célébré la pudeur, la chasteté, et flétri la débauche en empruntant un passage de Tacite qu'il cite.

Page 123, vers 7.

Tacite, *Annal.*, lib. VI, c. IV... *Quia somno aut libidinosis vigiliis marcidus...*, etc., p. 556, édit. elzev. 1672.
Cette esquisse et celle qui la précède furent tracées à Rouen pendant le séjour qu'y fit l'auteur, à plusieurs reprises, en 1792.

ÉLÉGIE LVI, *page 123.*

Le sujet de cette élégie complète l'ordre d'idées dont j'ai parlé plus haut.

Page *123, vers 7.*

C'est la pensée de l'inscription antique, rapportée dans l'Églogue XXXVIII, p. 99, t. I.

Page *124, vers 8.*

L'auteur voulait changer l'épithète *expirante,* car il a rayé le mot ; mais il ne l'a pas remplacé.

Page *124, vers 15.*

Le poëte, comme on l'a vu, s'est mis en scène. Il devait encore ajouter quelque chose pour combler la lacune qui existe et amener la fin qui commence à ce vers :

Dans les champs bienheureux, etc.

ÉLÉGIE LVII, *page 125.*

André, comme l'abeille qui forme son miel du suc de toutes les fleurs, prenait ses sujets de compositions poétiques dans tous les auteurs. Le bon Suisse Gessner, ainsi qu'il l'appelle, devait aussi lui fournir une élégie.

ÉLÉGIE LVIII, *page 125, vers 5.*

Cette élégie, d'un autre ordre de composition, indique, à partir du cinquième vers jusqu'au huitième, que l'auteur avait l'intention de les retrancher. Il avait l'idée de les mettre au poëme de l'*Art d'aimer ;* mais, sur le manuscrit de ce dernier poëme, on trouve la pensée de les replacer dans une élégie.

Page 126, vers 5 et 6.

Le premier de ces vers est la traduction du vers de Tibulle :

Audendum est. Fortes adjuvat ipsa Venus.

(Liv. I, Élég. II, v. 26.)

Le même vers se trouve au poëme de l'*Art d'aimer*, t. II, p. 3, lig. 14.

Le second (vers 6) devait être changé ou retranché avec le vers qui le suit, l'auteur ayant passé sur eux un trait vertical ; mais il ne les a pas remplacés.

Page 126, vers 21.

Ce morceau devait d'abord entrer dans le premier chant du poëme de l'*Art d'aimer*; mais l'auteur retrancha les huit premiers vers qu'il avait seulement écrits avec l'indication du premier chant, et voulut les faire entrer dans une élégie, en les marquant de la syllabe El. (Voy. la fin du premier chant de l'*Art d'aimer*.)

ÉLÉGIE LX, page 127.

Ce mot : *autre,* mis en tête de chacun des deux petits canevas, indique qu'il y aurait eu deux parties dans la même élégie : les promesses de l'espérance et leur accomplissement.

ÉLÉGIE LXIII, page 129.

C'est le livre II, vers 770 et suivants, des *Fastes* d'Ovide, à l'endroit où le poëte latin raconte l'amour qu'a conçu pour Lucrèce le jeune Tarquin, amené près de cette vertueuse femme par son époux Collatin. C'est ce passage d'Ovide qui a fourni à M. Ponsard le sujet de sa tragédie de *Lucrèce*.

Élégie LXIV, *page 129.*

A la fin. Tibul., liv. IV, Élég. V, v. 7. Liv. II, Élég. II, v. 18, 19.

Élégie LXV, *page 130.*

L'auteur a indiqué lui-même ce fragment d'élégie.

Élégie LXVII, *page 131.*

Ces vers devaient être la fin d'une élégie.

Élégie LXIX, *page 132.*

Le poëte a tracé séparément ces fragments distincts d'élégies.

Élégie LXX, *page 133, vers 11 et 12.*

Ces vers indiquent des lacunes qui n'ont point été remplies.

Page 133, vers 15.

Le mot *jamais* de ce vers avait été rayé par le poëte, soit comme trop absolu, soit comme n'ajoutant rien à sa pensée ; mais il ne l'a pas remplacé.

ÉLÉGIE LXXI, *page 134.*

Ce morceau devait être encore une fin d'élégie.

ÉLÉGIE LXXII, *page 135.*

Ces deux fragments, l'un en vers, l'autre en prose, rappellent la pensée des Élégies II et III de Catulle sur l'*Oiseau de Lesbie.*

ÉLÉGIE LXXIII, *page 136.*

Ce fragment devait être une fin d'élégie.

ÉLÉGIE LXXIV, *page 136, avant-dernière ligne.*

Virgile, *Énéide,* liv. VII, v. 279.

Page 137, vers 3.

Ces quatre derniers vers devaient terminer la pièce.

ÉLÉGIE LXXV, *page 138, vers 1 et 2.*

Machaon. Homère, *Iliade,* liv. II, v. 732. — La plante divine est le Séséli, Σέσιλι et l'Arum Ἄρον, dont Pline parle dans son liv. VIII, chap. XXXII. Ces plantes, particulièrement le Séséli, avaient la vertu de ranimer les biches qui en mangeaient après avoir mis bas.

Page 138, vers 4.

En composant ce morceau, l'auteur avait l'intention d'imiter la première élégie de Properce.

Page 138, vers 9.

Konismare. Marie-Aurore, comtesse de Kœnismarck. — Le guerrier scandinave est l'électeur de Saxe, Frédéric-Auguste.

Page 138, vers dernier.

Ce vers et les trois qui le suivent devaient terminer l'élégie dont on vient de lire les fragments.

ÉLÉGIE LXXVI, *page 139.*

Tu ne meam potuisti. (Prop.) L'élégie XXV, vers 9, de Properce devait fournir une élégie sur la perfidie d'un prétendu ami.

Page 140, vers 12.

Ces fragments de quelques vers seraient entrés dans cette pièce que l'auteur avait d'abord composée en employant la seconde personne du singulier; c'était un ami qui était en scène ; puis il a voulu prendre le rôle lui-même, et a corrigé tout ce qui était à la seconde personne pour parler à la première : *moi* remplace *tu*.

ÉLÉGIE LXXVII, *page 141.*

Cette élégie devait être d'une assez grande étendue.

Page *141*, vers *6*.

Un trait passé sur les mots : *qui ne font qu'un,* indique l'idée d'une modification qui n'a point été effectuée.

Page *142*, ligne *1*.

Le mot *traduire* veut dire imiter les différents passages des poëtes érotiques ayant rapport à cette situation, et notamment Ovide et Properce.

ÉLÉGIE LXXVIII, page *145*.

Ce canevas devait fournir la matière d'une élégie assez étendue.

ÉLÉGIE LXXIX, page *145*.

La ville de Marseille devait être le sujet d'une élégie rappelant son antique origine.

Page *146*, ligne antépénultième.

Ici l'auteur revient sur le sujet de la ville de Marseille pour faire un récit dans le goût de Properce.

Page *147*, ligne *3*.

C'est particulièrement la première élégie du livre IV de Properce qui aurait été imitée ; le livre IV est seulement cité ici, parce que le poëte latin a semé dans les onze élégies qui le composent l'histoire des commencements de la ville de Rome. Les sept premières élégies, la neuvième et la dixième auraient fourni des sujets d'imitation.

ÉLÉGIE LXXX, *page 147.*

La Seine devait être le sujet de cette élégie.

ÉLÉGIE LXXXI, *page 147,*

L'auteur n'eût point oublié dans une élégie le bois de Vincennes et le bois de Boulogne.

ÉLÉGIE LXXXII, *page 148, vers 4.*

Suivant le même ordre d'idées, le poëte aurait parlé dans ses élégies de Villefranche et d'Anse; la première, capitale de cette ancienne province, aujourd'hui chef-lieu d'une sous-préfecture du département du Rhône, et la seconde, chef-lieu de canton, sur l'Azzrgue; car le manuscrit porte, en marge des quatre vers qu'on vient de lire, les mots : *Villefranche, Anse,* etc.

ÉLÉGIE LXXXIII, *page 148.*

Sous ce numéro sont réunis tous les éléments qui auraient pu entrer dans les élégies.

Page 151, ligne 16.

Le vers entier de *Lucrèce* est :
Quod putat, in voltuque videt vestigia risûs.

• Page 152, ligne 2.

Horace, liv. III, Ode X, v. 14.
Nec tinctus viola pallor amantium.

Page 153, lignes 8 et 10.

L'Élégie VIII, dont il est question, est celle qui commence par ce vers :

Hunc cecinere diem parcæ fatalia nentes.

La véritable version, d'après Achille Stace et Manuce, c'est :

Crudeles Divi! serpens novus exuat annos!

Page 156, ligne 12.

Je crois que Properce n'a parlé d'éventail de plumes de paon que dans un seul endroit de ses élégies; c'est au vers 59 de l'Élégie XVIII du livre II :

Et modo pavonis caudæ flabella superbi.

André, comme on le voit, ne laissait échapper aucun détail et voulait imiter les anciens dans toutes leurs pensées.

· *Page 157, ligne 1.*

Térence, *Eunuchus,* acte I, scène 1.

Page 158, ligne 5.

Plutarque raconte la légende d'Ibicus assassiné par des voleurs, lequel prend à témoin de sa mort une troupe de grues (et non pas d'oies) qui passait en l'air. — Voy. *Œuvres morales, Traité du trop parler,* t. XIV, p. 82, éd. de Cussac, trad. d'Amyot. — Voy. Plutarque, édit. grecq. de Didot, *Œuvres morales,* t. I, p. 617, c. XIV, οἱ δ'Ἴβυκον ἀποκτείναντες, etc.

Page 158, ligne 15.

Ovid., *Ibis,* v. 51.

ÉLÉGIE LXXXIV, *page 161.*

André avait la pensée de faire des élégies dont le sujet
serait italien ou se rapporterait à l'Italie, et des élégies qui
parleraient de l'Orient ou s'y rattacheraient par des détails.
Il a eu le soin de marquer chacun des fragments qu'il a lais-
sés par deux mots grecs : ἔλεγος ἰταλός et ἔλεγος ἠῶς, qu'il
écrivait de cette manière : ἔλεγ. ἰταλ. et ἔλεγ. ἠῶ.

Page 162, ligne 22.

C'est le vers 43 de l'Élégie XIII, liv. II de Properce :
Sed quascumque tibi vestes, quoscumque zmaragdos.

Page 162, ligne 24.

C'est le vers 27 de la même élégie de Properce.

Page 162, dernière ligne.

C'est une réminiscence d'Horace, Ode IX, lib. I, v. 17 et
suiv.

Page 163, ligne 4.

Comme on le voit, l'Élégie XIII du liv. II de Properce
devait faire, ainsi que l'auteur le disait habituellement, les
frais de cette pièce.

Page 163, ligne 20.

Pensée exprimée par Horace, lib. I, Ode IX, v. 7.

ÉLÉGIE LXXXV, *page 164.*

L'Élégie contre la vieillesse, dont Properce avait fourni

III.   43

l'idée, devait avoir son pendant par l'éloge de la vieillesse dans une autre élégie.

Page 164, vers 12.

L'éditeur de 1841 a imprimé ainsi ce vers :
Pour qui les yeux n'ont point de suave poison.

Page 164, vers 13.

Le même éditeur a retranché ces deux vers.

Page 164, vers 16.

Le même éditeur a donné ce vers :
Ne le voit plus, sitôt qu'il a fermé les yeux.
L'idée peut paraître naïve.

Page 165, vers 5.

Ces deux vers avaient été omis.

ÉLÉGIE LXXXVI, page 166, vers 1.

L'éditeur de 1839 n'a point imprimé ce premier vers.

Page 166, vers 4.

L'éditeur de 1839 n'a point imprimé ce vers.

Page 166, vers 10.

L'édition de 1841 porte :
Ces fleurs dans les cristaux par toi-même attachées

Page 166, vers 13.

L'éditeur de 1841 a fait ainsi ce vers :

Non, plus de jeux *jamais, non, jamais plus d'ivresse,*
ce qui n'a plus de sens.

Page 167, vers 2.

A partir de ce vers, tous ceux qui suivent n'ont point été imprimés.

Page 167, vers 7.

L'auteur avait passé un trait sur l'épithète *envieux,* sans la remplacer par un autre mot.

Page 167, vers 19.

A la fin de cette pièce, l'auteur a écrit le chiffre 32, qui indique, en effet, le nombre de vers dont elle se compose.

Élégie LXXXVIII, *page 168.*

Ce morceau et les quatre qui le suivent sont les derniers fragments relatifs aux élégies italiennes.

Page 168, vers 4.

Si Laure m'a fermé le seuil inexorable.

Ce vers a été modifié par le premier éditeur, qui a substitué le nom de Fanni à celui de Laure, qui est dans le manuscrit.

Élégie LXXXIX, *page 169 et page 170, ligne 2.*

L'auteur veut, pour ce qui doit entrer dans cette élégie,

une *peinture romantique*; ce mot est encore employé ici dans le sens que lui donne J. J. Rousseau.

Page 170, ligne 23.

La même pensée est exprimée de la même manière dans le poëme de l'*Art d'aimer*, chant I, p. 111, v. 8 :

Et de ses vêtements couverte et non voilée.

Page 171, vers dernier.

Cette pièce que l'on vient de lire prouve ce que j'ai avancé, qu'André trouva dans son imagination, aidée des poëtes de l'antiquité, la plupart des beautés qu'il a célébrées dans ses élégies.

ÉLÉGIE XC, page 172.

Le sujet de cette élégie italienne devait être emprunté à l'Élégie XXIII, liv. II, de Properce.

Page 172, ligne 7.

C'eût été, comme on le voit, l'imitation exacte de cette élégie de Properce qui donne une longue description des statues des Danaïdes dont le temple d'Apollon Palatin était orné, puis de celle d'Apollon lui-même, et enfin des précieux ouvrages d'ivoire qu'on y remarquait, etc.

ÉLÉGIE XCI, page 172.

André, dans cette élégie, devait consigner ses souvenirs du voyage d'Italie.

Élégie XCII, *page 173.*

Le canevas de cette pièce, quoique emprunté aux mœurs de la Grèce, devait former le sujet de la dernière des élégies italiennes.

Élégie XCIII, *page 175, vers 3 et 4.*

L'édition de 1839 porte *Osmalin* au lieu de *Osmanlin.*

Page 175, vers 7.

L'auteur semble revoir Constantinople; mais il n'y retourna jamais depuis l'époque où la famille revint en France. Ici il s'y transporte en imagination.

Page 175, vers dernier.

L'édition de 1839 donne ainsi ce vers :

Me fit naître Français dans les murs de Byzance.

Élégie XCIV, *page 176.*

Cette élégie aurait été la palinodie des élégies érotiques.

Page 176, ligne 8.

Son poëme intitulé *Hermès, sur la nature des choses.*

Élégie XCV, *page 177.*

Cette élégie orientale n'a que le commencement.

ÉLÉGIE XCVI, *page 178.*

Dans cette dernière pièce, l'auteur aurait employé des fables orientales, et l'aurait terminée par un résumé historique et philosophique dont les vingt derniers vers sont le remarquable spécimen.

ÉPITRES.

ÉPITRE I, *page 183.*

Le manuscrit non restitué n'avait point de titre. Cette épître a été composée en 1782 à Strasbourg, pendant qu'André s'y trouvait en garnison.

ÉPITRE II, *page 191*

Le manuscrit non restitué ne porte aucun titre. Cette épître, qui est la deuxième dans les éditions de 1819 et 1833, selon l'ordre établi par l'auteur, a été placée la troisième dans les éditions postérieures.

Page 192, vers 17.

Ce vers, d'abord imprimé exactement dans les éditions de 1819 et de 1833, a été refait ainsi dans les éditions postérieures :

Sans aller, *aiguisant une vaine satire.*

Page 192, vers 23.

L'édition de 1819, conforme au manuscrit, donne ce vers tel qu'il est ici avec le participe présent invariable.

L'édition de 1833, par une erreur typographique, a mis *errans*. Les éditions postérieures ont imprimé *errants*. L'édition critique de 1862 prétend que c'est à tort que l'on a substitué *errant* à *errants*, parce que *André à chaque instant fait accorder les participes présents*. Ici c'est l'auteur lui-même qui aurait tort, car son manuscrit porte *errant*. Mais il faut remarquer qu'André ne fait accorder le participe présent que quand il peut être *adjectif verbal*, et qu'il l'emploie invariable quand il est *participe verbe*. On admettra sans doute qu'André savait assez le français pour ne pas enfreindre cette règle de grammaire.

Page 193, vers 7.

Les douze vers qui précèdent indiquent exactement la manière de travailler du poëte. Quand le premier éditeur a vu les manuscrits, il n'a pu ou voulu apercevoir aucun des signes qui rattachaient tous les morceaux entre eux; il a tout mêlé, et le désordre qu'il avait dit reconnaître n'a existé qu'après son examen. — Voyez la lettre d'André à M. de Pange dans la notice.

Page 193, vers 13.

L'édition de 1819, celle de 1833 portent ce vers tel qu'il est ici conforme au manuscrit. Le premier éditeur l'a changé dans les éditions postérieures, il a mis :

D'adorer *les neuf sœurs, et toujours après boire.*

Page 194, vers 17.

C'est un avis aux commentateurs.

Page 194, vers 19.

L'auteur a pris soin d'indiquer lui-même dans tous ses ouvrages les sources où il a puisé.

ÉPITRE III, *page 196.*

Manuscrit non restitué. Il ne porte aucun titre.

Page 197, vers 12.

Après avoir imprimé ce vers dans les éditions de 1819 et de 1833, le premier éditeur le refit de cette manière dans les éditions subséquentes :

Et dis-lui qu'*à m'écrire il est lent à mon gré.*

ÉPITRE IV, *page 197.*

Manuscrit non restitué. Il ne contient aucun titre.

Page 198, vers 15.

Le premier éditeur a fait ainsi ce vers dans l'édition de 1841 :

Tels *qu'en de longs détours de disputes frivoles.*

ÉPITRE V, *page 199.*

Épître à M. Bailly, auteur de l'*Histoire de l'astronomie*, des *Lettres sur l'Atlantide de Platon,* etc. Cette épître est entièrement distincte du petit poëme sur l'*Astronomie,* dédié au même M. Bailly.

Page 200, ligne dernière.

Ces indications, relatives à l'épître à Bailly, sont tout ce qui existe du canevas de cette pièce restée à l'état de projet. Quant aux dix vers qui précèdent, l'auteur s'est ensuite décidé à les transporter dans son poëme de la *Superstition.*

HYMNES.

Hymne I (à la France), *page 203.*

Manuscrit non restitué. — Cette pièce a d'abord été placée aux poésies diverses. Dans l'édition de 1833, elle est parmi les Odes, et dans celle de 1839, elle est enfin en tête des Hymnes, où est en effet sa place.

Page 205, vers 1.

Après avoir imprimé exactement ce vers en 1819 et en 1833, l'éditeur le donne ainsi en 1839 et dans les éditions subséquentes :

Que visite Phébus le soir et le matin.

Croyant sans doute que l'auteur a voulu dire que le soleil visitait les ports le soir et le matin, tandis qu'il s'agit du rivage d'Orient et de celui d'Occident que le soleil visite le matin ou le soir.

Page 205, vers 7.

Trudaine (Daniel-Charles), conseiller d'État, intendant général des finances et membre de l'Académie des Sciences, mort en 1769. Son fils, Trudaine (Jean-Charles-Philibert), connu sous le nom de Trudaine de Montigny, après avoir été conseiller au parlement d'Auvergne, devint directeur des ponts et chaussées. C'est en cette qualité qu'il fit exécuter ces grands travaux d'utilité publique, qui lui ont valu la réputation méritée d'homme habile, de grand et savant administrateur. Membre honoraire de l'Académie des Sciences, il se livrait avec ardeur à l'étude des sciences physiques et chimiques, et s'occupait beaucoup de l'éducation de ses deux fils. Ce sont ces deux fils qui furent les condisciples d'André au collége de Navarre et ses amis intimes, ainsi que les frères de Pange. L'ainé de ces deux fils Trudaine épousa une demoiselle de Courbeton. C'est ce qui explique comment les biens des Trudaine passèrent dans les mains de la famille Courbeton, à la mort des deux frères Trudaine, immolés le 8 thermidor an II (1794), le lendemain du jour où périt André.

Page 207, vers 5.

Le premier éditeur, par suite d'une mauvaise lecture du manuscrit, a laissé imprimer ce vers ainsi :

L'oppresseur, évitant d'armer d'injustes plaintes,

ce qui fait un contre-sens. Toutes les éditions postérieures ont reproduit la même faute.

Page 208, vers 4.

En 1819, le premier éditeur imprima ces deux vers tels qu'ils sont dans le manuscrit. En 1833, il les reproduisit avec cette inversion :

Qui ne saura jamais, par des vœux arbitraires,
Flatter, à prix d'argent, des faveurs mercenaires.

On ne comprend pas des *vœux arbitraires* et des *faveurs*

mercenaires, mais on comprend parfaitement des vœux mercenaires et des faveurs arbitraires.

Hymne II, *page 208.*

Le premier éditeur, en 1819, a inscrit en tête de cette
pièce : *Au bord du Rhône, le* 7 *juillet 1790.* J'ignore ce qui a
pu le déterminer, à imaginer ce lieu et cette date; mais ce
qu'il y a de certain, c'est que le manuscrit ne porte rien de
semblable. André n'était point sur le bord du Rhône au mois
de juillet 1790, puisqu'il était en Angleterre.

Cette pièce, après avoir été rangée d'abord parmi les poésies
diverses, fut ensuite, dans l'édition de 1833, placée au nombre
des Odes, puis enfin mise à sa place, dans l'édition de 1839,
comme hymne.

Hymne III, *page 209.*

Cet Hymne, que l'auteur a laissé imparfait, aurait eu une
assez grande étendue. Différents chœurs eussent alterné leurs
chants.

Page 209, vers 11.

Il y a deux remarques à faire sur ce vers; la première,
c'est que le poëte avait d'abord mis :

> *Son berceau* redoutable,

épithète qu'il a ensuite remplacée par celle de *formidable,*
écrite au-dessous de la première et sans effacer celle-ci, ce
qui prouve qu'il hésitait encore. La seconde remarque, c'est
que le poëte fait *langes* du féminin.

HYMNE IV, *page 211.*

Cet hymne, aussi sur la France, devait être fort court.

HYMNE V, *page 212.*

André, qui avait salué la révolution de 1789 avec transport, devait chanter quelques-uns des hommes qui se ren-
dirent d'abord remarquables. C'est une ébauche de ce qu'il
comptait faire sur ce sujet.

Page 212, vers dernier.

Ce peu de mots suffit pour démontrer quels étaient les
principes politiques d'André, et s'il est vrai qu'il fut jamais,
sous ce rapport, en dissidence avec son frère Marie-Joseph.
La différence qu'il y eut entre eux, c'est qu'André sut plus
tôt et mieux juger les hommes et les choses de leur temps.

HYMNE VIII, *page 214.*

Le poëte se serait inspiré, pour cette pièce, de Callimaque,
qui, dans son Hymne à Délos, dit que la nécessité est un
grand dieu. — Voy. les *Analecta* de Brunck, t. I, p. 444,
v. 122. — *Ibid.*, édit. d'Ernesti.

HYMNE IX, *page 214, ligne 4.*

André a voulu dire des grues.

Hymne X, *page 215.*

Ce dernier hymne concerne les Suisses de Châteauvieux, que Collot-d'Herbois fit paraître en triomphe dans une fête de la Liberté. Cet hymne, publié le jour même de cette fête, qui eut lieu le dimanche 15 avril 1792, a été inséré dans le n° 106 du *Journal de Paris.*

Page 215, vers 3.

Le jeune Desille était un officier des chasseurs du régiment du roi, infanterie, né à Saint-Malo le 7 mars 1767, mort à Nancy le 30 août 1790, à vingt-trois ans, victime d'un dévouement digne des anciens Romains.

Page 215, vers dernier de la variante.

La première édition de 1819, puis celle de 1833, n'ont donné que les seize premiers vers de cet hymne. Le *Journal de Paris* le contient tel qu'il est reproduit ici. L'auteur l'y a fait insérer sous le titre d'*Hymne* qu'on lui conserve naturellement. Les éditions de 1819 et de 1833 l'ont placé au nombre des Iambes.

Quoique l'ironie que contiennent le 15e et le 16e vers n'ait pas besoin d'être signalée, cependant il est bon de rappeler que le nom de *Jourdan* n'a rien de commun avec celui du maréchal. Le Jourdan dont il s'agit ici est *Mathieu-Jouve Jourdan,* surnommé *Coupe-Tête,* qui dirigea les assassins de la glacière d'Avignon, dont on fit un capitaine, puis un chef d'escadron de gendarmerie en 1793, et qui fut exécuté le 27 mai 1794. — Voyez à ce sujet l'*Histoire de la Terreur,* par M. Mortimer-Ternaux, t. I, p. 93 et 369.

ODES.

—

Ode I, *page 221.*

A la tête des Odes doit se placer le *Jeu de Paume,* adressé à Louis David, le peintre, parce qu'en effet c'est la première composition de ce genre qu'écrivit André. Il fit imprimer ce poëme au commencement de l'année 1791, chez M. Didot, et en adressa un exemplaire à M. Lebrun, avec une lettre d'envoi.

Page 223, vers 24.

L'édition publiée par André lui-même, en 1791, donne ce vers tel qu'il est ici. L'édition de 1819, celle de 1833 y sont conformes. En 1839, le premier éditeur corrigea ainsi ce vers :

Tu guidais mon David à te suivre empressé.

Page 224, vers 3.

Le tableau de David, *la Mort de Socrate,* avait été fait pour M. Trudaine l'aîné.

Page 224, vers 20.

En 1839, le premier éditeur a corrigé ainsi ce vers, contrairement aux éditions de 1791, de 1819 et de 1833 :

. . . *Il fallut donc, dans* ce *péril extrême.*

Page 227, vers 7.

Les éditions de 1791, 1819, 1833 et 1839 donnent le vers exactement. L'édition critique de 1862, pensant qu'André faisait toujours accorder les participes présents, en a mis un ici qu'elle donne gratuitement au poëte :

Tous jurants de périr ou vaincre les tyrans.

Je puis affirmer qu'André n'a jamais écrit ce mot.

Page 229, vers 17

On ne comprend pas comment le premier éditeur, contrairement à l'édition de 1791, a imprimé en 1819, 1833 et 1839 ce vers ainsi fait avec un contre-sens :

Bouillonnent. Des lions si longtemps déchaînés.

Page 233, vers 15.

L'édition de 1819, conforme à celle de 1791, porte exactement ce vers. En 1833 et 1839, le premier éditeur en a changé le sens, en faisant le vers ainsi :

Ah! ne le laissez pas, dans sa sanglante rage.

Page 236, vers 21.

Les éditions de 1819 et de 1833 sont conformes à celle de 1791; mais en 1839, le premier éditeur crut devoir corriger ce vers, et mettre :

Rocs affermis au sein de l'onde...

Ode II, *page 238.*

Ce fragment de dix vers devait faire partie d'une ode dont le malheureux chevalier de La Barre eût été le sujet.

ODE III, *page 239.*

A cette époque de 1791, l'auteur voyait pour la France un avenir de liberté et de bonheur, et cette pensée rendait à son esprit les gracieuses images de la poésie antique.

Page 239, vers 5.

Le premier éditeur a retranché un vers, et imprimé ainsi le commencement de cette strophe :

> *Et quand, sur mon visage,* un trouble involontaire
> *Exprimait le dépit de mon cœur agité.*

Il a sans doute voulu rendre régulière cette pièce qui ne l'est pas, en faisant les deux premières strophes de quatre vers chacune.

ODE IV, *page 240.*

Manuscrit non restitué. Il n'y a aucun titre.
Le premier éditeur, en 1819, avait mis :

> *Aux premiers fruits de mon verger,*

ce qui a été répété dans toutes les éditions.

ODE V, *page 242.*

Manuscrit non restitué. Il n'y a aucun titre.

ODE VI, *page 243.*

Manuscrit non restitué. Point de titre.

ODE VII, *page 244.*

Point de titre.

ODE VIII, *page 246.*

Manuscrit non restitué. Point de titre.

Le premier éditeur avait mis, en 1819, celui de : *A Fanny malade,* qui a été reproduit dans toutes les éditions.

Page 248, vers 10.

Les éditions de 1819 et de 1833 donnent ce vers tel qu'il est ici.

Le premier éditeur le refit dans les éditions postérieures et a mis :

> *Vivre et te regarder,* t'aimer et *te le dire.*

ODE IX, *page 248.*

Les éditions de 1819 et de 1833 ne portent aucun titre. Il ne doit y en avoir aucun. Les éditions postérieures ont en tête : *Versailles.*

Le premier éditeur avait mis en note, en 1839 : *Cette ode a été écrite peu de temps après le massacre des prisonniers de Versailles.*

C'est une erreur. Le massacre des prisonniers de Versailles a eu lieu le 9 septembre 1792, et André n'est venu habiter Versailles que vers le commencement de l'été de 1793 ; c'est donc presque une année plus tard que l'Ode a été composée.

Page 249, vers 20.

Après avoir exactement imprimé ce vers et le suivant dans les éditions de 1819 et 1833, le premier éditeur les a refaits ainsi dans les éditions subséquentes :

Versailles ; *s'il faut que je vive,*
Nourris *de mon flambeau la clarté fugitive.*

ODE X, *page 251.*

Cette ode est l'expression du plaisir qu'il éprouve dans sa solitude.

ODE XI, *page 253.*

Manuscrit non restitué.

Page 253, vers 6.

L'hymne du député Xavier Audoin.

ODE XII, *page 256.*

Cette ode a été écrite à Saint-Lazare.

Page 257, vers 10.

Toutes les éditions portent :
Ou quand l'arc Pythien d'un reptile fougueux.

Cette version n'a jamais existé dans le manuscrit et l'épithète est malheureuse.

Page 258, vers 1.

Toutes les éditions publiées jusqu'à ce jour retranchent deux pieds à ce vers, et portent :

Aillent aux cieux réveiller le supplice.

Ode XIII, page 260, vers 3.

Le poëte avait dans sa pensée le peuple et les événements dont il était victime. C'est alors que comparant la situation de la France, et particulièrement de Paris, à celle de Constantinople où André et tous ses frères étaient nés, il écrivit cette pièce, où l'on sent l'amertume dont son âme était abreuvée en voyant les excès qui devaient détruire la liberté qu'il avait saluée avec tant d'enthousiasme.

Page 260, vers 7.

L'édition de 1839, comme celle de 1833, donnent ainsi ce vers :

Portant *l'épouvante et le deuil.*

Portant n'est point dans le manuscrit.

Page 260, vers 11.

L'édition de 1839 donne ce vers :

Sans crainte au milieu des plaisirs.

Cette version est inexacte et ne se lie pas bien avec la strophe suivante qui forme le complément de la pensée.

ODE XIV, *page 261.*

Cette ode, écrite à Saint-Lazare, et dont on n'a imprimé jusqu'à présent qu'un fragment, a été composée après l'arrestation d'André.

M. Charles Labitte, dans un travail sur Marie-Joseph, travail inséré dans la *Revue des Deux Mondes,* n° du mois de janvier 1844, dit, p. 281 : « Pour prouver que l'harmonie n'avait jamais été rompue entre les deux frères, on s'est plusieurs fois appuyé d'une ode d'André qui commence ainsi :

Mon frère, que jamais la tristesse importune
Ne trouble tes prospérités, etc.

« Dans les éditions, la pièce n'a que deux strophes, et ces deux strophes sont louangeuses. Les vœux exprimés par André étaient sincères, je n'en doute pas; cependant il faut bien dire que la fin de l'ode tournait à l'ironie, à une ironie blessante. Ces derniers vers ont été vus par plusieurs personnes de notre connaissance. »

M. Charles Labitte a été induit en erreur par les personnes de sa connaissance qui ont cru voir ce qu'elles n'ont assurément point vu. Pour comprendre bien cette pièce, il aurait fallu connaître les circonstances qui l'ont inspirée. Le premier éditeur ne crut pas nécessaire de s'en informer; il pensait qu'en 1819, où l'on était au plus fort de réaction du parti royaliste, il n'y avait point d'explications à donner, et surtout point à revenir sur des faits de la révolution. La presse d'alors, où s'escrimaient à loisir les inventeurs et colporteurs des calomnies vomies contre Marie - Joseph, eût étouffé sous des flots de fiel et de mensonges la voix de la vérité qui aurait tenté de se faire entendre. Le premier éditeur crut donc devoir imprimer deux strophes seulement, sans aucun commentaire, et en y changeant même quelques mots. Aujourd'hui, on ne se méprendra pas sur le sens de cette ode, qui est empreinte, non d'ironie, comme l'a pensé M. Labitte, mais d'une triste et douloureuse résignation. André connaissait l'arrestation de son frère Louis-Sauveur, la mise en suspicion de Marie-Joseph ; il le savait sans aucun crédit auprès des membres du gouvernement révolutionnaire. Il était informé du plan adopté par Marie-Joseph et par son collègue Isoré pour sauver les prisonniers, et il appréciait les dangers que courait toute sa famille ; c'est dans cette triste préoccupation qu'il composa cette Ode, qui ne porte aucun titre.

Page 261, vers 2.

Le premier éditeur en 1819, et ensuite dans toutes les éditions postérieures, a changé les vers où se trouvaient les adjectifs possessifs de la troisième personne, pour les remplacer par les adjectifs possessifs de la seconde. Il a mis :

> *Ne trouble* tes *prospérités !*

Page 261, vers 5.

Ce vers a été ainsi refait :

> Te *comblent de leurs biens au talent mérités !*

Page 261, vers 7.

Ce vers est dans toutes les éditions de cette manière :

> *Embellissent tous* tes *travaux.*

Page 262, vers 1 et 2.

Toutes les éditions portent :

> *Et que, cédant à peine à* ton *vingtième lustre,*
> *De* ton *tombeau la pierre illustre.*

Tel est le texte exact de cette ode dont a parlé M. Charles Labitte. André avait applaudi aux succès du théâtre et de la tribune qu'avait déjà obtenus son frère Marie-Joseph. Il avait conçu l'espérance de le voir arriver aux grandeurs et à la fortune que peut procurer le talent. C'était sous ce

rapport et par ce moyen seul que Marie-Joseph avait toujours désiré parvenir. Ambition noble, et qui avait été le rêve
de sa première jeunesse. (Au moment où il écrivait cette
ode restée inachevée, André avait trente et un ans et quelques
mois, et Marie-Joseph vingt-neuf ans.) Marie-Joseph avait
constamment eu du goût pour la magnificence ; il aimait le
luxe et avait de tout temps souhaité une grande fortune ;
mais il ne fit rien pour l'acquérir, car il sortait toujours des
fonctions publiques plus pauvre qu'il n'y était entré. — Voy.
la *Notice sur la vie et les ouvrages de Marie-Joseph*, publiée
en 1811 par M. Daunou. Ici, André, qui juge sa position dés-
espérée, voudrait voir les souhaits qu'avait formés son jeune
frère s'accomplir ; mais, ramené à la réalité de la situation,
il voit qu'au lieu des grandeurs et de la fortune, il n'y a
pour eux tous que persécutions, infortunes, douleurs, souffrances. Où a-t-on vu de l'ironie dans cette pièce ? Où
trouve-t-on la pensée d'un frère irrité contre son frère ? Il
faut bien le reconnaître, la préoccupation de cette infâme
calomnie, inventée par Michaud, a aveuglé ceux qui n'ont
fait que jeter un coup d'œil rapide sur cette pièce, au point
de leur faire comprendre le contraire de ce que dit le poëte ;
ils ont, sans s'en douter, calomnié les deux frères. Il est à
regretter qu'un écrivain comme M. Charles Labitte ait
accueilli sans examen les *anecdotes* qu'on lui a racontées. Son
erreur prouve qu'il faut se défier des *anecdotes* ; elles ne sont,
le plus souvent, que des contes faits à plaisir par ceux qui
les débitent. J'excuse l'erreur de M. Labitte par l'irréflexion
trop commune à son âge et aux jeunes écrivains de son
époque, et je sais, à n'en pas douter, que, si la mort ne l'eût
pas moissonné sitôt, il se fût fait un devoir de conscience de
réparer son erreur avec la même loyauté, la même franchise
qu'il mit à reconnaître les erreurs que je lui signalai plusieurs fois dans le travail sur Marie-Joseph, qu'il avait publié
dans la *Revue des Deux Mondes* au commencement de 1844.

Page 262, vers dernier.

André ne se dissimulait point qu'il n'y avait rien à attendre de la justice et de l'humanité des hommes alors tout-puissants que lui et ses deux frères avaient cruellement blessés, *et* il voyait avec raison que *ses frères, lui, sa famille, étaient tous les opprimés,* qu'une vengeance féroce voulait livrer à la hache révolutionnaire.

ODE XV, *page 263, vers 6.*

L'édition de 1833 porte :

Je ne veux pas *mourir encore.*

Page *265, vers 2.*

Le premier éditeur, en 1819, a fait imprimer :

Et secouant le joug *de mes jours languissants.*

Joug n'est pas l'expression dont le poëte s'est servi; le *faix* (le poids) se comprend.

IAMBES.

IAMBE I, *page 269.*

Les deux premiers vers de cet ïambe reproduisent un reproche que les ennemis d'André lui avaient adressé.

Page 270, vers 1

Cette locution :

La paix seule aguerrit *mes pieuses morsures,*

peut paraître peu claire à la première lecture; mais avec un
peu de réflexion on saisit parfaitement la pensée de l'auteur,
qui n'a jamais eu l'idée de se créer une langue à part. Il a
voulu dire, et il a dit en effet, que le seul amour de la paix
l'a armé de l'iambe; que l'amour de la patrie a enflammé
son esprit et sa voix; que, s'il combat l'erreur, les fausses
doctrines, les crimes de la politique de son temps, c'est dans
le but de ramener la paix; que ces nobles et généreux sentiments l'ont aguerri à faire des morsures qu'il nomme
pieuses, puisqu'elles sont inspirées par la justice, la vérité et
la vertueuse indignation qu'excitent en lui les actes atroces et
stupides d'une démagogie ignorante et aveugle. Il a donc
pu dire poétiquement : *La paix seule aguerrit mes pieuses
morsures;* ou, en d'autres termes, je me suis aguerri à faire
de pieuses morsures.

Page 270, vers 5.

L'éditeur de 1839 a fait imprimer ce vers :

Extirper sans pitié les bêtes vénéneuses.

Vénéneuses n'est pas dans le manuscrit : l'auteur a bien
écrit *venimeuses.* Cette épithète s'emploie en parlant des
plantes, et *venimeuse* en parlant des bêtes. Cette simple
observation aurait dû suffire au premier éditeur pour rectifier
une mauvaise lecture.

L'édition critique de 1862 est allée plus loin; elle ne se
borne pas à prêter une faute de langage à l'auteur, elle paraît
vouloir donner une leçon au *Dictionnaire de l'Académie,* car,
dans le *lexique* dont cette édition est *enrichie,* on trouve ces
explications :

Vénéneux, se disant des animaux : Bêtes vénéneuses, p. 438, 19.

Venimeux : Sang venimeux, p. 412, 9; — *en parlant des
plantes : Herbages venimeux,* p. 371, 15.

André n'a jamais fait une telle faute ni une pareille confusion. Voy. au poëme de l'*Amérique*, la note p. 258, t. II.

IAMBE II, *page 270.*

Le manuscrit de cet ïambe, écrit à Saint-Lazare, porte un grand nombre d'abréviations de mots grecs et de mots français.

Page 271, vers 10.

Le premier éditeur, en 1839, n'a pas saisi le sens de ces vers. Ce qui le prouve, c'est la ponctuation qu'il y a mise. Il s'agit ici des têtes des Suisses portées sur des piques et placées aux portes des Tuileries. Il y a, dans le manuscrit, un point après *portes triomphales;* et le vers suivant commence une autre pensée. C'est à ces têtes, présentées par le poëte comme *des bronzes hideux d'ornement, que ce peuple hébété* vient sourire.

L'éditeur, embarrassé de donner un sens à la fin de cette strophe et au commencement de l'autre, a fait le vers ainsi :

Et *ces bronzes hideux, nos monuments sacrés.*

On ne comprend ni cette strophe ainsi arrêtée par un point, ni la strophe suivante. Qui est-ce qui vient sourire aux succès de sa rage farouche? — C'est ce peuple hébété. En quoi consistent ces succès? — En ces têtes des Suisses massacrés, formant ces bronzes hideux qui servent d'ornement à nos portes triomphales; donc ce peuple *vient sourire à ces bronzes hideux nos monuments sacrés.*

L'édition critique a adopté la ponctuation du premier éditeur.

Page 271, vers 21.

C'est ainsi qu'André francisait des mots grecs qui lui servaient de signe de reconnaissance.

IAMBE III, *page 274.*

Cet ïambe est relatif à la translation du corps de Marat au Panthéon.

On sait que Marie-Joseph fut chargé à la Convention, par le Comité d'instruction publique, qui avait choisi cette occasion pour le perdre, de faire le rapport sur la translation du corps de Marat au Panthéon, à la place de celui de Mirabeau qui en serait retiré. On s'attendait à un refus, et l'arrestation de Marie-Joseph était décidée; il le sut et accepta. Mais il eut le courage de ne pas dire *un seul mot,* dans son rapport, de l'homme dont on voulait lui faire faire l'apologie. Il retourna la question, et au lieu de proposer de porter le corps de Marat au Panthéon, il conclut à ce que le corps de Mirabeau en fût exclu, sans dire par qui il serait remplacé. Ce rapport, d'un bout à l'autre, est consacré à l'examen de la vie de Mirabeau, dont l'éloge domine de beaucoup les torts de sa conduite privée et publique, torts, d'ailleurs, bien connus, mais que l'orateur fut obligé de rappeler. Ce discours, en faisant échapper Marie-Joseph au danger d'un refus, irrita plus vivement les partisans de Marat. Trois mois après, ses deux frères Louis-Sauveur et André étaient arrêtés et lui-même signalé comme *suspect.*

Le rapport de Marie-Joseph a été fait à la séance du 5 frimaire an II (voir le *Moniteur* de ce jour), et ses deux frères étaient arrêtés au mois de ventôse an II.

IAMBE IV, *page 277, ligne première.*

Les initiales C. et L. Q. désignent probablement Collot-d'Herbois, Couthon et Lequinio. Ce qui me le fait supposer, c'est qu'André dit plus bas : « Tu contemples la Loire, le Rhône, la Charente..., » et Collot-d'Herbois fut envoyé en mission dans le département de la Loire; Couthon à Lyon, pour le siége; et Lequinio dans la Charente-Inférieure, tous dans le cours de l'année 1793.

Et à la ligne 11, le manuscrit porte Couth. que l'auteur a écrit en abrégé avec un ου en grec, de manière à ne pas laisser deviner si facilement sa pensée.

Et ligne 19, les mots en abrégé : dicast... et jur .. (dicastère et jury) signifient, l'un δικαστήριον, tribunal; l'autre, jury. Le poëte parle du tribunal révolutionnaire devant lequel il allait paraître, et du jury qui le composait.

Page 279, vers 5.

A la page 277, ligne 20, la même pensée se trouve exprimée presque dans les mêmes termes.

Iambe V, *page 279.*

Le manuscrit, qui consiste en une très-étroite bande de papier, contient cet ïambe, écrit, comme le précédent, en caractères tellement fins qu'il faut fréquemment faire usage d'une loupe pour les bien lire.

Page 280, vers 12 et 13.

Dicaster. δικαστήριον, tribunal.

Le 13ᵉ vers prouve que le poëte, au milieu même de sa colère, en exhalant sa fureur, était plein des souvenirs des poëtes anciens : ces expressions rappellent celles de Virgile en parlant de Polyphème, *Énéide,* liv. III, v. 632, et celle d'Homère, *Odyss.,* liv. IX, v. 373, 374.

Iambe VI, *page 281, vers 1.*

Le mot *gynnis* est un mot emprunté au grec, mais qui n'a ici d'autre signification que celle de rappeler le nom de Gén-

not, l'un des agents de la Terreur, porteur d'un ordre du
Comité de sûreté générale de la Convention, qui se présenta
à Passy pour y faire une perquisition chez Mme Piscatory, et
qui, par hasard, y rencontra André. Ce Génnot était à la
tête, pour opérer cette perquisition, des membres du Comité
révolutionnaire et de surveillance de la commune de Passy,
ce qui explique les mots *capitan de la horde*. Le reste du
fragment de cet ïambe indique l'allusion qu'il fait à la pro-
fession qu'exerçait Collot-d'Herbois avant la révolution. Dans
le procès-verbal d'arrestation, Génnot est appelé Guénot;
mais sa signature ne laisse aucun doute sur son véritable
nom. André, en l'appelant Gynnis, dissimulait ce véritable
nom et qualifiait l'homme qui avait donné la preuve, dans son
procès-verbal d'arrestation, de la plus révoltante ineptie. Par
γύννις il exprimait qu'il n'était pas un homme, qu'il était au-
dessous de l'homme; ou bien, s'il tirait ce nom de γίννος,
avorton, il le considérait comme un rebut de la nature
humaine.

Page 281, ligne dernière.

Traduit de Crates. Ces mots veulent dire plus exactement
imité; car rien dans les fragments du poëte grec CRATES, pas
plus que dans ceux du poëte comique CRATINUS, n'a d'analo-
gie avec l'objet de cet ïambe dialogué. Seulement, dans ce
qui reste de la comédie de Crates, intitulée Θηρία, les Bêtes,
on trouve une forme de dialogue qu'André voulait imiter.
L'indication *traduit de...* était une précaution prise par l'auteur pour le cas où son manuscrit serait tombé entre les
mains des pourvoyeurs du tribunal révolutionnaire. Il espé-
rait qu'on n'y verrait qu'une simple occupation littéraire.

Page 282, vers 1.

Gloutaneime. — Sans-culotte, de γλουτός, derrière; ἀντί-
μων, qui n'est pas vêtu. — Il a pour antithèse Batrakhite.
C'est ainsi qu'André écrivait des mots grecs en lettres fran-
çaises et des mots français en lettres grecques.

Page 282.

K. H. désigne Collot d'Herbois.

Page 282, vers 6.

Antécépiendaire est un mot inventé et tiré du verbe *ante-capio, antecapare,* saisir auparavant, se saisir d'avance, s'emparer d'abord, et qui fait allusion à l'acte de ce Génnot, désigné ici sous le nom de Gynnis, qui arrêta le poëte d'abord et avant qu'aucun motif eût été allégué contre lui.

Page 282, vers 7.

Batrakhite est le mot qui fait antithèse à Gloutaneime. Batrakhite est une expression forgée par André, et composée de ces deux mots grecs βαθρα pour βάθρον, base, fond, siége, fondement, et χιτών, vétement; base, siége vêtu. Ce qui signifie, au sens figuré et dans la pensée de l'auteur, l'homme qui a la partie postérieure du corps vêtue. De plus, ce mot peut avoir aussi pour seconde origine βάτραχος, dont le sens figuré est homme méprisable; ce qui explique l'exclamation de l'interlocuteur B, qui dit, au mot le Batrakhite :... Ah fi! — En effet, celui qui n'est pas sans-culotte doit inspirer du mépris à ceux qui le sont. Et puis, selon l'esprit du temps, celui qui possédait quelque moyen d'existence n'était pas considéré comme un brave sans-culotte, et se trouvait naturellement rangé parmi les aristocrates ayant horreur du crime, ce qui n'était pas un médiocre reproche.

Page 283, ligne 2.

Traduit des *Baptes* d'Eupolis. Ce poëte comique grec a poursuivi de ses plaisanteries et percé de ses traits satiriques les adeptes de la déesse Cotyllo appelés Baptes. La comédie qu'il avait faite sur ce sujet était intitulée Βαπται. Elle n'est point parvenue jusqu'à nous. C'est spécialement contre

Alcibiade et ses compagnons de débauche que la pièce fut
composée. André entend ici, par le mot traduit, une imitation
dans le genre et dans l'esprit du poëte grec, car rien dans la
pièce d'Eupolis n'a trait au sujet de ce fragment d'ïambe;
mais l'indication *traduit de* était une précaution comme on
l'a déjà dit.

IAMBE VII, *page 283, vers 3.*

Le premier éditeur a lu ainsi ce vers :

Pauvres *chiens et moutons, toute la bergerie.*

L'erreur a été reproduite par les éditions subséquentes et
par l'édition critique de 1862.

Page 283, vers dernier.

Toutes les éditions portent par erreur :

A *versé quelque baume en mon âme flétrie,*

ce qui forme un contre-sens.

L'édition critique de 1862 n'est pas heureuse encore ici à
défendre le premier éditeur, qui a lu A versé au lieu de EUT versé
qui est dans le manuscrit. C'est avec raison que MM. Ville-
main et Géruzez ont vu dans les éditions une grave altération du vers d'André, qui ne l'a point écrit comme on a
voulu l'imprimer. Tous les raisonnements de l'édition critique tombent devant le fait matériel établi par le manuscrit.

On fera remarquer seulement, pour répondre à la note et
à la biographie de l'édition critique, que, pendant sa détention,
André n'a jamais échangé de lettres avec ses amis ; cela eût
été impossible sans compromettre et faire arrêter immédiatement ceux qui auraient eu l'imprudence de lui écrire. La
lettre, d'ailleurs, arrêtée à la guicheterie, ne lui serait point
parvenue : elle aurait été portée à l'accusateur public. On
sait par quelle voie périlleuse ses parents étaient seuls en
correspondance avec lui.

Page 284, vers 4.

Le premier éditeur a rempli ce vers du nom de *Bavus*, qui n'est pas dans le manuscrit. Le poëte, à la place du nom, a mis deux petits traits, qui sont reproduits, et qui indiquent que le nom a deux syllabes. Je pense qu'il voulait indiquer Fouquier (Tinville), l'accusateur public, et le vers me paraît devoir être ainsi :

En dépit de Fouquier soyez lents à me suivre.

Page 284, vers 9.

Cette pièce a été écrite dans un de ces moments d'abattement auxquels le courage le plus inébranlable ne peut pas échapper. Les ressorts de l'âme, tendus trop longtemps, se relâchent enfin; et, pour quelques instants au moins, l'énergie du caractère s'amollit, l'esprit semble s'affaisser. André avait bien compris qu'il fallait se faire oublier; mais, par une de ces contradictions de l'esprit humain, il était attristé de ce que ses amis ne lui avaient point écrit. Ses relations avec ses parents ne lui suffisaient plus et, bien qu'il sût que, dans son intérêt, on avait restreint la correspondance aux messages secrets de la famille, il ne pouvait se soustraire au découragement que produisait en lui l'idée de se croire abandonné.

IAMBE VIII, *page 284.*

Ici le poëte avait repris son énergie. Il fait allusion aux événements et aux hommes qui souillaient le principe de la révolution.

IAMBE IX, *page 286, vers 11 et 12.*

Heftsad est une qualification composée de deux mots anglais, HEFT, lourd, poids; et SAD, méchant, cruel. Ces deux mots réunis n'avaient pour effet que de cacher le sens de la pensée de l'auteur, qui se serait probablement traduite par le mot *brigand*. Il est certain qu'en traçant cet ïambe, il avait en vue les membres des Comités de salut public et de sûreté générale, mais surtout ceux du premier de ces Comités, parce que c'était lui qui alimentait le tribunal révolutionnaire.

L'auteur avait d'abord mis six points; il a ensuite surchargé les trois derniers points des trois lettres... *j l s ;* c'est pour moi un J, un т non barré et un s, et ces lettres ne peuvent s'appliquer qu'à Saint-Just qui a fait partie du Comité de salut public, depuis frimaire jusqu'au 9 thermidor an II. Ces trois lettres, qui sont l'abrégé de *Justus,* offrent un nom de deux syllabes; et c'est un nom de cette mesure qui doit entrer dans le vers. Aucun autre nom des membres de ce Comité, à cette époque, ne peut se prêter à cette combinaison. Or je suis convaincu que l'auteur avait dans sa pensée les deux vers ainsi faits :

> *Comme sont les discours des* brigands *plats bélitres*
>   *Dont Saint-Just est le plus savant*
> ou   *Dont Justus est le plus savant.*

Page 286, vers dernier.

Ce morceau fait allusion à ce qui se passait dans les prisons de Paris, où les victimes destinées aux boucheries populaires présentaient le spectacle étrange de l'indifférence, de l'égoïsme, du courage, de la résignation et en même temps de la peur la plus stupide. Les jeux, les bons mots, les plaisanteries faisaient place à la stupeur, quand les pourvoyeurs du tribunal révolutionnaire venaient faire l'appel des prisonniers désignés par l'accusateur public. Ils éprouvaient une joie secrète de ne point entendre prononcer leurs noms et voyaient partir leurs compagnons d'infortune avec un regard hébété. — Voy. le *Journal de la Révolution*, par Prudhomme, et son *Histoire générale et impartiale des erreurs, des fautes et des crimes commis pendant la Révolution.* Voyez les pièces réunies dans les collections Deschiens et Maurin à la Bibliothèque nationale.

Voyez l'*Histoire des prisons de Paris à l'époque de la Révolution*, par Nougaret.

Iambe X, *page 287*.

Les éditeurs ont scindé cet ïambe, qui est le plus long, et l'ont imprimé en plusieurs fragments dont le texte a·subi divers changements. L'éditeur de 1839 a signalé cette pièce comme écrite le 7 thermidor au matin, avant d'aller au supplice; c'est une erreur. L'exécution n'eut pas lieu le matin, puisque c'est dans la matinée qu'André comparut devant le tribunal révolutionnaire. Le dernier manuscrit fut écrit à Saint-Lazare. Le poëte n'aurait eu ni le temps, ni le moyen d'écrire à la Conciergerie où il arriva dans la journée du 6 thermidor, en fut extrait le 7 pour paraître devant le tribunal dont la sentence fut exécutée de suite. Il est hors de doute, d'ailleurs, que le manuscrit n'aurait pas pu parvenir à la famille, car les dépouilles des victimes n'étaient point rendues.

Page 288, vers 7.

C'est à partir de ce vers que le premier éditeur a cru voir un autre ïambe qu'il a imprimé sous le n°. III, dans les édi-tions de 1819 et de 1833, et qui est sous le n° IV dans celle de 1839. Il a refait le premier hémistiche ainsi :

Que promet l'avenir? etc.

Page 289, vers 12.

Le poëte avait rayé le second hémistiche de ce vers, mais il ne l'a pas remplacé. C'est après avoir écrit cet autre vers :

Ne froncèrent jamais votre sourcil farouche,

qu'il vit qu'il fallait changer l'hémistiche du vers qui rime avec celui-là. L'épithète *farouche,* appliquée aux sourcils de la Justice et de la Vérité, ne lui parut point convenable, et il corrigea ainsi :

Ne froncèrent jamais votre sourcil sévère.

L'épithète est plus exacte ; mais le vers ne rimait plus, et alors il raya la moitié du vers que je viens de signaler sans le remplacer.

L'éditeur de 1819 y suppléa en faisant ainsi le vers :

Justice, Vérité, si ma bouche sincère,

qui exprime évidemment la pensée du poëte et se trouve être probablement l'expression qu'André aurait employée. Par ce moyen, l'éditeur fit usage de la correction qu'avait faite le poëte, au second vers après celui que je viens de citer, et les trois vers sont ainsi dans toutes les éditions :

Justice, Vérité, si ma bouche sincère,
Si mes pensers les plus secrets
Ne froncèrent jamais votre sourcil sévère.

André eût sans doute adopté la correction du premier éditeur : elle donne à sa pensée la justesse qui lui manquait.

Page 289, vers 16.

Les éditeurs ont mis le second hémistiche de ce vers entre parenthèse, bien que le manuscrit ne l'indique pas.

Page 289, vers dernier.

Le premier éditeur a cru devoir adoucir l'image du poëte en faisant ce vers ainsi :

Ces tyrans effrontés *de la France asservie.*

Page 290, vers 4.

Le premier éditeur a retranché ces vers et les onze qui les suivent.

Page 290, vers 10.

André connaissait les promesses que Barère avait faites à son père lors des premières démarches du vieillard pour faire mettre son fils en liberté; mais il ignorait cette dernière réponse : « Votre fils sortira dans trois jours. »

Page 290, vers 16.

Le premier éditeur, après le retranchement des douze vers dont j'ai parlé plus haut, a fait ainsi ce vers :

Quoi! nul ne restera *pour attendrir l'histoire.*

Et il a imprimé le 18ᵉ vers de cette manière :

Pour consoler leurs fils, leurs veuves et leurs mères.

L'édition critique de 1862 a corrigé avec raison ce vers et rétabli la pensée du poëte.

Page 290, vers 22.

L'éditeur de 1819 a lu :

Chercher *le triple fouet, le fouet de la vengeance.*

IAMBE XI, *page 291, ligne 5.*

H. Des renseignements que l'on peut croire exacts feraient, supposer que *H...* désignerait Hérault de Séchelles.

IAMBE XII, *page 291.*

Τρυγ. C'est probablement l'abréviation de τρυγητής, vendangeur, pris ici dans le sens de pourvoyeur de l'échafaud.
Syc. C'est sans doute aussi l'abréviation de sycophante, συκοφάντης, dénonciateur, calomniateur.

Page 292, vers 3.

Φαλαχος, Phæax, orateur dont le poëte comique Eupolis s'est moqué.—Voy. *Fragm. des comiques grecs* de Didot, p. 151, 163.

Ici André applique ce nom de Phæax au grand brun dont il parle dans le fragment qui précède et qu'il dit être *réputé Cicéron chez toute la basoche.*

Page 292.

Epist. est l'abréviation d'epistate, Ἐπιστάτης, qui signifie ici le gardien, le surveillant, le geôlier, le directeur.

Page 292, au-dessous du vers 5.

Ces indications expriment qu'André aurait fait cet ïambe à l'imitation des personnages d'Eupolis dans les *Baptes.*

Page 292, dernière ligne.

On sait maintenant quelles pensées occupaient le jeune poëte dans sa prison, et ce que l'on doit croire du rôle que lui prêtent certains écrivains, dont les uns le font insouciant et frivole, chantant de nouvelles amours ; les autres, le peignent étranger en quelque sorte au présent, pensant au passé et rêvant à l'avenir, entièrement occupé du soin de revoir ses manuscrits et de composer la préface de ses œuvres.

TABLE

DU TOME TROISIÈME

ÉLÉGIES ITALIENNES.

ÉLÉGIES ORIENTALES.

ÉPITRES.

HYMNES.

ODES.

IAMBES.

NOTES.

Imprimé

PAR J. CLAYE

POUR

ALPHONSE LEMERRE, ÉDITEUR

PARIS

www.ingramcontent.com/pod-product-compliance
Lightning Source LLC
Chambersburg PA
CBHW050319030726
47505CB00003B/781